내가 이야기하기 시작한 그는

WATASHI GA KATARI HAJIMETA KARE WA
by MIURA Shion
Copyright© 2004 MIURA Shion
All rights reserved.
Originally published in Japan by Shinchosha Co., Tokyo.
Korean translation rights arranged with Shinchosha Co., Japan.
through THE SAKAI AGENCY and YU RI JANG LITERARY AGENCY.

내가 이야기하기 시작한 그는
ⓒ들녘2010

초판 1쇄 발행일 2010년 7월 30일
지은이 미우라 시온
옮긴이 권남희
펴낸이 이정원
펴낸곳 도서출판 들녘
등록일자 1987년 12월 12일
등록번호 10-156
주소 경기도 파주시 교하읍 문발리 파주출판단지 513-9
전화 (마케팅) 031-955-7374 (편집) 031-955-7381
팩시밀리 031-955-7393
홈페이지 www.ddd21.co.kr
블로그 (일루저니스트) http://blog.naver.com/ddd7381
      (퍼플북스) http://blog.naver.com/buchheim

ISBN 978-89-7527-865-5(03830)
값은 뒤표지에 있습니다. 잘못된 책은 구입하신 곳에서 바꿔드립니다.

내가 이야기하기 시작한 그는

미우라 시온 지음

권남회 옮김

들녘

차례

결정(結晶)

2000년도 더 지난 이야기이다.

젊은 황제가 자신이 사랑하는 시녀가 신하와 밀통하고 있다는 사실을 알고 그 시녀의 눈두덩을 도려냈다. 앞으로 그녀가 겪게 될 일들을 그녀의 눈동자에 더 또렷이 비치게 하기 위해서였다.

또 시녀의 온몸에 있는 구멍이란 구멍은 죄다 최고급 명주실로 꿰매버렸다. 입은 남겨두었다. 숨을 쉬고 음식을 먹을 수 있게 하기 위해서, 그리고 그녀가 내지르는 비명과 목숨을 구걸하는 소리를 듣기 위해서.

울부짖으면서 하룻밤을 보낸 시녀는 혀를 물고 죽어버려야겠다고 생각했다. 그러나 황제가 미리 그녀의 혀를 절단하고 약사에게 신중하게 치료하라고 명했다. 그녀의 낭랑한 목소리를 더 이상 들을 수 없게 되어 유감스러웠지만, 목소리가 아주 사라진 것은 아니었다. 황제는 하루 일과가 끝나면 시녀의 방으로 찾아가 그녀가 괴로워 신음 흘리는 모습을 지켜보았다.

황제는 눈두덩과 혀를 잃고 구멍마저 막혀버린 여자에게 예쁜 옷을 입혀서 호화로운 방에 모셔놓았다.

그녀의 눈알은 피를 흘리다 말라빠진 리치나무(무환자나뭇과 상록수—옮긴이) 열매처럼 되어 어두운 눈 바닥에 달라붙었다. 게다가 억지로 식도로 밀어넣었던 고급스런 음식물이 뱃속에서 부패한 나머지 그녀는 오장이 찢어지는 격통에 시달리다 악취에 뒤범벅된 채 죽었다.

마침 정원을 산책하다 그 소식을 전해들은 황제는 하늘을 올려다보며 세 번 탄식하고는 그녀의 방을 환기시키라고 명했다. 그러고서 새로운 시녀가 그 방으로 들어갔다.

죽은 시녀와 밀통했던 신하는 이렇다 할 징계를 받지 않았다. 밀통한 사실 자체가 없었던 일처럼 되었다. 그는 궁정 내에서 순조롭게 출세가도를 달렸다. 그뿐 아니라 황제는 그의 일족, 그의 아내의 일족, 나아가 그의 자식들까지 모두 요직에 앉혔다.

20년 후, 신하는 부와 명예를 누리며 노후를 맞았지만, 사소한 일로 황제의 심기를 건드리는 바람에 처형당하고 말았다. 그뿐 아니라 그의 일족, 그의 아내의 일족, 그의 자식, 나아가 그의 손자까지 모두 처형당했다.

사람들은 말했다. 땅이 갈라지고 하늘이 무너지는 날까지 도의를 배신한 죄를 벌하는 것이 나라를 다스리는 자의 역할이라고. 그리고 황제는 여태 그 사건을 잊은 적이 없었던 것이라고들 수군댔다.

정말로 그런 일이 있었는지는 모른다. 어쨌든 역사책이나 경전을 봐도 그렇지만, 잔혹한 묘사가 나오면 가학적 혹은 피학적 쾌감에 휩싸일 정도로 글에 뜨거운 열기가 담겨 있다. 도의를 설파하는 척하면서 실력자의 비정함을 지탄한다. 설교하는 척하면서 욕망이 억압된 승려들의 성적 욕구를 해소하는 데 일조하기도 한다. 그렇다고 해서 그것을 역사책이나 경전이 맡은 역할의 일면이려니 하고 그대로 받아들일 수는 없다.

옛날부터 전해지는 이 책 속의 사랑의 이야기를 읽노라면 나도 모르게 상상에 젖는다.

태어날 때부터 권력의 자리를 약속받은 소년이 아마 처음으로 마음을 주어 사랑했을 아름다운 여인. 그 여인과 몰래 내통한, 야심과 능력 넘치는 남자. 여인이 죽은 후에도 궁정에서 얼굴을 맞대고 지내는 두 남자. 그들 간의 기묘한 연대와 긴박감. 언젠가 파멸의 날이 닥치리라 예감하면서 젊은 황제를 받들어온 남자의 20년 세월은 어땠을까? 이제 괜찮으려니 하고 마음 놓고 지냈을까? 아니면 그 날이 오늘일까, 내일일까 하는 두려움에 떨었을까?

황제는 여자를 죽일 때보다도 더 오래도록 남자를 괴롭혔다.

20년이라는 긴 세월은 여자를 그만큼 깊이 사랑했다는 증거일까? 남자에 대한 격렬한 분노의 표현일까? 아니면 굴욕을 잊지 못한 황제의 집념을 보여준 것일까?

"사모님, 어떠십니까? 뭔가 짐작 가는 게 있으시면 뭐든 말씀해주십시오."

결국 조바심이 난 내가 먼저 말을 꺼냈다. 그녀는 그래도 입을 열 기미를 보이지 않았다. 옆에 펼쳐진 종이를 물끄러미 내려다보고 있을 뿐이다.

응접실의 패브릭 소파에 걸터앉아 미지근한 선풍기 바람을 맞는 것도 한계에 달했다. 나는 넥타이를 느슨하게 풀고 양복 윗주머니를 뒤졌다. 그새 땀이 스며들었는지 담배가 조금 눅눅해졌다.

몇 년 만에 이곳에 왔다.

버스 정류장에 내려설 때부터 현기증이 나더니 여태 가시질 않는다. 공터와 잡목림이 무성하던 한적한 주택가가 지금은 집장수들이 장난감 집처럼 뚝딱 지어서 파는 식의 건축 붐에 휩싸였다. 땅고르기 작업으로 잡목림은 흔적도 없이 사라졌다. 대신에, 만들다만 집들이 마디도 없이 연약해 보이는 나무젓가락처럼 앙상한 기둥을 드러낸 채 오후의 나른한 햇살 속에 즐비하게 늘어서 있을 뿐이다.

개발 중인 구역 때문에 새 도로가 몇 군데나 생겨도저히 기억 속의 길을 찾을 수 없었다. 나는 과자선물이 담긴 종이가방을 들고서 어림짐작으로 겨우 거리와 방향을 잡아 하염없이 걸었다. 버스에 내리자마자 바로 양복 윗도리를 벗어 손에 들었다. 평소 여름 햇볕이 강하게 내리쬘 때에는 밖에 나가질 않아서인지 땀구멍의 반응이 몹시 둔하다. 끈적끈적한 땀이 막처럼 피부를 온통 뒤덮는다. 그 느낌이 불쾌하여 손수건으로 계속해서 목덜미를 닦았다.

15분 여를 헤매다 물기를 짤 수 있을 정도로 셔츠가 젖었을 즈음, 나는 건설 중인 주택가 한가운데에서 미아 신세가 되고 말았다. 길을 물어보려 해도 작열하는 태양 속에 멸종한 마을처럼 주위에 무엇 하나 움직이는 기척조차 없었다.

나는 에도시대의 고지도를 보면서 아는 동네의 이름을 찾는 것을 좋아했다. '어, 이 구역은 지금과 별로 다르지 않네' 하고 혼자 고개를 끄덕이면서 손가락으로 지도에 표시된 길을 더듬곤 했다. 그런데 지금 생각하니 얼마나 괴팍한 취미인지! 내가 아는 거리들이 이제 가루가 되어 부서져 있는 것을 지켜보아야 하는 공포와, 겨우 몇 해 만에 다시 찾아온 장소가 완전히 달라져버린 것을 보고 느끼는 당혹감을 직접 실감하고 보니, 지도를 들여다보면서 천진난만하게 옛날을 상상하던 나 자신에게 화가 난다.

차라리 아무도 없는 행성에 개척자로 내던져지는 편이 외로움도, 허무함도 덜할 것 같다. 뇌의 주름에 새겨진 기억과 망막에 비친 눈앞의 풍경을 번갈아가며 비교해야 하는, 이런 미쳐버릴 것 같은 작업은 할 필요도 없을 테니까.

배신하면 죽인다. 나에게도 그만한 기개가 있었더라면 지금과 같은 상황에 처하지 않았을지도 모르겠다.

현기증이 심한 것이 더위 탓인지, 아니면 나 자신의 기억을 믿을 수 없어 당황한 탓인지도 분명치 않다. 코미디처럼 똑같은 규격으로 지어놓은 집들 사이를 비틀거리는 걸음으로 헤매다 어렵사리 그늘에 누워 있는 인부들을 발견했다. 하지만 그저 집을 지으러 왔을 뿐인 그들이 주변 지리를 잘 알 리 없다. 더구나 오래된 주택가 안에 숨어 있는 작은 집이라면 더더욱 알 턱이 없을 것이다.

이 더운 날에 꿋꿋하게 넥타이를 매고 가죽구두까지 신고 나온 나 자신이 생각할수록 웃겼다. 조금 전내린 버스 정류장에서부터 길을 잘못 들었을지도 몰랐다. 하는 수 없이 다시 큰길 쪽으로 돌아가려는 순간, 마침내 신흥 주택가 건너편 쪽으로 낯익은 골목길이 보였다.

그래, 저 구불구불한 좁은 골목길 막다른 곳에 바로 내가 찾는 집이 숨을 죽인 채 서 있을 것이다. 10년이 넘도록 차가운 덩어리를 속으로 끌어안은 채.

"짐작이 가는 게……."

응접실에 조용히 울려 퍼지는 여자의 목소리에 나는 황급히 의식을 되돌렸다. 얕게 걸터앉아 있던 소파에서 상체를 들며 유리 테이블을 사이에 두고 마주 앉은 여자의 표정을 살폈다.

"많기도 하고, 전혀 없기도 하죠."

내가 이 집을 찾아온 지 30분 만에 그녀가 간신히 입을 열었다. 나는 낙담한 기색을 감추지 못했다. 거의 피우지도 않은 채 손에 들고 있던 담배가 무거운 재를 매달고 있다. 내가 주위를 두리번거리자 그녀는 손에 들고 있던 종이를 테이블에 내려놓고 신문지 밑에 있던 자신의 재떨이를 내 쪽으로 내밀었다. 가볍게 고개를 끄덕여 예를 표한 후 담뱃재를 떨었다. 그러고는 길이가 짧아진 담배를 마지막으로 한 모금 더 피운 뒤 비벼 껐다.

방충망을 통해 내다보이는 정원에 나무가 많았다.

집 안도, 창밖의 경치도 처음으로 다시 돌려 계속 반복해서 보여주는 영상처럼 전과 조금도 달라진 데가 없었다.

좀 전까지도 나를 그토록 현혹시켰던 새로운 주택단지 개발의 파도가 포위망을 좁히며 밀어닥치고 있는 것조차 잊어버릴 것 같다. 세월의 흐름에 저항하는 단단한 뭔가가 어두컴컴한 응접실의 공기를 가득 채우고 있다.

내 눈앞에 앉아 있는 여성. 그녀가 시간으로부터 이 집을 지키고 있다. 아니, 이 집 자체를 시간의 우리 속에 가두고 있다는 표현이 더 적절하려나? 몇 년 전, 새해인사를 하러 오고 나서 처음 만났는데, 하나도 변하지 않았다. 벌써 쉰이 가까운 나이일 텐데, 열 살은 더 젊어 보였다.

얼굴에 주름은 좀 졌지만, 예쁜 이목구비는 여전했다. 깊은 정감과 지성이 깃든 눈길만 그녀의 실제 나이를 조심스레 말해주고 있다.

"무라카와는 뭐라고 하던가요?"

그러면서 그녀는 한 번 더 내가 가져온 종이를 손에 들고 들여다보았다.

"선생님께서는 아무 말씀도 안 하셨습니다. 다만 '모르는 일'이라며 곤혹스러워하십니다."

"그렇겠죠."

옅은 주홍색 루주를 바른 그녀의 입술이 미소를 머금은 듯했다. "그 사람은 늘 그래요. 자기가 뭘 해왔는지조차 이해하지 못해요. 그저 꿈이나 꾸면서 사는 사람 같죠."

"사모님."

"사모님이라는 호칭, 삼가주지 않겠어요?"

그녀는 소파 등받이에 몸을 기댄 채 나를 똑바로 쳐다보았다. 우아하고 고독한 여왕처럼 보였다. 거만하게 신하를 내려다보는 것이 아니라 자기에게 주어진 막중한 의무를 진지하게 양어깨에 짊어진 자의 눈으로.

"미사키 씨도 아시죠? 이 집이 10년도 넘게 가정집다운 역할을 다하지 못하고 있다는 걸. 내가 무라카와의 수많은 여자들 중 하나에 지나지 않는다는 걸."

나는 뭐라고 대답해야 할지 망설였다.

"그럼 어떻게 불러드리는 것이⋯⋯."

"부를 필요 없습니다. 나는 이름도 없는 용의자 A니까. 그렇죠?"

그녀는 사뭇 즐거워 보였다. 이 집의 정체된 시간 속으로 뻔뻔스럽게 들이닥친 침입자나 다름없는 나를 놀리고 싶어 죽겠다는 표정이었다. 유리 주전자의 보리차 속에 떠 있는 얼음이 타액처럼 투명한 금을 그으며 녹고 있다.

"거기까지 아신다면 이야기를 빨리 끝낼 수 있겠군요."

나는 보리차를 두 잔째 마셨다. 그녀가 바로 유리 주전자를 기울여 빈 잔을 채워주었다. 동그란 얼음이 유리에 부딪치는데도 소리가 나지 않았다.

"선생님은 지금 최악의 입장에 처해 있습니다. 이 편지, 그러니까 이 괴문서 때문에."

그녀의 무릎 위에 놓인 하얀 편지지. 그것은 검은색 잉크로 쓴 고발문서로, 정념을 압축시켜놓은 것이었다. 전에 사귀던 여자가 무슨 장난인지 불쑥 나에게 보여준 적이 있었던 생리혈의 색깔. 생리대 위에 굳어 있던 그 검은색. 그것과 흡사한 잉크색이다. 그 편지 때문에 내가 존경하는 스승이 졸지에 냄새 나는 우리 속의 가련한 애완동물 신세로 전락해버렸다.

"이대로 두면 선생님은 대학을 떠나시게 됩니다."

그러나 그녀는 탄식 같은 웃음소리를 흘릴 뿐이었다.

"미사키 씨도 고생이군요. 이 더위에 무라카와의 사적인 일 때문에 쫓아다니고."

"이 일은 더 이상 사적인 일이 아닙니다."

"무라카와가 대학에서 쫓겨나면 당신이 출세하는데 지장이 있나요?"

그때 처음으로 그녀가 나를 걱정하고 있다는 사실을 깨달았다. 고생의 흔적과 지성이 어우러진 자부심 강한 두 눈에 근심이 드리워져 있었으니까.

"솔직히 말해서……."

나는 햇빛이 쏟아지는 초원에서 그녀와 마주 서 있는 듯한 기분이었다. 건조한 평온함으로 가득 찬 공간. 그녀의 가슴속에 펼쳐진 적막한 대지에 빨려들 것만 같아 간신히 버티고 서 있는 느낌이다.

"선생님이 안 계시면 지금 있는 대학에서 강사자리 얻기가 어려워지긴 하겠지요."

그녀는 보리차가 담긴 컵에 입을 살짝 댔다가 손가락 끝으로 컵 테두리에 묻은 루주를 닦아냈다. 버릇인 것 같았다. 응접실로 안내받은 뒤로 내내 불편한 시간 속에서 그 사실을 발견했다. 그러나 그 외에는 그녀에게서 다른 인간적인 구석을 발견하지 못했다.

그녀가 선생님의 아내라는 것. 선생님과의 사이에 두 아이가 있다는 것. 그 사실과 눈앞의 여성 사이에는 한없는 간극이 있었다. 내 어머니와 비슷한 연령대의 여성. 나는 이 집 안 어딘가에 있을 침실을 상상할 수가 없다.

"그래서 미사키 씨가 이 편지 쓴 사람을 밝혀내려고요?"

"그렇습니다."

"그건 무리일 겁니다."

그녀는 마치 '밤하늘에 별이 보입니다'라고 읊조리듯 담담한 어조로 말했다. "평소에 안 쓰던 손으로 쓴 건지 필체가 흐트러져 있는데, 일부러 그런 것 같아요. 우편 소인은 대학 근처에 있는 동네 우체국에서 찍은 거고요. 무라카와하고 관계된 사람이라면 누구라도 쉽게 보낼 수 있습니다. 미사키 씨는 의심스러운 여자들의 지문을 전부 모을 생각인가요?"

"저는 형사가 아닙니다. 그런 건 할 수 없습니다."

"그러면 어떻게 밝혀낼 건가요?"

"문맥에서 찾으려 합니다. 사모님…… 아니, 당신이

라면 뭔가 아시는 게 있지 않을까 해서 거듭 협조를 부탁드리는 겁니다."

"편지를 쓴 건 납니다……."

나도 모르게 그녀의 얼굴을 말똥말똥 쳐다보았다. 그녀는 고개를 갸웃하더니 물끄러미 내 반응을 살폈다.

"……라고 내가 말해도, 당신은 내 말이 정말인지 아닌지 판단할 수 없겠죠?"

나는 씁쓸히 웃었다. 그녀의 눈은 웅변을 하고 있었다. '너, 미사키는 끼어들 여지가 없어'라고. '이건 무라카와 도오루와 그 남자를 포식하려고 하는 여자들 사이의 문제야. 넌 출세와 지위를 위해 이 어두운 숲에 발을 들이밀 각오가 되어 있는 거야?'라고.

"저는 알 수가 없습니다. 왜 선생님이 여자들한테…… 인기가 있는지. 선생님은 빈말로라도 매력적이라고는 할 수 없는 분인데 말입니다. 물론 연구하시는 건 무서울 만큼 독창적이고 새롭지요. 그러나 얼굴은…… 솔직히 말해 간이 안 좋은 늑대 같죠."

그녀는 "그 사람은 술도 못 마시는데 이상하네요" 하고 웃었다. 그러더니 흰색 반팔 블라우스 사이로 보이는 살결이 고운 두 팔을 손바닥으로 문질렀다.

"내가 꼬마였을 때……."

그녀가 이야기를 하기 시작했다. "버스를 탄 적이 있어요. 아는 사람 얼굴이라도 발견했는지 아버지가 자리에서 일어나시더군요. 아버지는 '여기 가만히 앉아 있어'라고 일렀지만, 어릴 적엔 왠지 그러면 더 따라가고 싶잖아요. 나는 뒤뚱뒤뚱 버스 안을 걸어가려고 했어요. 그때 버스가 급정거하는 바람에 그만 앞으로 엎어질 뻔했어요. 그런 나를 어느 누군가가 힘센 손으로 붙잡아줬어요."

나는 그녀가 무슨 이야기를 하려는지 몰라 잠자코 있었다.

"초로의 남자였어요. 그 사람은 이렇게 말하더군요. '꼬마 아가씨, 가만히 앉아 있지 않으면 위험해요.' 나는 시키는 대로 얌전히 있었어요. 그 아저씨의 손에 잡힌 팔목이 뜨거워졌는데, 그 아픔은 언제까지고 남아 있었죠."

그녀는 자신의 팔을 문지르던 손을 다시 무릎 위에 내려놓았다. "그때 어느 팔을 잡혔는지 이제 기억도 안 나요. 하지만 그때의 아픔이나 나를 구해준 그 강한 힘에 놀랐던 기억만큼은 지금도 선명해요."

'그게 어쨌다는 건가요?' 하는 내 생각을 읽기라도 한 것처럼 그녀는 다시 말을 이어갔다.

"무라카와의 매력은 어떤 여자들한테는 참을 수 없는 것이랍니다. 어릴 적 내가 그랬듯이 어디를 잡혔는지는 자신도 어느새 잊어버리고 말죠. 하지만 그 때문에 놀라고 아팠던 기억만은 언제까지고 선명하게 남아 있지요. 외모나 성격으로는 알 수 없는 그런 종류의 매력이죠."

나도 모르게 그녀의 두 팔을 살펴보았다. 얇은 피부에 감싸인 보드라운 살. 그 말캉한 살결을 느끼면서 선생님의 입술이 그곳을 누르며 빠는 모습을 상상했다.

"미사키 씨, 결혼은 했어요?"

"아직입니다."

"사귀는 사람은 있어요?"

"……있습니다."

그녀의 눈가 잔주름이 꿈틀거렸다. 나는 고향에 계신 어머니가 '결혼은 언제 할 거냐'고 물어볼 때보다도 더 어색한 기분이 들어 고개를 숙였다.

"당신이 무라카와를 따라 처음 이 집에 왔을 때가 생각나네요. 그땐 학부 학생이었는데."

그녀는 내가 쑥스러워하는 것을 민감하게 알아차리
고 일부러 감회에 젖게 했다. 그러더니 잔혹하게도 금
세 비린내 나는 상황으로 나를 몰아넣었다. '그걸 원
했던 건 바로 너잖아' 하는 듯이.

"그럼 사귀는 여자가 있는데 바람피운 적은?"

"……없다고는 할 수 없습니다."

"어떤 여자하고?"

어째서 내가 심문을 받아야 하지?

"저는 이 편지에 대한 당신의 생각을 들으러 왔습
니다."

"어머나, 미안해요."

그녀는 어디까지나 자기 페이스대로 이야기를 끌고
갔다.

"오랜만에 온 손님이라 대화를 좀 즐기고 싶었어요.
그런데 남자들은 뭣 때문에 바람을 피우나 몰라. 나도
무라카와의 여자 문제로 꽤나 골머리를 앓았지만, 요
즘에야 그 이유를 알 것 같은 기분이 들어요."

"당신도 바람을 피웠기 때문입니까?"

어디까지나 나의 사명을 다하기 위해서 던져본 질문
이었다.

"내가? 설마요. 나는 무라카와하고 달라서 정절이라는 말의 의미를 잘 알고 있답니다."

"그런데 선생님은, 사모…… 당신의 정절을 의심하고 계십니다. 이 편지를 저한테 건네주시면서 '아내도 다른 남자와 사귀고 있어' 하고 연구실에서 분개하셨습니다."

"아아, 우스워라."

그녀는 전혀 우습지 않은 듯이 덧붙였다. "자기한테 켕기는 게 있으니까 마누라도 마찬가지일 거라고 생각하고 싶은 거겠죠."

나는 어떻게 할까 잠시 망설이다가 밀어붙이기로 했다.

"선생님은 당신의 일기를 보셨답니다."

"나도 무라카와의 일기를 보고 있어요. 그 사람은 여자와 밀회를 한 날에는 '춘소일각치천금(春宵一刻値千金)'이니 하는 구절을 쓰죠. 오호, 천금의 가치가 있다. 좋겠죠? 난 그저 흥 하고 웃어버려요."

서로의 일기를 훔쳐보는 부부라니. 가까스로 수그러들던 현기증이 다시 도졌다. 나는 성냥불을 켜고서 두 개비째 담배에 불을 붙였다.

"미사키 씨는 모를 거예요. 10년 이상 남편의 바람기에 휘둘리며 살아온 여자의 마음 같은 건. 내 일기는 허구랍니다. 무라카와가 내 일기를 본다는 걸 알고 보복으로 그런 이야기를 지어냈을 뿐이에요. 우리는 집 안에서 탐정 못잖게 서로를 탐색해요. 나는 무라카와의 수첩을 매일 밤 체크하고, 무라카와의 양복 냄새를 맡아요. 양복 왼쪽 편에만 향수 냄새가 나면 그건 여자를 차에 태운 증거예요. 나는 바로 차고로 가서 차 내부를 조사하죠. 미터기를 매일 아침마다 확인하니까 학교와 집 사이의 왕복거리 이상을 달리면 금방 알 수 있죠."

그녀를 그렇게까지 만든 건 아직도 식지 않은 선생님에 대한 애정일까, 아니면 여자의 자존심이 짓밟혀서 생긴 집념일까?

"무라카와는 그런데도 아무것도 모르고 여자와 놀아나요. 그리고 돌아와서는 '오늘 학생들 회식 자리에 갔다 왔어' 하고 태연히 둘러대죠. 내가 모를 거라고 생각하는지……. 있잖아요, 미사키 씨."

이런 편지를 들고 왔다고 나를 나무랐어도 난감했을 테지만, 이제 그녀는 나를 붙들고 이야기를 하고 싶어서 안달이었다.

"미사키 씨가 여러 여자들과 지속적으로 관계한 적이 있는지, 어떤지는 모르겠지만……, 바람을 피우는 재미는 바로 그런 데에 있는 것 같아요."

그녀는 접시에 담긴, 내가 가져온 과자를 하나 집어 들었다. 낱개로 포장된 과자의 봉지를 뜯어 달콤한 밀가루덩어리를 하얀 이로 씹어 먹었다.

"여자는 다른 여자의 존재에 민감해서 남자를 붙잡기 위해서라면 뭐든 하지요. 밤에는 더 농밀해지고 더욱 정열적이죠. ……알죠? 남자는 기꺼이 그걸 누리고, 여자는 점점 도를 더해가고. 그런 식으로 되풀이되는 거죠."

듣고 보니 그런 것 같기도 했지만, 나는 미처 깨닫지 못했다. 그저 나의 도덕적인 꺼림칙함을 자극하는 것이려니 생각했다.

"하지만 그건 여자 혼자서 용을 쓰는 것뿐이더라고요. 남자는 그다지 비교하지 않는 것 같더군요. 그저 눈앞에 들이민 쾌락만으로 오케이죠. 그것이 점점 독약처럼 농후해지고 거기에 마비되어 고질병이 들고 난 뒤에야 문득 정신을 차리고 보면 여러 여자 사이를 오가고 있는 거죠."

그녀는 다 먹은 과자 봉지를 연애편지처럼 접어서 테이블 위에 툭 던졌다. 내가 쉬지 않고 피우던 담배는 벌써 필터까지 타들어갔다.

"무라카와의 전공이 고대 조정(朝廷)이었어요. 고대의 권력자가 어째서 수많은 후궁을 뒀는지 알 것 같은 기분이 들어요. 종족 보존? 유력한 일족과 맺어지기 위해서? 그런 이유도 있죠. 하지만 첫 번째 이유는 자극적인 밤을 기약할 수 있기 때문이에요. 여자들을 모아놓고서 경쟁시키면 남자는 한층 더 즐길 수 있겠죠?"

"그런 심리는……."

나는 재떨이에서 타고 있던 담배꽁초에 컵의 보리차를 조금 끼었었다. "선생님의 전공이 아닙니다. 선생님은 어디까지나 문헌에서 사실을 탐구하는 역사학자이시니까요."

"무라카와가 학자로 평가받고 있다는 사실이 통 이해가 안 가요. 곰팡내 나는 역사자료를 아무리 뒤져봤자 여자 마음에 대해선 요만큼도 이해하지 못하는 사람이니까. 그건 역사를 곧 사람이라고 가정하고 볼 때 무라카와는 그 사람의 행위를 기록하는 것 자체에 불감증이 있다는 증거예요. 역사는 여자가 만드는 게 아니라고 당신은 말할지 모르지만."

방 안에 침묵이 내려앉았다. 해가 기울어 창으로 들어오는 햇살이 우리 몸을 각각 절반씩 비추었다. 그녀의 오른쪽 부분과 나의 왼쪽 부분을. 그러나 그녀는 땀 한 방울 흘리지 않았다. 나만 말문이 막혀 피부 여기저기에 손수건을 찍어댔다.

"본론으로 들어갈까요?"

나는 숨을 헐떡이듯 말했다. 편지를 내 앞으로 당겨 놓고서 소파에 올려놓았던 양복 주머니에서 수첩을 꺼냈다.

"이 편지에 대해서 어떻게 생각하시는지요?"

편지지는 두 장이었다. 한 장은 잉크가 번졌지만 흐트러진 필체의 자잘한 글씨가 쓰인 것이었고, 다른 한 장은 백지였다. 편지를 보낼 때 예의를 갖추기 위해 백지까지 동봉하는 발신자의 여유가 읽는 사람에게는 오히려 냉혹한 계산과 증오의 표시로 느껴졌다.

대학교 관계자 및 언론 관계자 제위

○○대학교 문학부 역사학과 동양사 전임교수 무라카

와 도오루는 교육자로서 어울리지 않는 인물임을 여기에

고발한다.

　무라카와는 동 대학교 대학원 역사학과 석사과정 2년

차 학생 구라하시 가오리와 1년 반에 걸쳐 호텔에서 토끼

처럼 섹스를 계속 해왔다.

　성적으로 방종한 씨(氏)를 이대로 학내에 둔다면 무라

카와의 배에 나 있는 흉터가 밤에 얼마나 꿈틀거렸는지

를 구체적으로 공표하겠다. 이것은 금품을 목적으로 한

협박이 아니다. 무라카와에게 능욕당한, 순수하게 학문

을 지향하는 모든 사람이 내리는 응징이다.

　1개월 後에 증거품을 보내겠다. 귀 학교의 사회적 신

용이 결정적으로 실추되기 전에 현명한 결단을 내려주길

기대한다.

"이름을 밝히지 않은 익명의 여자들이 보내는 이런

편지나 전화는 집으로 매일같이 와요."

　그녀는 한숨을 쉬었다. "새로운 점이라면 언론사에

도 보냈다는 것과 무라카와의 지위를 집어서 협박했

다는 것 정도네요."

　나는 그녀의 말을 재빨리 수첩에 메모하고 그간의

상황을 설명했다.

"실제로 여러 주간지에 이 편지 복사본이 전달됐습니다. 선생님은 저서도 많이 내신 분인지라 언론사 쪽엔 이미 입을 막아뒀습니다. 그 외에 선생님께는 이육필 편지가 보내졌고, 대학 총장과 학과장, 사무국장에게는 편지의 복사본이 배달됐습니다."

"그래서 학교에서는 난리가 났고, 무라카와는 곤혹스러워하며 규슈에서 열리는 학회에 갔다, 이거로군요."

그녀는 손가락 끝으로 거칠게 유리 테이블을 두드렸다. 길흉을 점치기 위해 뼈를 두드리는 무녀 같은 표정으로 잠시 생각에 잠기는가 싶더니 다시 입을 열었다.

"설마 학생하고도 그랬을 줄이야……. 그건 예상치 못한 일이라 놀랍네요."

납이라도 씌운 듯 그녀의 표정에는 아무런 변화가 없었다. 납이 녹아내릴 수도 있을까? 그녀에게는 선생님이 불 같은 존재인 것일까?

보리차는 이미 미지근해져 있었다. 나는 방출한 정액과 온도가 같아져버린 그것을 너무 말라서 갈라질 것 같은 입속으로 흘려 넣었다. 그리고 다시 볼펜을 잡았다.

"이 '배의 흉터가 밤에'라는 부분은 뭘 의미하는 걸까요?"

"무라카와는 여기에……."

그녀는 배꼽 옆에서부터 서혜부에 걸쳐 스윽 선을 그었다.

"수술 흉터가 있어요. 어릴 때 생긴 흉터라서 그다지 눈에 띄진 않지만, 체온이 오르면 희미하게 붉어져요."

그녀의 담담한 어조가 요염하게 느껴져서 뺨이 화끈거렸다.

"그러면 역시 이 편지를 쓴 사람은 선생님과 관계한 여자들 중 한 명이라는 말이 되겠군요."

"꼭 그렇다고 단정할 수도 없지 않나요?"

그녀는 내 말을 간단하게 뒤집었다.

"흉터 같은 건 학회 여행에서 함께 목욕탕에 갔다가 봤을 수도 있잖아요. 미사키 씨는 몰랐어요?"

"글쎄요" 하고 나는 고개를 갸웃거렸다. 괜한 의심을 받는 것은 질색이다. 그녀는 시선을 돌리지 않고 계속 나에게 질문을 퍼부었다. 또다시 어느 쪽이 심문을 당하는 입장인지 모호해져서 나는 헛기침으로 그녀와의 사이에 얽혀 있는 긴장의 끈을 풀었다.

"당신이 말씀하신 대로 여자가 썼다고 단언하기엔 이른 것 같습니다. 선생님의 흉터를 알고 있는 여자가 다른 남자와 손잡고 계략을 꾸민 걸 수도 있고요."

"진실은 점점 어둠 속으로."

그녀는 노래하듯이 말했다.

"중요한 것은 이 사태를 무라카와 본인이 어떻게 생각하는가 하는 겁니다. 그 사람은 미사키 씨에게 탐정 역을 떠맡기고 자기는 학회에 가버렸어요. 남의 일인 양."

그 점은 나도 마음에 걸렸다.

나는 취미라고 할 만한 게 없다. 여름방학인데도 대학 연구실에 다니는 것 말고 별달리 할 일이 없었다. 다른 해 같으면 선생님이 전국 각지에서 개최되는 학회에 짐꾼으로 데려가주었을 텐데, 올해는 그마저도 없었다. 대신 선생님은 "곤란하게 됐네"라고만 말했다. 대학에서 쫓겨나느냐, 마느냐 운명의 갈림길에 서 있으면서도 처신에 급급한 모습은 전혀 보이지 않았다.

"자네, 한가하면 이걸 누가 썼는지 조사 좀 해주지 않겠나?"

그러면서 선생님은 들고 있던 편지를 나에게 던져주

고는 황급히 길을 떠났다.

마땅히 갈 데도 없는 나는 매일 외롭게 연구실을 지켰다. 선생님에게는 제자나 측근들이 많아서 연구실에는 항상 선물로 들어온 먹을 것이 가득했다. 자료를 정리하려 해도 연구실은 늘 깔끔하게 정리되어 있어 별로 할 일이 없었다. 그러다 보니 여름 내내 오후 시간의 태반을 혼자 과자나 먹으면서 '선생님이 나한테 이 편지를 맡기신 건 대체 무슨 뜻일까' 고민하며 보내게 되었다.

"무라카와는 이 편지를 쓴 사람이 누군지 어렴풋이 알고 있는 게 아닐까요?"

그녀의 말이 번개처럼 내 몸을 때렸다. 내 앞에 놓인 컵에 보리차가 빈 것을 보고 그녀는 "커피라도 드릴까요?" 하면서 자리를 떴다. 그리고 응접실 문을 열어둔 채 복도를 끼고서 맞은편에 있는 주방에서 물을 끓이기 시작했다.

그녀가 등을 돌리고 있는 것을 확인한 후 나는 크게 숨을 내쉬며 마음을 추슬렀다. 당황할 거 없다. 나는 전혀 켕기는 것이 없다. 그녀는 단지 상대를 뒤흔들어 자신에게 쏟아진 의심의 눈길을 돌려보려고 하는 것이다. 나는 냉정을 되찾아 그녀가 흑인가, 백인가를 판단하기만 하면 된다.

그래도 숨이 막혔다. 나는 넥타이를 풀어서 소파에 내려놓았던 웃옷 옆에 던져놓고 손가락으로 머리카락을 헝클었다.

사실은, 나도 알고 있다. 이 사건은 흑백으로 명확하게 구분되지 않는다. 잡을 수 없는 연기처럼 희뿌옇다. 그런데도 이런 안개가 자욱한 여자들의 숲에 내가 발을 들이민 이유는 딱 한 가지였다. 이 징글징글한 편지 내용에 구라하시 가오리의 이름이 들어 있었기 때문이다.

배신의 정의는 무엇일까? 신뢰를 짓밟히는 것이 배신일까? 그러나 신뢰는 짓밟히는 바로 그 순간에 무너지고, 결국 남는 것은 자존심밖에 없다. 그렇다면 자존심이 바로 배신이라는 행위를 존재하게 하는 것이라고 할 수 있지 않을까?

남자에게 배신당한 여자와 여자에게 배신당한 남자가 서로 얼음처럼 냉랭하게 테이블을 마주하고 대치한다. 얼음의 차가움 못지않게 뜨겁게 타오르는 자존심을 유일한 방패로 삼고.

이윽고 테이블에 검디검은 액체가 담긴 하얀 자기질의 커피 잔이 두 개 놓였다. 우리는 다시 편지를 사이에 두고 마주 앉았다. 마치 그 편지가 진실을 비추어주는 거울인 양, 그리고 서로의 얼굴이 거울에 비친 자기 자신의 모습이기라도 한 양.

"당신과 구라하시 씨는 친한가요?"

그녀의 갑작스런 물음에 나는 바로 반응하지 못했다. 죽음에 이르는 무서운 병에 전염된 것은 아닌지와 같은, 무슨 심각한 질문이라도 던지는 듯 그녀의 목소리는 엄숙했다.

"……뭐, 아무래도 같은 연구실에 적을 두고 있으니까요."

"그래서 구라하시 씨는 이 편지에 대해서 뭐라고?"

그때 가오리는 마치 경련이 이는 듯한 얼굴로 웃으며 말했다. 설마 믿는 거 아니지? 나하고 선생님 사이에 무슨 일이 있다니. 선생님이 나를 예뻐해주시니까 누군가 질투한 거야. 그래서 나는 이렇게 대답했다. 응, 믿지 않아. 그러면서 마음속으로 이렇게 덧붙였다. 너를 믿지 않아.

"구라하시는 그런 기억이 없다고 하더군요."

"곤란하네요. 나에 대한 혐의가 확정되어버릴 것 같네. 미사키 씨가 가봐줬으면 하는 곳이 있는데."

그녀는 몸을 앞으로 내밀며 미소를 지었다.

"오타 하루미를 알아요?"

의외의 이름이 나왔다. 나도 무심결에 몸을 앞으로 내밀었다.

"물론, 압니다. 선생님이 문화센터에서 하시는 강좌에 열심히 다니는 회원입니다. 약 2년 전부터 가끔씩 선생님의 연구를 도와서 자료수집이나 원고정서 같은 일을 해주고 있습니다."

"그래요, 그 여자가 제3의 여자예요."

설마? 나는 놀라서 그녀를 쳐다보았다. 그녀의 눈은 웃고 있지 않았다. 나는 간신히 목에서 소리를 짜냈다.

"오타 씨는 유부녀입니다."

"나도 무라카와하고 결혼했어요. 무라카와가 그런 걸 신경 쓸 남자라고 생각하세요?"

기가 세 보이는 오타 하루미의 눈이 떠올랐다. 지금 내 눈앞에 앉아 있는 여자와 어딘지 모르게 얼굴이 닮았지만, 오타 하루미는 이 여자만큼 사려 깊어 보이지 않는다. 집착이 강하고 외골수로 보이는 여자였다.

"오타 하루미는 자기도 이혼하고 무라카와랑 결혼하고 싶어 해요."

그녀는 마치 1만 년 전부터 결정된 사실을 전하듯이 딱 부러지게 단언했다.

"그걸 어떻게 아십니까?"

"무라카와한테서 직접 들었으니까요. 2년 전 나한테 이혼하자고 했을 때."

나는 이번에야말로 진심으로 놀랐다. 이 부부 사이에 이혼 이야기가 오갔다는 것도 처음 알았고, 오타 하루미가 단순히 '선생님을 추종하는 주부'가 아니었다는 것도 전혀 눈치 채지 못했다.

"무라카와는 그랬어요. '나를 챙겨주고 싶어 하는 여자는 당신 말고도 많아', 어린애 같은 데가 있는 사람이라 자랑스럽게 여자들의 이름을 얘기하더군요. 그중에 오타 하루미란 이름도 있었어요."

나는 대체 무엇을 보고 있었던 것일까. 직장에서 당연히 감을 잡고 있어야 할 인간관계도 눈치 채지 못한 채 하루하루를 보낸 것이다. 지금은 차라리 헤어지는 편이 자연스러우리라 생각될 정도로 붕괴된 이 부부의 관계에 대해서도 나는 절대 변하지 않을 사이라고 마음 한구석으로 믿고 있었다. 전에만 해도 설날에 손수 요리를 해주던 주방이었는데, 지금은 이미 옛날 옛적의 유적처럼 그 기능을 상실했다고 한다.

'선생님하고 당신은 퍽 닮았어.' 언젠가 가오리가 웃으면서 나에게 했던 말이 생각났다.

"그래서 당신은 어떻게 했습니까?"

"그런 이혼 제안은 받아들일 생각이 없다고 했어요."

"그때 오타 하루미도 만나셨나요?"

"아뇨. 나는 무라카와의 여자 같은 건 만나고 싶지 않아요. 사실 반년쯤 전에 우연히 그 여자 얼굴을 볼 기회가 있었어요. 아니, 그런 경우는 우연이라고 할 수 없지 않을까요?"

"무슨 말씀이십니까?"

"지금 생각해보면 이미 반년 전부터 이 사건은 꿈틀거리기 시작했던 것 같네요."

그녀는 그렇게 말하더니 손가락 끝으로 편지를 집어 들고 팔랑팔랑 흔들었다. 편지를 흔들 때마다 새하얀 종이에 물든 잉크가 검은 인분(鱗粉, 나비나 나방의 날개나 몸의 겉면을 덮고 있는 가루 모양의 분비물—옮긴이)이 되어 주위에 흩어지는 것 같은 기분이 들었다.

"반년 전 어느 날 저녁, 전화가 걸려왔어요. 침착한 여자 목소리였어요. '부인, 남편이 만나는 여자가 궁금하지 않으세요? 내일 오후 한 시에 남편이 묵고 있는 호텔 로비로 가보세요.' 무라카와는 정말로 그 무렵 원고를 쓰기 위해서 도심 호텔에 틀어박혀 있었죠. 전화한 여자는 무라카와가 집을 비우고 있다는 사실을 알고 있었던 거예요. 조금 기분이 나빠서 딸아이한테 '또 이상한 전화가 걸려왔어' 하고 의논을 했어요."

"호타루 씨죠? 영문과에 다니는."

"그래요. 호타루는 '내가 몰래 가서 상황을 보고 올게요' 하더군요."

그녀는 소파에서 일어나 갑자기 응접실에 놓인 업라이트피아노의 상판 뚜껑을 천천히 열었다. 나는 어안이 벙벙한 표정으로 그녀를 바라보았다. 그녀는 피아노 의자 위에 올라서서 현이 수직으로 쳐져 있는 내부에 손을 집어넣었다.

잠시 후 다시 자리로 돌아온 그녀의 손에는 사진이 몇 장 들려 있었다.

"그날 호타루가 몰래 찍어온 사진입니다."

나는 그녀가 내미는 사진을 들여다보았다. 한낮의

호텔 로비. 손에 갈색 봉투와 작은 꽃다발을 든 여자가 선생님과 함께 엘리베이터 쪽으로 걸어간다. 멀리서 찍은 것이었지만, 틀림없었다. 머리 모양도, 체형도, 살짝 이쪽으로 돌린 얼굴도 영락없이 오타 하루미였다.

하지만 이것만으로는 선생님과 오타 하루미의 관계를 단정 지을 수 없다. 나 자신에게는 그렇게 일렀지만, 사진 속의 두 사람은 다정하게 붙어서 어두운 엘리베이터 속으로 사라졌다. 폐가 아프도록 서늘해졌다.

"선생님의 여자관계를 고발하는 편지나 전화가 매일같이 왔다고 말씀하셨죠. 그때마다 이런 식으로 선생님의 행동을 확인하셨나요?"

"그럴 리가요."

그녀는 약간 밝은 목소리로 부정했다.

"무라카와가 처음 바람을 피웠을 때에는 나도 화가 나서 상대여자의 집을 찾아가기도 했죠. 그러나 계속 그랬다가는 몸이 버티질 못하겠더라고요."

그녀는 오타 하루미가 손에 든 꽃다발을 가리켰다.

"이걸 봐요. 그날은 무라카와의 생일이었어요. 만약 정말로 무라카와가 생일에 다른 여자를 만났다면……. 그렇게 생각하니 역시 확인하지 않을 수 없더군요."

가슴팍에 번진 붉은색 얼룩 한 점. 선생님의 생일선물로 오타 하루미가 선택한 빨간 꽃.

"나는 무라카와한테 이 사진을 보여주면서 따졌어요. 무라카와의 말로는, 두 사람이 특별히 만날 약속을 하지는 않았다고 했어요. 오타 하루미는 그날 낯익은 목소리의 남자가 '한 시에 ○○호텔로 자료를 갖다 달라는 무라카와 선생님의 전언입니다' 하고 전해주는 전화를 받았다더군요."

머릿속이 마구 요동쳤다. 나는 선생님의 심부름으로 오타 하루미에게 전화로 연락하는 일이 많다. 황급히 수첩을 뒤졌다.

"반년 전이라고 하셨는데, 정확하게 언제입니까?"

"무라카와의 생일은 2월 4일이에요."

나는 수첩에서 2월 일정을 보며 필사적으로 기억을 더듬었다. 가오리가 '선생님이 오타 씨한테 전언을 부탁했는데'라고 말한 적이 있었다. '그럼 내가 전화할게, 뭐라고 전하래?'

나는 얼굴이 하얗게 질려서 자리에서 벌떡 일어났

다. 선생님은 나를 의심하고 있구나.

"제가 아닙니다. 사모님, 믿어주세요."

나의 필사적인 호소를 듣고 있는 건지 아닌지, 그녀
는 입가에 옅은 미소를 띤 채 사실을 털어놓았다.

"오타 하루미한테 전화한 남자는 '미사키'라 했다고
합니다."

"말도 안 됩니다! 저는 가오리한테 이용당했습니다."

"무라카와는 '내가 미사키 군한테 뭔가 원한 살 만
한 일이라도 했던가?' 하더군요. 나도 그때에는 '설마'
했죠. '누군가가 미사키 씨의 이름을 도용한 건 아닐
까요' 하고. 하지만 오늘 당신의 태도를 보고 알았습
니다. 당신은 구라하시 가오리와."

"그렇습니다, 맞아요. 저는 가오리와 사귀고 있습니
다. 아무것도 모른 채 연구실에서 선생님과 가오리하
고 웃으며 이야기를 나누곤 했습니다! 하지만 저는 결
코 그런 편지 같은 건 쓰지 않았습니다!"

나는 오히려 편지를 쓴 사람은 내 눈앞에 앉아 있는
이 여자가 아닐까 의심하고 있었다. 그것을 추궁하고,
가오리와 선생님 사이의 모든 것을 폭로하려고 이 더
운 날씨에 씩씩거리며 찾아왔던 것이다. 그런데 이게

뭐람. 도리어 나 자신이 함정에 빠져 허우적대는 꼴이 되어버렸다.

이대로라면 질투에 눈이 먼 내가 편지를 쓴 것이 된다.

나는 법정에 끌려나온 피고인 처지가 되어버렸다. 용의자에 가장 가까운 증인인 그녀가 지금은, 내가 저지르지도 않은 죄를 탄핵하는 검사로, 나약하면서도 고집으로 뭉친 나의 마음을 재판하는 판사로, 나를 미궁에서 끌어내 단두대에 오르게 할 사형집행인으로 돌변했다.

그녀는 나를 올려다보며 "앉죠" 하고 나직하게 말했다. 나는 흥분하여 날뛰고 있는 것을 깨닫고 소파에 앉았다.

"제발 믿어주십시오. 저는……."

나는 양손으로 이마를 감싸며 신음했다. 발을 들이민 숲 속의 썩는 냄새에 구토가 났다.

연구실의 일원인 가오리는 선생님이 호텔에 머물고 있다는 것을 당연히 알고 있었다. 가오리가 선생님의 여자들을 한데 모이게 하려고 그런 상황을 꾸민 것이다. 가오리는 호텔 로비에서 섬뜩한 기대에 차서 기다렸다. 오타 하루미와 선생님의 아내가 서로 소리 지르며 싸우기를 초조하게 기다렸던 것이다.

내 가슴은 몇 만 년에 걸쳐 형성된 얼음기둥에 뚫린 것처럼 마비되었다. 증오도, 원망도 얼어붙어 절대영도에서의 세포를 태우는 통증만이 먼 우주에서 쏟아져 내리는 전기신호처럼 내 신경에 미미하게 와 닿았다. 이제 소리를 지르지도, 울지도 못한다. 실컷 이용당하고 궁지에 몰린 나 자신의 심장 소리만 시끄럽다.

거기에 내 앞에 앉아 있는 여자의 고동 소리도 섞였다. 그녀의 가냘픈 호흡이, 공기를 거둬들였다가 다시 토해내는 그 공기주머니의 소리가 섞였다. 그녀에게 매달려 울면서 나의 이 절망감을 호소하고 싶었다.

하지만 나는 그럴 수 없었다. 내 사지는 허무하게 소파에 묻혀 있다.

그녀가 내 어깨에 손을 얹고 내 귓가에 부드럽게 입술을 대고 싶어 한다는 것을 느꼈다. 그러나 그녀 역시 그렇게 하지 않았다. 그녀는 꼼짝도 하지 않고 유리 테이블만큼의 거리를 둔 채 물끄러미 나를 응시할 뿐이었다.

이윽고 그녀가 입을 열었다.

"편지를 쓴 사람은 오타 하루미입니다."

나는 당신을 믿어요. 그녀는 빙 둘러서 말했다. 나는 힘없이 웃었다. 나는 그녀에게 포박당한 것을 느꼈다. 넝쿨에 감겨 꼼짝도 못하고, 결국은 숲의 부엽토가 될 운명임을 깨달았다. 그래도 좋다. 그렇게 되는 것 외에는 지금의 나를 구원할 방법이 없다. 나는 그녀에게 나 자신을 맡겼다.

"오타 하루미는 거짓 호출에 속은 걸 나중에 알고 복수하려고 생각했겠지요. 전화를 건 당신한테. 당신과 교제하면서 무라카와하고도 연애를 하는 구라하시 가오리한테."

"하지만 제 이름은 편지에 나오지 않았습니다."

"당신이 구라하시한테 조종당했다는 건 오타 하루미도 알고 있었어요."

그녀의 눈에 경멸과 흡사한 동정의 빛이 떠올랐다.

"그래서 '순수하게 학문을 지향하는 모든 사람'이라는 표현에 그친 겁니다. 그것만으로도 무라카와가 당신을 의심하기에 충분하죠."

"선생님은 열심히 저를 지도해주셨습니다. 저 역시 선생님을 존경하고 선생님의 연구를 힘껏 도와드렸다고 생각합니다. 그런데……."

단 한 통의 고발문으로 모든 것이 깨지고 말았다.

나는 나 자신이 무섭다. 사랑한다고 생각했던 여자에게 실컷 이용당하고도 눈치 채지 못한 한심함. 스승이란 든든한 방패를 잃어버리고, 더 이상 희망이 보이지 않는 연구세계에서 앞으로 감당해야 할 일. 그런 현실이 눈앞에 들이닥쳤는데도 무감각한 채, 어떻게든 해보려는 기력조차 잃어버린 나 자신이 무서웠다.

지금 내 속에 있는 것은 바로 앞에서 나를 지켜보는 그녀의 눈처럼 깊은, 까만 허무의 구멍뿐이다. 두 번 다시 신뢰가 싹트지 않을 시든 나무에 사랑을 속삭이는 새가 있을 리 없다. 나는 분노도, 증오도 너무 쉽게 삼키고 오물로 간단히 배설해버리는 살벌한 눈앞의 풍경에 휘청거렸다.

겨우 팔 한번 휘두르는 것으로 나의 풍경을 확 바꿔버린 선생님.

나는 선생님이라는 사람을 도무지 알 수가 없다. 천진난만하게 사랑을 하며 기뻐하고, 냉랭한 응어리를 속에 감추고 있으면서도 아무렇지 않은 얼굴로 나를 곁에 두고, 직장을 잃을지 모르는데도 남 일처럼 생각하는 선생님.

그런 나의 혼란을 눈치 챘는지, 앞에 앉은 그녀가 중얼거렸다.

"무라카와는 무책임하긴 해도, 불성실하지는 않아요. 책임을 지는 일은 하지 않지만, 의무는 다한답니다. 이기주의자이지만, 로맨티스트이기도 하죠."

그 말은 선생님에 대한 평가인 동시에, 소름끼치는 사랑의 본질에 대해서 이야기하는 것처럼 들렸다.

내가 아무 대답도 하지 않자 그녀는 다시 자리에서 일어나 주방으로 갔다. 냉장고 문을 열더니 안에서 카세트테이프를 꺼냈다. 그녀는 식탁 위에 있던 작은 녹음기에 그 테이프를 끼워 넣고서 통째로 들고 자리로 돌아왔다.

나는 지극히 자연스러워 보이는 그녀의 일련의 행동을 반추하면서 말했다.

"……한 가지 여쭤봐도 될까요?"

"그러세요."

"어째서 그런 이상한 곳에 사진과 테이프를 두십니까?"

그녀는 장난스럽게 웃었다. 처음에 나를 이 응접실

로 안내하던 때와 달리 서로 간에 제법 허물이 없어진 듯한 느낌을 주는 부드러운 웃음이었다.

"그건 말이죠, 미사키 씨. 이혼 조정에 필요한 증거를 무라카와가 버리면 안 되기 때문이죠."

"이혼은 하지 않는다고……."

"2년 전에 무라카와가 먼저 말을 꺼냈을 때에는 거절했죠. 그러나 호텔 사건이 일어난 후, 이번에는 내가 제안했습니다. 그 이유가 바로 나한테 배달되어온 이 테이프이지요."

그녀가 녹음기의 스위치를 누르자 잔뜩 숨죽인 사람의 기척이 흘러나왔다. 내용을 또렷하게 알아들을 수 없을 정도로 음질이 심하게 좋지 않았지만, 어느 남자의 속삭이는 목소리를 들을 수 있었다. 선생님이었다. 여자가 짧게 대답하고, 곧이어 옷이 부스럭거리는 소리, 그리고 침대가 삐걱거리는 소리에 거친 숨소리와 신음 소리가 뒤섞였다.

"남자 쪽은 무라카와입니다."

그녀는 그렇게 단언했다. 나는 고개를 끄덕였다.

"미사키 씨는 상대 여성이 누군지 알겠어요?"

모른다. 음질이 나쁜 데다 여자가 소리를 내지 않으

려 애쓰고 있다. 혹시 가오리가 아닐까 하고 귀 기울여보았지만, 아닌 것 같았다.

선생님의 교성을 들으면서 이야기하는 것이 몹시 난감하여 나는 손을 뻗어 녹음기를 껐다. 바로 그 순간, 테이프의 여자 목소리가 오타 하루미와 닮았다는 생각이 스쳐 지나갔다.

그러나 내가 그 말을 하기 전에 그녀가 입을 열었다.

"2월 말에 배달되어온 거예요."

나는 오싹함을 느끼지 않을 수 없었다. 이 테이프가 어디서 녹음됐든 간에, 그것을 가장 쉽게 녹음할 수 있는 사람은 당사자인 여자가 아닌가. 자신의 밀회장면을 테이프에 녹음한 사람도, 그것을 보낸 사람도 오타 하루미가 틀림없다.

"있죠, 미사키 씨. 이걸 들었을 때 이미 나는 나 자신을 용서하려고 생각했어요. 무라카와하고 결혼해서 처음 십여 년 동안은 정말 행복했어요. 하지만 나머지 십여 년은 전쟁이었죠. 서로 상대를 탐색하고 속박하고, 나 자신 속에 있는 더러운 것, 추한 것을 들이대는 나날들이었어요. 자궁을 중심으로 피부가 뒤집어지고, 내장을 속속들이 다 드러내놓은 듯한. ……이 테이프를 듣고서, 모든 걸 내놓고 무라카와를 사랑한 나 자신을 용서해도 좋다고 생각했어요. 그래서 그이한테 이혼하자고 제안했어요."

"이 테이프의 목소리는 오타 하루미입니다."

내 말에 그녀는 한숨을 쉬었다.

"역시 그런가요. 이런 것이 오타 하루미의 사랑법이 겠지요. 굴욕을 투지로 바꿔 어떤 수단을 써서라도 무라카와 그 주위에 있는 여자를 배제하겠다. 그 편지도 복수인 동시에 경쟁자를 걷어차버리기 위한 것이겠죠. 무라카와하고 나 사이에서 이혼 이야기가 나오고 있다는 걸 알고 오타 하루미는 이 시기에 고발문을 썼을 거예요."

그리고 오타 하루미는 지위를 잃은 선생님을 손에 넣는다. 자신만의 것이 된 남자와 함께 이 도시를 떠날 작정이었겠지.

"선생님은 오타 하루미가 한 짓을 알고 계신가요? 알고 있기 때문에 그 여자와의 관계를 이어나가고 대학에서는 묵묵히 떠날 생각이신 걸까요?"

"무라카와도 알고 있을 거예요. 알고는 있지만, 인정하고 싶지 않겠죠. 그런 느낌 아닌가요? 무라카와는 사랑의 말을 마취제로 써서 사냥하는 게 나쁘지 않다고 생각하는 사람입니다. 그 사람은 분명 여자를 위해 모든 걸 버린 지금의 자기 역할에 몰두해 있을 거예요."

그녀는 눈을 감았다. 약간 듬성듬성 난 속눈썹이 그녀의 마음을 찌르는 가시처럼 떨렸다.

"당신은 분하지 않습니까?"

나는 치밀어 오르는 화를 억누르지 못하고 물었다. 그녀는 시선을 치켜들었다. 예상과 달리 눈에 눈물은 고이지 않았다.

"나는 무라카와하고 보낸 세월 동안 내 마음속에서 배신보다 더 추한 걸 발견했답니다. 자부심과 자존심, 집착, 그리고 이상하게도 아침 이슬처럼 맑고 아름다운 마음이 바로 그것입니다. 나는 그걸 내 속에 봉해 두기로 했습니다. 만약 내 마지막 호흡이 끝날 때까지를 영원이라고 한다면, 영원히."

선생님이 이 사람의 결벽을 선택할 일은 앞으로 없을 것이다. 이 사람은 자신의 외부에서 구원을 찾는 것을 허무하다고 느끼는 사람이기 때문이다.

선생님은 많은 여자들의 마음을 이끌고서 오타 하루미와 숲 속을 헤맨다. 어쩌면 자신들을 따라다니는 정념을 깨닫지 못한 채. 선생님과 오타 하루미는 이윽고 깊숙한 숲 속에서 한데 포개어져 흐물흐물 녹아갈 것이다. 썩는 냄새가 사해에 떠돌아 나는 아무리 멀리 떨어져 있어도 그들의 마지막을 알아차릴 것이다. 그때 나는 어떻게 할까? 웃을까, 울까, 아니 그저 얼굴을 찡그리기만 할까? 그건 아직 모르겠다.

그리고 이 사람은 지금 추악한 남녀세계의 패잔병이 되어 어두운 숲에서 조용히 떠나려 하고 있다. 그녀는 넓디넓은 초원을 혼자 걷는다. 자기 발치에 쓸쓸하게 말라비틀어진 사체가 곳곳에 뒹구는 것을 자각하면서. 그래도 가슴속에는 이 세상에서 가장 추하면서도 가장 아름다운 결정(結晶)을 살짝 품은 채로.

응접실에는 어느새 석양이 비치고, 복도에는 어스름이 스며들고 있었다. 나는 편지를 다시 원래대로 접어서 수첩과 함께 웃옷 주머니에 넣고 풀어놓았던 넥타이를 말아서 바지 주머니에 찔러 넣었다.

"너무 오래 있었네요. 죄송합니다."

그녀는 느릿하게 고개를 저으며 물었다.

"미사키 씨는 앞으로 어떻게 하실 거예요?"

잠시 생각해보았지만, 아무 생각도 나지 않았다. 선

생님은 배신을 절대 용서하지 않고 잊지도 않는 외로운 황제이다. 나는 가오리와도 헤어지고 선생님도 떠난 학교에서 자료더미에 묻혀 살아갈 것이다. 지금은 기쁨도, 슬픔도 없는 그런 앞날까지 생각하고 싶지 않았다.

"글쎄요, 어떻게 할까요?"

그렇게 중얼거리다 보니 생각나는 것이 있었다.

"당신은 선생님과 오타 하루미한테 복수하고 싶다는 생각은 하지 않습니까?"

"어째서요?"

"저는 견딜 수가 없습니다. 지금은 가슴에 차갑고 굵은 말뚝이 박힌 것처럼 아무것도 느낄 수가 없습니다. 하지만 시간이 조금 지나면 제 자신이 뭘 할지 모르겠습니다. 당신은 그런 생각, 해본 적 없으셨습니까?"

"전에는 있었던 것 같네요."

그녀는 자신의 내면을 돌아보는 눈빛을 했다.

"하지만 지금은 무라카와나 오타 하루미가 불쌍하다고 생각해요. 자기 속에 있는 뭔가를 아낌없이 내주고 꺼내주면 누군가를 손에 넣을 수 있다고 천진하게 믿고 있는 그 사람들이 너무 불쌍해요."

"전 그런 생각조차 할 거 같지 않은데요."

그렇게 말하는 입술에 경련이 일었다. 웃고 싶었지만 뜻대로 되지 않았다. 울상이 된, 꼴사나운 내 표정에 스스로도 정나미가 떨어져서 소파에서 일어나 방을 나왔다. 그녀는 배웅을 하러 뒤따라 나와 내가 현관에서 구두를 신는 동안 문턱에 서 있었다.

"미사키 씨."

그녀가 불렀지만 나는 돌아보지 않았다. 그녀는 혼잣말처럼 이렇게 말을 이었다.

"당신의 마음에 박힌 얼음기둥도 언젠가는 녹을 거예요. 하지만 뻥 뚫린 구멍은 언제까지고 남아 있겠지요. 그 아픔은 계속 남아 그곳을 지나는 바람소리가 당신을 잠 못 들게 하는 밤도 있을지 몰라요. 하지만 나는 이 아픔을 언제까지고 맛보고 살고 싶어요. 그것이 내가 살아온, 그리고 앞으로도 계속 살아가기 위한 증표가 될 거예요. 내 아픔은 나만의 것. 내 공허는 나만의 것. 난 누구에게도 더럽혀지지 않을 나만의 것을 이제 겨우 손에 넣었답니다."

나는 말없이 문을 열었다. 해가 떨어지려는 시각인

데도, 열기는 지표 부근에서 똬리를 틀고 있다. 차고에는 차 한 대가 먼지를 뒤집어쓰고 있었다. 선생님이 여자를 태웠고, 그녀가 매일 아침 주행거리를 조사했던 바로 그 차였다. 더 이상 움직이는 일이 없을 사랑의 잔해였다.

그녀는 그것을 용서한다고도, 용서하지 않는다고도 말하지 않은 채 샌들을 신고 문 있는 데까지 따라 나왔다. "그러면 이만 여기서" 하고 인사하려고 뒤돌아보니 그녀는 조용히 웃고 있었다.

"미사키 씨, 오늘 내가 한 얘기를 당신은 믿나요?"

"……무슨 뜻입니까?"

또다시 현기증이 덮쳐왔다. 순식간에 주위에 잿빛 안개가 가득 낀 것 같은 기분이 들었다.

"저한테 진실을 말씀해주신 게 아닙니까?"

"나는 내가 생각한 진실을 얘기했어요. 사실은 하나이지만, 진실이란 건 사람의 머릿수만큼 있죠."

그녀의 모습이 하늘하늘 흔들려 윤곽을 제대로 파악할 수 없었다. 서늘하고 축축한 안개라고 생각했는데, 사실은 수상한 연기였다는 것을 이제야 겨우 깨달았다. 그녀는 뿜어 오르는 열기에도 물러나는 법 없이 아지랑이처럼 잡을 곳 없는 몸과 마음으로 불같은 노여움 속에 서성거리고 있다.

그녀의 턱에서 녹아내리기 시작한 납 같은 땀이 뚝뚝 떨어져 차고의 콘크리트 바닥에 얼룩을 만들었다.

"미사키 씨는 앞으로 어떻게 하실 건가요?"

그녀는 아까와 같은 질문을 했다. 그녀가 원하는 것이 뭔지 모르겠다. 뒷걸음질 치듯이 문 밖으로 한 걸음 물러나왔다. 그녀는 문에 손을 짚으면서 말했다.

"편지를 쓴 건 바로 나예요……."

그러더니 시험하듯 내 표정을 엿보았다. 나는 아마어지간히 한심한 얼굴을 하고 있었으리라. 그녀는 웃으며 바로 이렇게 덧붙였다.

"그렇다고 내가 말해도, 또 '미사키 씨가 쓴 게 틀림없습니다'라고 하는 이가 있어도, 남편은 그 말을 곧이곧대로 믿겠지요. 미사키 씨가 이렇게 진실을 찾아 더운 여름날에 걸어다니는 건 유감스럽게도 헛수고입니다. 누가 썼든 간에 남편은 개의치 않아요."

"……그게 오타 하루미가 쓴 것도 아니라면요?"

변변찮은 반격이긴 했지만, 그녀는 아무렇지도 않은 것 같다. 그녀는 문을 닫고 그 위에 손을 올렸다.

"그래도 계속 '증거 수집'을 할 거라면 주의하세요. 미사키 씨는 손바닥을 너무 남한테 내보이고 있어요."

불어 닥치는 열기에 목이 타들어가는 것 같다.

편지를 쓴 것은 역시 이 사람이 아닐까? 그 테이프도 이 사람과 선생님의 침실 정경이었던 게 아닐까? 나는 오타 하루미의 목소리를 닮았다고 생각했다. 그러나 그것도 내가 편지를 쓴 사람은 오타 하루미라고 믿고 싶었기에, 지레짐작한 것뿐일지도 모른다.

나는 의심스러운 마음에 쓰러질 것 같은 자세를 애써 곧추세웠다.

"다음에는 오타 하루미를 만나러 가겠지요. 하지만 저는 당신의 주장을 믿습니다."

"당신은 그렇게 하는 게 제일 편한가요?"

"그렇습니다. 저는 선생님이 대학에 계시길 바랍니다. 편지를 쓴 건 제가 아니라고, 오타 하루미가 모략으로 사랑을 얻으려고 꾸민 거라고, 어떡하든 선생님이 아시게 할 겁니다. 혹시 오타 하루미한테 전하실 말씀이라도 있습니까?"

"……글쎄요. 이렇게 전해줄래요? 이번에는 당신 차례다, 남편을 언제 다른 여자한테 빼앗길지 노심초

사하는 질투의 화신이 되어 살아가는 날들이겠지만, 그래도 몸은 건강하라고."

편지를 썼을 확률은 이 사람도, 오타 하루미도 반반이다. 아니, 나까지 포함하면 여전히 3분의 1씩이라고 할 수 있다.

그리고 선생님은 이 사람과 나를 믿지 않는다. 그것이 선생님의 진실이다. 그렇다면 나는 이 사람의 말을 믿자. 그것이 우리의 진실이다. 이 사람이 숲을 떠날 때 정말로 불을 질렀다고 해도, 그것을 본 사람은 아무도 없다. 선생님이 떠나고, 결국 버려지게 될 우리의 진실은 달라지지 않는다.

편지는 오타 하루미가 쓴 것이다.

나는 오타 하루미를 찾아갈 것이다. 고발문을 손에 들고 오타 하루미의 집 문을 두드릴 것이다. 어떤 반응이 돌아올까? 심부름꾼으로 찾아온 나를 안색을 바꾸고 따질까? 그렇잖으면 이 사람과 마찬가지로 담담하게 '진실'을 이야기할까?

어느 쪽이든 상관없다. 나는 전갈처럼 독이 뚝뚝 떨어지는 바늘을 손에 들고 오타 하루미의 말(言)을 죽일 것이다. 거기에 진실은 없다고 단정할 것이다.

나를 오타 하루미한테 보내려고 한 것은 그녀의 처음이자 마지막인, 아주 소심한 반격일지도 모른다. 모든 경쟁자를 탈락시키고, 드디어 선생님을 손에 넣었다고 소리 높여 웃고 있을 오타 하루미에게 창백한 심부름꾼의 갑작스런 방문은 섬뜩하겠지.

이 사람은 오로지 선생님을 사랑했다. 배신을 배신으로 갚는 것이 아니라 자신의 마음을 돌려보냈다. 더러운 수단으로 그를 잡으려는 의도라곤 없이. 나는 그렇게 믿고 싶다.

나를 배신한 여자는 내가 선생님과 닮았다고 했다. 하지만 나는 오히려 이 사람과 닮았다. 세계가 신뢰와 애정으로 이루어져 있다고 믿고, 선생님의 사랑을 정면에서 원했다는 점에서 나와 이 사람은 서로 닮았다. 그렇게 나는 생각하고 싶었다.

"안녕히 계십시오, 사모님."

"다음에 또 만날 일이 있을지 모르겠지만, 그때에는 아마 나는 '사모님'이 아닐 거예요."

"그러면 뭐라고 부르면?"

"이름을 불러주세요."

그녀의 눈은 잔잔한 밤 호수처럼 고요한 빛을 되찾

왔다. "혹시 만날 일이 있다면요."

나는 그녀의 이름을 모른다. 그렇지만 "예" 하고 대답했다.

나는 그 집에 등을 돌리고 골목길을 걸어 나왔다. 몇 걸음 가다가 돌아보니 그녀는 이쪽을 보고 있었다. 나는 발을 멈추었다.

"마지막으로 한 가지 더 여쭤봐도 괜찮을까요?"

"질문이 많군요."

그녀는 웃으면서 "하세요"라고 말했다.

"다시 태어난다면 또 여자로 태어나고 싶습니까? 아니면 다음에는 남자로?"

"나는 내세를 믿지 않아요. 그러나…… 가능하다면 성별이 없는 것으로. 누구하고도 섞이지 않고, 분열을 거듭하다가 어느 날 갑자기 사소한 계기로 그 모든 것이 사멸하는 그런 생물로 태어나고 싶어요."

길모퉁이를 돌 즈음에는, 그녀가 현관에 놓인 화분 옆에 구부리고 앉아 병든 잎을 따고 있는 모습이 얼핏 보였다.

해 질 녘인데도 버스 정류장까지 가는 길에 사람 그림자 하나 보이지 않았다. 황급히 저녁 찬거리를 사러

나가는 사람의 모습도, 이곳으로 돌아오는 사람의 모습도 보이지 않았다.

길은 고요하고, 더위의 여운이 아직 남은 창들은 어둑했다.

건설 중인 구역까지 와서 나도 모르게 멈춰 섰다. 새빨갛게 물든 하늘 아래 가느다란, 시커먼 전신주가 몇 천 개나 죽 늘어서 있었다. 빨갛게 녹은 태양은 지금 저 너머로 가라앉고, 골조만 남은 집들이 마치 활활 타오르는 불길에 휩싸인 숲의 나무들처럼 기둥이 붉게 물들어 있다. 다 타버린 생목 냄새가 나는 듯한 착각마저 든다.

그녀가 보낸 십여 년의 세월 동안 이 땅에는 악몽처럼 똑같은 규격의 집들이 생겨났다. 그녀가 낳은 괴로움을 끌어안은 알의 껍데기 같은 크림색의 외벽. 그녀가 헤매고 있는 숲속의 나무들 같은, 골조가 앙상한 기둥들. 그리고 그녀가 드디어 거기에 불을 지른다. 나는 그런 시시한 공상을 잠시 해보았다.

어둠 속에서 불어온 바람이 가짜 나무숲 사이를 지나갔다.

그녀가 마음속에서 찾아낸, 배신보다 더 추하지만

아름다운 것들. 그런 것을 나도 내 속에서 찾아보았지만, 불타버린 망막한 들판에서 맑은 아침 이슬이 맺힌 보드라운 잎은 보이지 않았다.

나는 아무 표시도 없는 길에서 거리도, 방향도 잃은 채 오직 희미하게 들리는 도로의 소음에 의지하여 버스 정류장을 향해 걸어갔다.

잔해(殘骸)

"있잖아요, 여보."

마사코는 언제나 나를 그렇게 부른다. 교만하기까지 한 담담한 표정으로 어딘가 쌀쌀맞은 냉기를 숨긴 채.

그때마다 나는 숙제를 해오지 않아서 어떻게 변명해야 할지 고민하는 초등학생 같은 기분이 든다. 눈앞에는 젊은 여교사가 허리에 손을 짚고 서 있고, 나는 반 아이들의 히죽거리는 소리에 둘러싸인 채 시선을 허공으로 보낸다. 어제 어머니가 갑자기 열이 나셨어요. 입으로는 불쌍한 척 대답하면서 머릿속으로는 장난을 떠올린다. 다음엔 교무실에 있는 선생님의 책상 서랍에 개구리를 넣어둬야지. 깜짝 놀라서 당황하는 모습을 보고 싶은걸. 그런 기분이 든다.

"아빠가 얼굴 좀 봤으면 하세요. 도로 건 때문에 그러는 것 같은데."

아이까지 낳은 여자가 자기 아버지를 '아빠'라고 부르는 것은 아무래도 듣기 불편하다. '여보'라고 하는 나에 대한 호칭도 마찬가지이다. '잠깐만'이나 '저기요'로도 충분히 대화할 수 있지 않나? '여보' 하고 부르는 것은 유치원생이 소꿉놀이하는 것 같아서 모공이 간질거린다. 하지만 소꿉놀이의 연장선상에서 하루하루를 보내고 싶어 하는 이런 아내가 사랑스럽게 느껴지는 것도 사실이다.

"그럼 내일 바로 아버님을 찾아뵙자. 당신도 갈 거지?"

신문을 내려놓자 맞은편 소파에 앉아 있는 마사코의 얼굴이 나타났다. 무릎 위에 가지런히 모으고 있는 손가락 끝은 빈틈없이 손질되어 있고, 머리카락은 완벽한 웨이브를 그리며 어깨까지 내려와 있다. 마사코는 내 등 뒤편의 큰 텔레비전에 꽂혀 있던 시선을 돌려 정밀기계의 미묘한 오차를 바로잡듯 부드럽게 나의 왼쪽 볼 언저리로 초점을 맞췄다. 그녀는 어린 시절부터 이야기할 때는 상대방의 얼굴을 보면서 하도록 교육을 받았다.

"나, 내일은 안 돼요. 공개강좌에 함께 다니는 친구들이 우리 집에 놀러 와요. 조촐한 홈파티를 하기로 했거든요."

"그럼 어떡할까? 다음 주에 갈까?"

"당신 혼자 다녀와요. 응?"

그녀의 미소. 미소 하나로 자신의 의지를 관철시켜 온 사람 특유의 미소.

"자, 우리 딸 치사. 아버지한테 '안녕히 주무세요' 해야지."

마사코는 소파에서 일어나 거실 테이블에서 수학 연습장을 펼쳐놓고 있던 딸을 재촉한다. 앞쪽에 앉아서 텔레비전을 흘긋흘긋 훔쳐볼 뿐, 전혀 손을 움직이지 않고 있던 딸이 의자에서 내려와 나에게 다가왔다.

"안녕히 주무세요, 아버지."

나는 의자에 앉은 내 무릎에 기대듯이 서 있는 딸의 커다란 눈동자를 올려다보았다. 딸이 '아버지'라고 부르는 것은 나의 투쟁과 타협의 결과이다.

'아빠'라고 부르는 것만은 막아달라고 하는 나에게

마사코는 "'아버지'라고 하면 너무 애늙은이 같아" 하고 불평하면서도 마지못해 허락해주었다. 확실히 이 호화로운 저택에서는 우러러볼 만한 '아버지'가 사는 것이 잘 어울렸다. 아기침대에서 자는 딸을 들여다보면서 마사코와 그런 이야기를 나눈 날도 있었다.

"잘 자."

나는 딸의 머리를 쓰다듬어주었다. 주말 저녁밖에는 제대로 얼굴 볼 시간이 없는 딸의 모습이 점점 더 사랑스러워진다. 키도 제법 큰 것 같다. 마사코가 현관 홀의 조명을 낮추러 거실에서 나간 것을 확인한 나는 입을 열었다.

"치사, 이번 주에 뭐 힘든 일은 없었어? 집이나 학교에서?"

이것은 딸과 나 단둘만의 비밀의식이다. 엄마에게는 말하기 어렵지만, 아빠인 나에게 말할 수 있는 것이 있을지 모른다. 늘 함께 할 수 없기 때문에 딸에게 고민이 있다면 조금이라도 도와주고 싶은 생각이 더 든다.

딸도 그것을 알고 있기에, 평소 같으면 내가 부자연스럽게 진지한 얼굴을 한 것을 보고 쿡쿡 웃으면서 "아무것도 없어요, 아버지"라고 대답하곤 한다. 하지만 이번 주는 조금 달랐다. 치사는 내 무릎에 양손을 짚고 약간 발돋움하더니 "있잖아요" 하고 말했다.

"엄마가 매일 아침 홍차를 끓여주잖아요."

"그런데?"

"그런데 그 홍차, 너무 뜨거워요. 다음 주부터 개학인데, 아침에 학교 가느라 바쁜데 그걸 마시는 건 정말 힘들어요."

딸의 고민이 홍차의 온도란 말인가? 나는 간질간질한 곤혹스러움을 느꼈다. 초등학생인 딸에게 견디기 버거울 만큼 심각한 고민이 있을 리도 없겠지만, 겨우 홍차 온도 가지고 고민하는 생활을 하다니! 과연 그 엄마의 그 딸이로군.

"그거 곤란하겠구나. 우유를 넣어달라고 하면 어떨까?"

"그러면 향이 나빠진대요."

나는 가끔 마사코의 모형을 키우는 기분이 든다. 딸의 몸짓과 어조가 놀라울 만치 아내와 닮아 보일 때가 있다.

"그러면 하는 수 없네. 아침에 10분 일찍 일어나야지. 천천히 마시고 여유롭게 학교 가면 되겠네."

딸은 내 해결책이 마음에 들지 않는 것 같았지만, 그래도 얌전하게 "예" 하고 대답했다.

"자, 치사. 2층으로 가자."

마사코가 거실 유리문을 열었다. 딸은 문 앞에서 잠깐 돌아보며 나에게 손을 흔들고는 마사코와 함께 계단을 올라갔다.

나는 소파 등에 몸을 기댔다. 장인이 사는 오이소(大磯, 가나가와 현에 위치한 작은 浦浦—옮긴이)에 혼자 가는 것은 내키지 않지만, 어쩔 수 없다. 요즘 마사코는 공개강좌 동료들과 스터디에 빠져 있다.

딸이 다니는 초등학교는 초등학교부터 대학교까지 일관교육을 슬로건으로 내세우고 있다. 그래서 엄마들 사이에서는 대학교수가 주재하는 공개강좌 수강이 유행이다. 자식의 교육환경을 잘 알기 위해서라느니, 지적 호기심을 유지하기 위해서라느니 하면서 그럴듯한 이유를 대고는 있지만, 결국 엄마들끼리 뒷담화에 꽃을 피우는 모임에 지나지 않을 것이다.

한심하다고 생각하지만, 딸 치사도 올해 4학년이다. 학교에 데려다주고, 데려오는 번거로움도 없어졌다. 혼자서 집에만 틀어박혀 있자면 마사코도 답답할 것이다.

소파에 앉은 채 실내를 둘러보았다. 구석구석까지 가사도우미의 손길이 미친 집 안은 쾌적해 보였다. 마사코가 돌보는 빨간 외제 꽃병 속의 관엽식물. 천장에 박혀 밝은 빛을 던지는 형광등 패널.

내가 사는 이유이자 돌아갈 장소. 행복하게 사는 아내와 딸. 집안의 질서가 유지되고 있다면 그것으로 충분하다.

나는 만족해하며 다시 신문을 손에 들었다.

아무리 아침이 바쁘더라도, 토끼 모이는 내가 준다.

처음에는 딸의 정서교육을 위한다는 명목으로 키우기 시작했지만, 아니나 다를까, 어린 딸은 얌전한 생물에게 이내 싫증을 냈다. 딸이 싫증을 내도 토끼가 살아가는 데에는 아무 지장이 없었다. 어느 틈에 보니 번식을 하여 딸 친구한테나 딸이 다니는 초등학교에 황급히 입양을 시키게 됐다. 정원 한구석에 철망으로 여덟 평 남짓한 넓이의 우리를 지어 지금은 열 마리 정도 키우고 있다. 토끼를 돌보는 것은 순전히 내 몫이다.

한 마리, 한 마리에게 이름을 붙일 만큼 하나하나
다 알고 있지는 않지만, 관찰하다 보면 토끼라는 동물
이 여간 재미있는 것이 아니다. 우는 소리를 내지도 않
는데, 뚜렷한 개성이 있다. 얇고 차가운 귀를 쫑긋 세
우고서 시종 뭔가를 씹고 있다. 몸을 동그랗게 웅크리
고 태평스레 잠을 자는가 싶으면, 뭔가 신경에 거슬리
는 것이 있는지 출산시기도 아닌데 배 털을 뽑아서 땅
바닥에 뿌리기도 한다. 눈을 뗄 수가 없다. 가장 놀랐
던 것은 교미행위였다. 격렬함이 전혀 느껴지지 않는
다. 그저 두 마리가 평평한 떡처럼 포개질 뿐이다.

풀만 먹고 교미도 이런 식으로 하면서 지금까지 잘
도 종족을 이어온 것이 감탄스럽다.

애착이 생겨서 먹이를 잔뜩 주기 때문에 토끼들의
목둘레에는 목도리를 두른 듯 군살이 더덕더덕 붙어
있다. 그래도 불편함을 호소하는 일도 없이 평온하게
자기 집 안을 뛰어다니는 토끼들을 보고 있으면 행복이
란 이런 거로구나 싶다. 그들은 외적으로부터 몸을 지
키는 기술도 없지만, 그것에 전혀 개의치 않는다. 작은
뇌로 오로지 내가 날라다주는 먹이만 기다리고 있다.

평소 일요일보다 일찍 일어나서 토끼집을 청소했다.

땡글땡글한 똥을 쓸어내고 모이통의 먼지를 닦았다. 신선한 잎들은 철망에 걸쳐놓고서 딱딱한 사료를 모이통에 듬뿍 담아주었다.

토끼는 물을 마시면 죽는다고 한다. 물을 마시지 않는 생물도 있을까 생각했지만, 마사코와 딸은 그렇게 믿고 있다. 그래서 토끼장에 물통이 없다. 한창 더울 때에는 두 사람의 눈을 속여 한 마리씩 정원의 수돗가로 데려간다. 그러면 토끼는 샘솟는 시원한 물을 기꺼이 핥아먹는다. 죽지 않았다. 역시 물을 마시면 죽는다는 것은 속설이다. 하지만 배탈이 나는 것은 확실하기 때문에, 요즘 같은 계절에는 물을 주지 않는다.

청소를 마치고 산뜻한 기분으로 토끼장에서 나왔다. 연못 주위에는 부드러운 풀이 싹트기 시작했고, 정원 끄트머리에 있는 커다란 벚나무는 연분홍색 봉오리를 맺었다.

거리는 급물살을 타고 급속히 모습이 바뀌어갔다. 넓은 정원이 딸린 저택들이 늘어선 이 일대도 예외는 아니다. 점점 뻗어가는 수도 고속도로(1964년 도쿄올림픽을 대비하여 개통된 것으로 1962년부터 지금까지 꾸준히 도로가 확장, 개통되고 있는 도쿄 중심의 수도권 고속도로—옮긴이) 때문에 몇 년 전부터 토지수용 이야기가 거론되고 있었다. 이야기가 본격적으로 나오기 시작한 것은 작년 말부터이다.

나는 몇 번이나 설명을 들어도 도로 모양이 실감나지 않는다. 교각 같은 것을 세워서 그 위에 길을 만든다. 머리 높이에 길이 열리고 그리로 차가 다닌다. 소음은 어느 정도이고, 햇볕은 어느 정도 차단되는 것인가.

단지 정원의 반 이상을 용지로 매각하게 되면 벚나무를 잘라야 한다는 사실만 알 뿐이다. 멋진 아름드리나무여서 잘라내기에는 좀 아깝다는 생각이 들었다. 연못도 메워야 할 것이다. 새로 생긴 도로 바로 옆에서 지금보다 좁아진 정원을 바라보며 사는 것은 우리 가족에게도, 토끼들에게도 바람직하지 않다.

경제발전은 막을 수가 없는 것이니 차라리 이 저택을 몽땅 팔고 좀 더 교외로 옮기는 것이 어떨까 생각하기도 했다. 도로망이 더 정비되면 직접 차를 몰고 통근하는 것도 즐거울 것 같다. 딸이 다니는 사립학교를 지나가는 전철 노선을 따라 이사하면 통학시간이 짧아져서 아이도 좋을 것이다. 이런 도심지역을 떠나 자연과 가까운 곳에서 아이를 키우는 것도 나쁘지 않다.

그러나 마사코는 당연히 반대했다. 그녀는 태어나서부터 줄곧 살아온 이 집을 떠나는 것은 물론이고, 팔고 사는 것 자체를 완강하게 거부했다.

내가 마사코와 결혼하고 아메야 가의 호적에 들어갔을 때 이 부지의 절반이 내 명의가 되었다. 도로건설에 따른 토지수용의 대상이 된 정원의 부지는 내 것이지만, 내 마음대로 이러니저러니 결정할 수 없다. 건물과 건물이 서 있는 부지는 여전히 마사코의 명의로 되어 있다.

나는 토지도면과 서류를 챙겨들고서 주방 쪽을 향해 "다녀올게" 하고 말했다. 마사코는 홈파티 때 크래커와 함께 먹을 치즈를 진지한 표정으로 자르다 말고 이내 식칼을 내려놓고서 현관까지 배웅했다. 딸은 2층 자기 방에 있는지, 보이지 않는다.

"다녀와요."

마사코가 말했다. "아빠한테 의논하면 어떻게든 해줄 거예요."

"그렇겠지."

마사코의 얼굴에 고속도로의 그림자가 드리워지는 것을 상상해보았다. 처음으로 건설 예정인 도로의 구체적인 모습을 생생하게 떠올릴 수 있었다. 구불거리면서 도시를 관통하는 콘크리트로 만든 용의 모습. 오래된 경관을 허물어가는 삭막한 흐름.

나는 마사코의 얼굴에 개구리를 던져준 것 같은 기분이 들어 웃었다. 마사코는 자기를 안심시키려는 미소로 받아들였을 것이다. 비위를 맞추듯 온화하게 미소를 지었다. 그녀가 늘 짓는 미소였다.

마사코는 내가 차를 타고 가리라고 생각했겠지만, 일요일에 개인용무로 운전사를 부릴 수는 없다. 택시를 타고 신바시로 가서 도카이도 선(線)을 탔다. 타기 전에 전화로 도착시간을 알려두었다. 점심때가 지나 오이소에 도착했다. 역 앞에 검은색 차가 마중 나와 있었다.

장인은 은퇴 후 바닷가 넓은 부지에 위치한 전통 저택에서 살고 있다. 전쟁 전에는 유명한 가부키 배우의 별장이던 것을 장인이 사들였다. 어디서부터 어디까지가 장인의 소유지인지 나는 모른다. 아마 그 지역사람들도 모를 것이다. 장인은 이웃 아이들이 솔방울을 주우러 오기도 하고, 바닷가에서 멋대로 조개를 줍기도 한다고 투덜거렸다.

오이소에는 이미 봄이 절정에 이르렀다. 나는 중후한 대문 앞에서 내려 천천히 정원을 산책하면서 안으로 들어갔다. 장인은 노송과 화강암으로 꾸며놓은 바깥 현관까지 나를 맞이하러 나왔다.

"일부러 이렇게 오게 해서 미안하네."

장인은 공직에서 추방된 후에도 정·재계에 은근히 영향력을 유지하고 있는 남자라는 사실이 눈곱만치도 느껴지지 않는, 깡마른 노인이다. 집에서도 양복을 입고 있는 장인은 나를 응접실로 안내했다.

다다미 위에 촘촘하게 짠 주단을 깔고 영국제 앤티크 가구를 배치해 동서양의 조화를 이룬 방은 유리문 밖 젖은 나무 사이로 햇빛이 들어오는데도 어두컴컴했다.

이 집의 고요함과 어둠은 물리적인 것이 아니라 정신의 침전물이 표출된 것이 아닐까? 언제부턴가 그런 생각이 들었다. 나는 이 집과 같은 종류의 또 다른 살풍경을 알고 있다. 내가 지금 아내와 아이와 같이 사는 저택이 그렇다. 현대적인 외관의 그 저택에도 같은 종류의 어둠이 깃들어 있다. 거실에 커다란 채광창이 있어도, 흰색과 은색으로 내장을 통일해도 까칠까칠

어둠의 입자가 떠다니고 있다.

나는 이따금 그것을 느끼는데, 마사코는 전혀 느끼지 못하는 것 같다. 나는 십여 년의 결혼생활을 불쾌한 그 입자들을 제거하는 데 바쳐왔다. 딸을 사랑하고, 작은 동물을 키우고, 바쁜 업무 중에도 짬을 내 캠핑도 가고 여행도 다녔다.

그러다가 장인의 집에 오면 침전물의 농도에 질식할 것 같다. 그러면서도 나 자신은 지금까지 잘해온 것이라고 내심 안도한다. 나는 내 가족과 함께 행복한 가정을 구축해왔다. 아내를 먼저 떠나보내고 딸을 출가시키고, 가사도우미 외에는 추종하는 사람들밖에 찾지 않는 이 저택에 사는 장인과는 처지가 다르다.

아무리 부와 명성과 권력이 있다 해도, 이런 노후는 싫다. 장인은 내가 장인을 처량하게 생각하는 것을 민감하게 느끼고 있다. 그래서 나를 싫어한다. '지금 자네 위치며 재산 모두 내가 준 거잖아' 하고 확인하고 싶어 한다.

"회사는 어떤가?"

장인은 의자에 앉으면서 물었다.

"덕분에 순조롭습니다."

우리는 섬세한 조각이 있는 둥근 테이블을 사이에 두고 마주 앉았다.

"역시 자네를 사위로 뽑은 내 안목은 옳았네."

장인은 커피를 가져온 가사도우미 여성을 무시하고 이야기를 계속한다.

"그런데 마사코한테 들었는데, 골치 아픈 문제가 생긴 것 같더구먼."

나는 가사도우미 여성이 방에서 나가길 기다렸다. 이윽고 눈앞에 놓인 커피 잔을 옆으로 치우고 내가 가져온 도면을 테이블 위에 펼쳤다. 장인이 몸을 앞으로 내밀었다.

"흠, 정원의 반이나 도로건설 예정지와 겹치지 않는가?"

장인은 안주머니에서 돋보기를 꺼내 점선으로 표시된 건설 예정도로를 손가락 끝으로 더듬었다. 장인의 손은 울퉁불퉁 거칠었다. 아무리 고급 수제양복을 입고 장식품 하나에까지 신경 쓰는 고상한 취미를 가진 사람인 척해도, 험난한 인생을 살아온 흔적은 손에 나타난다.

'이참에 토지를 파는 것도 좋을 거라 생각합니다.'

그렇게 말하고 싶었지만, 고개를 든 장인의 눈을 보니 아무 말도 나오지 않았다.

"너무 무르게 보인 거 아닌가, 겐지 군."

장인은 커피를 마셨다. "이보게. 길이든 선로든 간에 말이야, 만들 때에는 유력자의 집을 피해서 계획을 세우는 것이 상식이야. 그런데 이런 식으로 토지 한가운데에다 선을 그어놓다니."

장인은 불쾌하다는 듯이 도면을 내 앞으로 밀었다. 그러고는 '이야기는 끝났네'라고 단언하듯 손을 내저었다.

"내가 위에다 말을 해볼 테니까."

나는 일어서서 도면을 접고 머리를 숙였다. 겨우 10분간 면담하러 두 시간을 걸려서 왔다. 한심하지만, 늘 있는 일이다. 장인은 데릴사위인 나를 늘 괴롭히고 싶어서 안달이다.

그 벚나무에 꽃이 피는 것을 앞으로 몇 년 더 볼 수 있다. 그것으로 충분하다고 생각하자. 장인의 참견으로 나에게 쏟아질 사람들의 비난이나 "아빠한테 맡기면 괜찮아요" 하고 무책임하게 웃으며 저택에 안주하는 마사코의 태도. 지금은 그런 골치 아픈 문제들을 생각하고 싶지 않았다.

저녁 무렵이 되어 집에 도착한 나는 그대로 정원으로 돌아갔다. 마사코의 친구들은 벌써 돌아갔는지 거실 창문에서 정원 쪽으로 조용한 빛이 흘러나왔다.

마사코의 뜻과 장인의 힘 덕분에 잘려나갈 위기를 모면한 벚꽃은 인간의 생각 따위는 안중에도 없다는 듯 봉오리가 아침보다도 더 벌어져 있다. 토끼들이 내 발소리를 알아듣고 우리 속에서 분주히 움직였다. 토끼들의 기대에 부응하여 우리 문을 열고 모이통에 사료를 부어주었다.

사료는 오두막 옆에 지은 창고 안에 있다. 토끼는 채소나 풀을 좋아하는데, 일요일 밤에는 마른 사료밖에 없다. 가사도우미가 쉬는 날이라 주방에서 채소 나부랭이가 나오지 않는다. 내일 아침에는 다시 무청이며 시든 당근이며 버리는 채소를 창고에 갖다놓을 것이다.

마사코는 주방 일을 거의 하지 않는다. 그래서 그녀의 손은 거칠어진 적이 없다. 장인은 손이 옹이투성이가 되도록 힘들게 돈을 벌어 딸의 손을 아름답게 지켜주었다. 바람직하면서도 우스꽝스러운 부녀의 이야기이다.

도로 건은 장인어른이 어떻게 해주실 것 같아. 마사코에게 그렇게 말하면 그녀는 분명 기뻐할 것이다. 잠시 토끼들이 식사하는 모습을 바라보고 있던 나는 그만 집 안으로 들어가기로 했다.

현관으로 돌아가려다 인기척을 느끼고 발을 멈추었다. 얼른 건물 벽 뒤로 몸을 감춘 것은 불온한 공기를 느꼈기 때문이다. 마사코가 낯선 여자와 현관 앞에서 언쟁을 하고 있었다.

"아메야 씨, 시치미 떼지 말아요. 나 무라카와한테 다 들었으니까요."

침착한 여자의 목소리였다. 마사코가 대답한다.

"어머나, 저는 시치미 떼고 그러지 않아요. 들었다니 아시겠네요. 선생님은 저를 좋아하세요. 선생님도, 저도 당당하게 사귀고 있다고요. 어쨌거나 우리 마음 아닌가요?"

나는 놀라서 벽에서 살그머니 얼굴을 내밀었다. 외등 아래 두 여자가 대치하고 서 있었다. 마사코의 의기양양한 얼굴. 분노를 삭이느라 창백해진, 찾아온 여자의 얼굴.

"'자유'라고 하면 곤란하죠."

여자의 말투가 강해졌다. "당신한테도 남편과 자식이 있듯이 무라카와한테도 가족이 있습니다. 더 이상 남편과 만나지 말아주세요."

"나는 그래도 괜찮지만, 선생님은 뭐라고 하실지 모르겠네요?"

나는 비틀비틀 정원 쪽으로 뒷걸음질 치다가 거실 창문을 두드렸다. 레이스커튼이 흔들리더니 틈새로 딸이 조심스럽게 바깥을 내다보았다. 정원에 서 있는 나를 발견하고 놀란 듯이 웃으며 창문을 열었다.

"어쩐 일이에요, 아버지?"

"가끔은 정원으로 돌아서 오는 것도 재미있잖아."

나는 정원에다 구두를 벗어놓고 거실로 들어갔다. 딸은 내가 뭔가 새로운 놀이를 시작한 줄 아는지 신이 나서 내 손을 잡아끌더니 소파에 앉혔다.

소파 앞에 놓인 유리 테이블에는 파티의 흔적으로 보이는 큰 접시와 컵들이 놓여 있었다.

"저녁때가 되면 치사가 토끼 모이를 줘야 해. 엄마는?"

"누가 찾아온 것 같아요."

딸은 접시에 남아 있는 크래커를 하나 집어 들면서 현관 쪽을 가리켰다.

"파티에는 누가 왔어?"

"엄마 친구들."

"여자?"

"네. 세 사람. 그리고 엄마들의 선생님."

"선생님…… 무라카와 선생님인가?"

나는 조금 전 대화에서 엿들은 이름을 끄집어냈다.

"맞아요. 무라카와 선생님은 호타루 아빠예요."

"호타루가 누구야?"

"내 친구. 같은 반 아이."

그렇군. 나는 냉정한 머리로 모든 것을 파악했다. 질투도, 분노도 일지 않았다. 다만 발바닥의 감각이 사라지면서 차갑게 저려왔다. 솜을 밟고 있는 듯한 기분이 든다. 무릎 위에 올려놓은 손이 내 의지와 관계없이 희미하게 떨렸다.

거실에 들어온 마사코가 나를 보더니 "어머나" 하고 놀랐다.

"당신, 언제 왔어요?"

"아버지 말이야, 정원으로 들어오셨어."

딸이 신이 나서 떠들었다.

"누가 온 것 같기에……"

말하면서 마사코의 표정을 살폈다.

"친구가 놓고 간 게 있다고 되돌아와서요."

마사코는 당황하는 기색도 없고, 말을 더듬거리지도 않는다.

"저녁식사, 낮에 남은 걸 먹어도 될까요? 손님들이 여러 가지 만들어 와서 아직 냉장고에 남아 있어요."

평소와 다름없는 그녀의 행동.

산 지 얼마 안 된 전자레인지로 데운 음식을 셋이서 먹었다. 나는 마사코에게 오이소에서의 대화를 전하고, 마사코는 오늘 오후의 모임이 얼마나 알찼는지 이야기했다.

"부인들이 공부를 너무 열심히 해와서 큰 자극이 됐어요. 치사도 얌전하게 있었지?"

"역사 이야기가 그렇게 재미있어? 선생님이 좋은 모양이네."

"……그러게요."

마사코가 한 박자 쉬었다가 대답했다.

"무라카와 선생님은 아주 정열적이고 성실한 학자예요. 선생님의 이야기를 듣고 있으면 고대의 조정을 마치 이 눈으로 보고 있는 듯한 기분이 들어요."

그녀의 입에서 강사에 대한 이야기가 나온 것은 처음이다. 같이 강좌를 듣는 주부들의 품평은 몇 번이나 들었지만.

나 자신의 둔감함에 웃고 싶었다.

"당신도 청강할 수 있으면 좋을 텐데, 아쉽게도 평일이라서요."

마사코는 사심 없는 미소를 지었다. '제정신이야?' 하고 소리치며 아내의 멱살이라도 잡고 흔들면 속이라도 시원할 텐데. 그렇게 하지 않는 것은 자존심 때문일까, 아니면 마사코에 대한 애정이 생각했던 것보다 깊지 않아서일까.

양쪽 다 아니라는 결론을 내렸다. 나는 그저 믿고 싶지 않은 것이다. 눈앞에 들이민 사실을 자존심 때문에 인정하고 싶지 않은 것도 아니고, 애정 때문에 아내를 의심하지 않기로 한 것도 아니다.

안색 하나 바꾸지 않고 내 앞에서 음식을 먹는 마사코를 이해할 수 없었다. 감정의 배선구조가 전혀 다르다. 마치 외계인과 식사를 하는 기분이다.

현관에서 나눈 대화를 내가 들었을지도 모른다는 상상력조차 결여되어 있는 것인지, 아니면 내가 들었다고 해도 당황하고 부산떨 정도는 아니라 판단하고 되레 위협적으로 나오는 것인지.

이해가 없는 곳에는 사랑이 생기지 않는다. 하지만 분명히 사랑이 있다고 생각했던 장소에 나중에 이해할 수 없는 공백이 나타나면 어떻게 해야 하는가. 그 공백 속으로 빠지지 않도록 더 깊이 사랑해야 하는가?

그날 밤, 신기한 꿈을 꾸었다. 아마 꿈이었을 것이다.

여전히 감각이 없는 내 맨발 위에 갈색 토끼 한 마리가 넓적한 시루떡처럼 올라앉아 있다. 대체 무엇을 보고 내 발을 수컷이라고 착각한 것인지 곤혹스러웠지만, 유감스럽게도 발이 마비된 상태라 흔들어 내칠 수도 없다. 올려둔 채 가만히 있었더니 차가운 피부에 천천히 토끼의 열이 전해져왔다. 편안하게 파도치는 듯한 배와 부드러운 털의 감촉이 기분 좋았다.

자다 말고 침대에서 몸을 일으키고 앉았다. 창 너머로 달빛을 받아 빛나는 벚나무를 바라보았다. 마사코는 옆 침대에서 쌔근쌔근 자고 있다.

전화에 도청기를 달기로 결심했다. 도저히 이해할 수 없는 마사코의 태도는 어쩌면 나의 오해 때문일지도 모른다. 쫓아온 그 여자의 머리가 이상한 것일 뿐, 마사코에게는 전혀 수상한 일이 없을지 모른다. 그렇지 않고서는 마사코의 태도가 도저히 설명되지 않는다.

다음 날, 나는 회사에서 이용하는 흥신소 사람을 불러서 도청기 한 대를 구입했다.

정원의 벚꽃은 주중에 활짝 꽃망울을 터트렸고, 나는 마사코와 공개강좌 강사 사이의 대화가 담긴 녹음 테이프를 앞에 두고 '대체 어찌된 일인가' 하고 망연자실했다.

망연자실해도, 일상은 지나간다.

아침에 토끼에게 모이를 준 후 회사 차로 출근해 밤늦게까지 일했다. 장인에게 물려받은 사업은 순조로워서 나는 중후한 책상 앞에 앉아서 결재도장을 찍었다. 거래처 사람과 회식을 하며 경제와 정치에 대해 서로 이야기를 나누었다.

아무리 고민과 괴로움이 있어도 뒤로 미뤄둔 채 밥을 먹고, 일을 하고, 잠을 잔다. 뒤로 미뤄놓을 수 있는 구조로 생겼다니 마음이란 의외로 잔혹하다.

마사코는 나와의 결혼생활에서 뭐가 불만이었을까?

내 아버지는 술, 도박, 오입질 3박자를 고루 갖춘 사람이었다. 술에 취하면 엄마를 때리기도 했다. 그런 부부는 동네에 워낙 많아서 내가 자란 집이 특별히 더 어둡고 처참했던 것은 아니지만, 나는 그런 식으로는 살지 않으리라 결심했다.

대학을 나온 뒤, 폭넓게 사업을 펼쳐나가는 지금의 회사에 들어와 회장님의 눈에 든 덕에 마사코와 결혼했다. 장인이 된 회장님 밑에서 배우면서 경험을 쌓아 장인이 은퇴한 후에도 회사를 탄탄하게 운영하고 있다. 마사코에게 손을 댄 적도, 다른 여자에게 눈길을 준 적도 없다.

나에게는 여자들한테 외면받지 않을 정도의 지위와 돈과 외모가 있다. 아니, 있을 것이다. 실제로 바람을 전혀 피울 줄 모르는 나를 보고 "데릴사위 입장에서는 아무래도 신경이 쓰이시겠지요" 하고 비웃는 자도 있다. 나는 그 말에 모호하게 미소를 지어 보이면서 마음속으로는 "무슨 소릴 하는 거야, 이 녀석은" 하고 괘씸해했을 정도이다.

나는 바람이 남자의 능력이니 어쩌니 하는 따위의
생각을 한 적도 없다. 그런 짓을 할 여가가 있으면 차
라리 일에 정열을 쏟는 편이 낫다.

그런 고지식함이 답답하다고 하면 할 말이 없지만,
그것은 가족에 대해서 내가 생각할 수 있는 최상의 애
정과 성실함의 표시였다.

그런 나를 가까이서 봐왔을 텐데 마사코는 뻔뻔스
럽게 나를 배신했다.

분노의 창끝을 어디로 향해야 할지 모르겠다. 풍요
로운 생활을 누려왔으면서도 아직도 달콤한 것을 더
먹고 싶어 하는 마사코에게? 자기 남편을 휘어잡을 매
력이 없는 강사의 아내에게? 아니면 남의 아내에게 손
을 대놓고서 아무렇지도 않은 얼굴로 학생들을 가르
치는 강사에게?

나는 무라카와 부부에 대해서 조사를 시키려고 전
화기에 손을 뻗치다 그만두었다. 흥신소가 아무리 정
보를 모아와도 헛일밖에 되지 않으리라는 사실을 알
고 있었기 때문이다.

아내의 부정을 책망해보았자 그 칼은 모두 나 자신
에게 돌아올 것이다.

이제 와서 누군가를 책망한들, 결국 남자로서의 부족함을 드러내는 꼴밖에 안 될 것이다. 아내에게 배신당한 멍청한 남자. 그런 조소를 견딜 수 없을 것 같았다.

사랑에 대한 배신의 상처는 언젠가 아물 날이 올지도 모른다. 마사코를, 혹은 다른 누군가를 또다시 사랑함으로써.

하지만 배신으로 상처받은 나의 자존심은?

그것은 나 자신이 안고 살아가는 수밖에 없다. 잔해를 하나하나 주워 모으며 혼자 복구해나가는 수밖에 없다.

차마 건드리지 못하고 노려보고 있던 전화기가 울렸다. 나는 반사적으로 수화기를 귀에 갖다 댔다.

전화 저편에서 관청의 공무원이 도로계획을 다시 짰다고 전한다. 바다 속에서 해변의 환성을 듣는 것처럼 아득히 먼 목소리이다. 말을 제대로 알아들으려고 애쓰기도 귀찮아져서 나는 "잠깐만요" 하고 상대방의 말을 가로막았다.

"계획은 좀 기다려주십시오. 실은, 토지를 팔까 생각하고 있습니다. 결론은…… 아, 그래, 벚꽃이 다 질 때쯤에요."

수화기를 놓은 후에야 내가 무슨 짓을 했는지 깨달았다. 이렇게 보복할 셈인가.

나는 처음으로 장인을 거역하고 마사코가 소중히 하는 것에 상처를 입히려 하고 있었다.

토끼는 매일 밤 나를 찾아왔다.

이제 감당할 수 없을 만큼 정체를 알 수 없게 된 아내를 앞에 두고 어떻게 해야 할지를 몰라 꼼짝도 못하는 나를 관찰하기라도 하듯이, 침대에 올라오는 토끼의 수는 나날이 늘어갔다. 지금은 내 발끝뿐만 아니라 허벅지, 배, 가슴 위까지 토끼들이 올라와서 납작 엎드려 있다. 부드러운 온기는 나쁘지 않지만, 이렇게 많이 여기저기에 올라타니 무거워서 견딜 수 없다.

금요일 밤에 마사코가 옆 침대에서 "저기, 여보" 하고 말을 걸어왔지만, 나는 대답하지 않았다. 마침 하얀 토끼 한 마리가 내 얼굴 위에 몸을 깔고 누워 있던 참이어서 대답할 수가 없었다.

마사코는 잠시 내 쪽을 보더니 이윽고 포기했는지 머리를 돌렸다. 나는 몸 여기저기에 토끼를 붙인 채 꼼짝 않고 침대에 누워 있었다. 하얀 털이 얼굴을 덮고 있어서 몹시 괴로웠다.

아침이 되자 토끼들은 아무 일 없었다는 얼굴로 내가 주는 모이를 우리 속에서 서로 싸우듯이 먹었다. 나를 토끼 수컷으로 착각하여 발정했던 것이 거짓말이었던 것처럼 이제 나를 거들떠보지도 않았다.

활짝 핀 벚꽃이 연못에 비쳐 이중으로 눈부셨다. 이 나무를 잘라내고 삭막한 도로가 내려다보이는 집에서 생활해야 하다니 기가 막힌다. 스스로도 그렇게 생각하지만, 어쩔 수 없는 안개가 가슴속에 부옇게 끼어 냉정한 판단을 내릴 수 없다. 판단을 초월한 뭔가에 끌려갈 뿐이다.

그러고 보니 초등학교 때 담임선생님이 성적표에 그렇게 적었다. '겐지는 전반적으로 문제없는 우수한 학생입니다만, 때로 예측할 수 없는 행동을 할 때가 있습니다. 주의가 필요합니다'라고. 그것을 읽고 어머니가 내쉬던 한숨의 온도가 새삼 생생하게 떠올랐다.

장인의 귀에도 내가 '토지를 팔 의사가 있다'고 한 말이 전해질 것이다. 습기를 띤 정원의 흙에서 비 기운이 느껴진다.

각오하고 있었지만, 토요일 오후에 장인이 일부러

회사까지 찾아온 데에는 놀랐다.

여기저기서 공사를 하느라 분주한 시내. 바쁘게 오가는 사람들. 그런 정경이 내려다보이는 사장실에 안내도 기다리지 않고 들어온 장인은, 턱 끝으로 방에 있던 사원을 내보냈다.

"왜 멋대로 한 거지?"

장인은 가죽 소파에 앉아 나에게도 앉으라고 손으로 지시했다. 나는 유리 재떨이가 놓인 테이블을 사이에 두고 장인과 마주 앉았다.

"마음이 좀 바뀌었습니다."

나는 담배를 피울까, 말까 갈등하다가 입 안이 써서 그만두기로 했다.

"차라리 교외로 이사를 가는 편이 환경도 좋고, 마사코나 치사를 위해서도 좋을 것 같아서요."

"웃기고 있네."

장인이 말했다. "그 지위로 그만한 면적의 토지는 앞으로 손에 넣을 수 없어. 마사코는 뭐라고 하던가?"

"이제부터 의논할 생각입니다."

의논할 생각은 추호도 없었다. "마사코도 찬성해주겠지요."

장인은 갑자기 태도를 바꿔 눈을 약간 치켜뜨고 나를 보았다.

　"그야 그 집은 자네 부부의 집이지. 내가 이러니저러니 말할 계제는 아냐. 하지만 말이야, 여보게."

　등을 구부리고 허벅지에 팔을 올리고는 손바닥을 비빈다. "한때의 변덕 같은 건 득 될 게 없어. 침착하게 잘 생각하게. 자네는 여러 모로 속이 깊은 남자니까. 집에서도, 회사에서도 비위에 거슬리는 일이야 있겠지만, 그럴 때에는 어떤가. 밖에서 놀기라도 하면 또 기분전환이 되지 않겠나?"

　나는 확신했다. 장인은 마사코에게 사정을 들은 것이다. 그래서 딸을 사랑하는 마음에 이렇게 찾아와서는 나에게 여자놀음을 하라고 권한다. '눈에는 눈, 바람에는 바람'이라는 것인가. 이 부녀는 생각할수록 나와 사고방식이 다른 사람들이다.

　나는 어이가 없어서 희미하게 미소를 지었다.

　'눈에는 눈, 이에는 이'는 강자의 논리이다. 동등한 반격을 할 만큼 힘이 없는 자는 잠자코 울다 잠들든지, 더 당할 것을 각오하고 작은 반란을 일으키든지 하는 수밖에 없다.

생각해보면 토끼들이 나를 수컷으로 착각하는 것도 무리가 아니다. 나는 마사코와 장인과 이 집에 깔려 납작해져 있기 때문이다. 정열도, 격렬함도 없이 그저 무사안일 속에서 꿈틀거리며.

저녁 무렵에 일을 마치고 집으로 돌아오니 내 반란은 철저한 무시라는 형태로 일단락되어 있었다.

마사코가 가사도우미가 만들어둔 저녁을 먹으면서 말했다.

"여보. 나 새 침대를 살까 해요. 더블 침대로요. 스펀지와 스프링 대신 안에 물이 들어 있는 걸로요. 물 침대라가 잘 때에도 편하고 건강에도 좋다고 미국에서 인기래요."

나는 아내의 밝은 목소리에 소름이 돋아 젓가락을 내려놓았다.

"글쎄. 그런 큰 쇼핑은 이사한 뒤에 하는 편이 좋겠지."

"이사?"

마사코 옆에 앉아 있던 딸이 놀랍다는 듯 소리를 질렀다. 마사코의 얼굴은 굳어졌다.

"아버지, 우리 이사 가요?"

"그래, 치사. 여기엔 앞으로 새 도로가 생길 거야. 그러니 이곳보다 나무가 많은 곳으로 이사 가자."

"그러면 나 전학 가야 해요?"

"아니. 치사 학교 근처로 집을 찾아볼 거야."

딸은 그제야 안심이 되는지, "이사 간다, 이사" 하고 들떴다.

"그만해요."

마사코가 거칠게 의자를 빼며 일어섰다. "여기는 내 집이에요. 뭘 할 생각이에요? 아빠가 뭐라 그랬어요?"

마사코의 험악한 태도에 딸이 울상을 지었다. 나는 딸에게 '괜찮아' 하고 끄덕였다. 그리고 마사코를 올려다보았다.

"당신 아버지는 상관없어. 이건 우리 가족 문제야."

"가족문제?"

마사코는 웃었다. "아니죠, 당신은 나한테 심술을 부리고 싶은 것뿐이에요. 할 말이 있으면 남자답게 분명히 말하는 게 어때요!"

내가 남자답지 않아서, 또 내가 아내인 너와 장인 사이에서 기가 죽어 있어서 너는 바람을 피우냐. 내 속에 깔린 안개가 급속히 냉각되며 짙어지더니 결국

시퍼런 분노가 되어 터졌다.

"그렇다면 묻겠는데, 지난 주 집에 온 여자는 누구야?"

"당신의 그런 위험한 태도를 참을 수가 없어요. 다 알고 있으면서!"

"뭐가 위험하다는 거야!"

나는 순간 딸의 존재를 잊었다. "남편 몰래 딴 남자를 만나는 건 위험하지 않아?"

"몰래 하지 않았어요. 나는 선생님과 진심으로 서로 사랑해요. 당신이 둔해서 눈치 채지 못했을 뿐이에요."

"무슨 말도 안 되는 소릴 하는 거야!"

나는 찻잔을 들어 식탁에 내리쳤다. 잔에 남아 있던 차가 사방으로 흩어져 나에게도, 마사코에게도, 딸에게도 튀었다. 미지근한 찻물이 내가 얼마나 한심한 짓을 했는지 말하고 있었다. '거의 애들 싸움이로군' 하는 생각이 들었지만 멈출 수 없었다. 분노로 끓어오르는 뇌에 쾌감이 느껴질 정도였다.

"별 볼일 없는 학자를 상대로 사랑이라고? 어린 계집애도 아니고."

"당신은 언제나 그렇게 나를 무시하고 있어요!"

마사코는 차가운 목소리로 말했다.

"나와 치사를 사랑하는 척하면서 사실은, 마음 한편으로 무시하고 있잖아요!"

침묵이 내려앉았다. 그제야 세 사람은 밖에 비가 내리고 있다는 것을 깨달았다. 같이 있던 사람이 동시에 비 기운을 깨닫는 순간이 있지. 지금처럼.

마사코는 재빨리 수건을 가져와서 찻물을 뒤집어쓴 채 꼼짝도 못하고 있는 딸아이를 닦아주었다. 물기를 닦아주면서 "방에 가 있어"라고 말했지만, 딸은 고개를 숙인 채 의자에서 움직이지 않았다.

포기했는지 마사코는 딸을 그대로 두고 다시 나를 향했다.

"무라카와 선생님은 당신하고 달라요."

마사코는 사리 분별 못하는 코흘리개를 타이르듯이 온화하게 말했다.

"주변 모든 것에 대해 언제나 순수해요. 선생님은 이 집을 보고 천진난만한 모습으로 '굉장한 저택이군요' 하고 놀랐어요. 거실의 오디오 세트를 보고 감탄하고, 눈을 반짝이며 모차르트 피아노 협주곡을 들었어요. 그리고 말했어요. '당신은 행복하겠군요, 아메야 씨'. 나는 '그렇게 보이세요?'라고 대답했죠."

그렇게 말하는 마사코의 표정이 내 눈에도 보이는 것 같다. 그 특유의 미소.

"당신은 떠받들어주기만 하면 그걸로 만족인가?"

"그런 게 아니에요. 항상 재미없고 딱딱하고, 남의 마음에는 관심도 없는 당신은 모르겠지만! 선생님은 외롭고 섬세한 사람이에요. 그래서 나는 좋아하게 됐어요. 어디가 나빠요?"

어디고 뭐고 전부 나쁘다.

"됐어, 더 듣고 싶지 않아."

나는 힘이 쭉 빠졌다. "당신하고 무라카와 씨는 확실히 잘 어울려. 유치하고, 자기밖에 생각하지 않고, 애인 놀이에 빠져 있고."

그래도 어쩌랴. 이런 사람이 내 아내다. 안쓰럽고 보잘것없는 생물이라는 생각이 든다. 나도, 마사코도.

나는 마사코를 도저히 버리지 못할 것이라는 사실을 알고 있었다. 마사코와 헤어지면 지금의 지위가 위험해지기 때문에? 그런 이유도 있다.

하지만 가장 큰 이유는 측은함과 정이 뒤섞인 애착이었다. 세상물정 하나도 모르고 꿈속에서 먹는 과자

의 달콤함을 사랑이라 착각하는 이 여자를 내팽개칠
수 있을까? 그럭저럭 10년 이상을 살아온 내 아내이
고, 내 아이를 낳은 사람이다.

마사코는 세속적인 계산과 의무감과 순정 사이에
서 흔들리는 나의 이런 감정을 싫어할 것이다. 하지만
이것이 나의 진실이다. 매일매일의 생활에서 우러나온
거짓 없는 나의 심정이다.

"나는 무라카와 씨 부인을 동정해."

그만 끝내고 싶어서 내뱉은 나의 원망 어린 한마디
가 계속 감정이 맺혀 있던 분노의 도화선에 다시 불을
붙인 모양이다.

"그 여자!"

미사코가 소리쳤다. "자기가 남편한테 무심했던 사
실은 잊어버리고 뻔뻔스럽게 여기까지 찾아와서는!"

마사코가 갑자기 태도를 바꾸는 바람에 나는 어안
이 벙벙해졌다. 조금 전까지만 해도 달콤하게 '모차르
트에 몰입한 남자'라는 둥 그에 대한 칭찬을 늘어놓다
가 말이다.

"돌려달라고 하고 말 것도 없다고. 마치 무라카와
선생님한테 사랑받은 적이 있기라도 한 듯한 말투잖

아. 있죠, 여보. 그 여자가 그러는 거예요, '앞으로 남편 앞에도, 내 앞에도 얼굴을 보이지 말아줘요. 학부모회에서 마주치는 것도 싫으니 치사 일로 학교에 올 때에는 남편더러 참석하라고 하세요'라고."

"뭐라고?"

나는 벌떡 일어나 마사코를 정면에서 똑바로 바라보았다. "웃기시네. 그래서 뭐라고 대답했어?"

"그야 물론, '아, 좋아요' 그랬죠."

마사코는 코웃음을 쳤다. "피차 배우자를 빼앗긴 사람들끼리 학부모회에서 사이좋게 서로 상처라도 핥아주는 게 어때요?"

나는 처음으로 아내를 힘껏 후려치고는 목이 찢어져라 울어대는 딸을 내버려둔 채 거실을 나왔다.

분노와 나 자신에 대한 한심함으로 잠을 이룰 수 없었다. 옆의 아내 침대는 비어 있다. 나는 실처럼 가는 비에 젖어가고 있을 벚꽃잎들을 가만히 느끼고 있었다. 한밤중에 멀리서 천둥소리와 함께 자동차 시동소리가 났다. 마사코가 택시를 불러 딸을 데리고 나갔을 것이다. 나는 움직이지 않았다. 어차피 행선지는 오이소밖에 없다.

토끼들도 오늘 밤에는 나를 찾아오지 않았다.

비가 그친 일요일, 벚꽃 잎이 무게를 견디기 힘겨운 듯이 한 잎 한 잎 떨어지기 시작했다. 바람을 탄 순간 꽃잎은 무게를 잊고 경련하듯 떨리는 궤적을 그리면서 지면으로 향했다.

내가 청소하는 토끼우리 안에도, 철망 사이로도 꽃잎의 파편이 날아들었다. 토끼들은 지붕의 마른 흙 위에 내려앉은 꽃잎들을 보지 않는 것 같으면서도 보고 있는 것 같다. 레몬 모양의 커다란 눈에 하얀 파편이 비쳤다.

토끼들은 세력권 의식이 강해 피투성이가 될 때까지 싸울 때도 있다고 한다. 하지만 내가 돌보는 토끼들은 지극히 온순하다. 말도 하지 않는데도 용하게 각자 마음이 맞는 상대를 발견한다. 늘 그게 신기해서 견딜 수 없다. 사이좋은 토끼끼리 서로 몸을 기대고 눈을 감기도 하고, 가끔 서로의 냄새를 맡기도 하는 모습을 하루 종일 멍하니 바라보고 있었다.

집에는 아무도 없다. 마사코와 딸은 돌아오지 않았

고, 연락도 없다. 조용하다. 너무 조용하다.

져도 져도 다 질 것 같지 않은 벚꽃은, 지고 또 지고, 계속 졌다.

나는 마침 발밑에 떨어진 꽃잎을 주우려고 몸을 구부렸다. 마사코를 때린 오른손이 차갑게 마비되어 제대로 집을 수가 없었다. 꽃잎이 너무 얇아서 아무리 주우려고 애를 써도 손가락 끝은 지면을 긁을 뿐이다.

가슴이 아프다. 살아 있는 한, 가슴은 아프다. 행복해 죽을 것 같을 때에도, 고통스러워 미칠 것 같을 때에도.

이것은 인간만이 느끼는 통증일까? 토끼는 기쁨과 괴로움을 가슴 통증으로 느낄 수 있을까?

"오늘 밤은 찾아와줄 거니?"

여태 토끼를 돌봐왔지만, 말을 거는 것은 처음이었다.

나는 나 이외의 누군가가 되고 싶다고 바란 적은 없다. 다만, 지금은 토끼와 소통하는 기술을 지니지 못한 것을 쓸쓸하게 생각한다.

벚꽃이 다 질 무렵에는 슬슬 결단을 내려야 한다.

또 잠을 이루지 못한 채 맞은 아침 식탁에서 휴일 하루를 쉬고 출근한 가사도우미가 머뭇거리며 물어왔다.

"저기, 사모님과 치사 양은……?"

나는 다 읽지 못한 신문을 반듯하게 접어서 가방에 넣고 자리에서 일어섰다.

"오이소에 갔습니다. 언제쯤 돌아올지 모르겠지만, 저녁은 평소와 다름없이 세 사람 분을 만들어두세요."

가사도우미의 뇌리에는 아마도 여러 가지 억측이 소용돌이치고 있을 것이다. 필요 이상으로 묘한 분위기가 풍겨 나는 "다녀오세요" 소리를 들으며 차에 올랐다.

새로운 일주일이 시작되고, 나는 아무것도 달라지지 않은 것처럼 살아간다. 전쟁을 해도, 아이는 태어난다. 그것과 마찬가지로 가정이 혼란의 극을 달려도, 나는 태연한 얼굴로 서류에 도장을 찍는다.

같은 빌딩에서 일하는 사람들에게도 가족이 있고 각자의 고민이 있다. 나는 지금까지 그런 부분에 대해서 생각해본 적이 없었다. 일을 통한 관계에서는 개인적인 생활은 상관없기 때문이다.

하지만 집에서 어떤 생활을 하는지 전혀 모르는 사

람끼리 운명 공동체처럼 목표한 숫자를 향해 매진한다는 것은 생각해보면 기묘하고 무서운 일이다. 실제로 여기에도 아내를 때린 남자가 그럴싸한 얼굴을 하고 거액의 돈을 움직이고 있다. 나는 자조했다. 설령 내가 살해당할 처지가 됐다 해도, 그녀를 때리는 것이 아니었다.

도의 때문이 아니라 내 자존심 때문에.

장인에게서 무슨 말이 있으리라고 생각했지만, 전화 한 통 걸려오지 않았다. 항의도, 중재도 없다는 것은 드디어 나를 무능한 사위로 낙인찍으려는 것일지도 모른다. 그래도 괜찮다. 가족도, 직장도 잃고 길거리를 헤매게 될지도 모르는데, 내 마음은 이상하게도 담담했다.

그래도 역시 마사코와 딸은 걱정이 됐다.

나는 예정된 일정을 모두 나중으로 미루고, 입사 후 처음으로 평일에 정시 퇴근을 했다.

차창 밖으로 개천을 따라 죽 늘어선 벚나무가 보였다. 주황색 햇빛을 받아 흩어지는 꽃잎이 핏방울처럼 허공을 떠돌았다.

"벚꽃도 벌써 끝이로군요."

운전사가 감탄과 흥분이 뒤섞인 목소리로 말했다.

"그러게. 올해로 마지막이네."

나는 중얼거렸다. 운전사가 백미러로 의아해하는 시선을 보냈으나 아무것도 묻지는 않았다.

나는 시트에 등을 깊숙이 기대며 마음속으로 한 번 더 중얼거렸다. 정원의 벚꽃은 올해로 마지막이다. 두 번 다시 봄을 맞이하지 못하고 그 큰 나무가 콘크리트 용에게 삼켜질 테지.

집에 돌아오니 외등이 켜져 있었다.

두 사람이 돌아온 것일까. 나는 현관에 손을 댄 채 망설이다가 문을 열지 않고 그대로 정원으로 돌아갔다. 기대와 달리 집 안에 아무도 없다면 견딜 수 없을 것 같았기 때문이다.

정원에서 딸을 발견했다. 딸은 토끼우리 앞에 쭈그리고 앉아 철망 사이로 채소 잎을 넣어 토끼에게 먹이고 있었다.

"치사."

다가가면서 이름을 부르자 딸이 일어서서 나를 쳐다보았다.

"아버지."

딸아이가 나에게 안기며 배에다 얼굴을 묻었다. 꿈이라고도, 현실이라고도 할 수 없는 밤에 내 몸 위에 올라탔던 토끼들. 그 토끼들의 동그란 체온을 다시 느끼면서 나는 딸의 머리를 쓰다듬었다.

"엄마랑 화해해요."

딸이 말했다. 얼굴을 든 딸의 뺨에 굵은 눈물이 흘러내렸다. 아이가 이렇게 조용히 울 때가 있다니, 나는 생각도 못했다. 아니, 어쩌면 잊고 있었을 뿐, 나도 먼 옛날에 이렇게 터질 것 같은 슬픔을 꾹 참고 눈물 흘린 적이 있었을지 모른다.

가슴이 쓰라렸지만, 묵묵히 딸의 뺨을 쓰다듬어주는 수밖에 없었다.

"토끼한테 모이는 잘 줬니?"

딸의 어깨를 감싸 안고 나란히 서서 우리 속을 들여다본다. 정원이 어두컴컴해져서 우리 안의 모습이 또렷이 보이지는 않았다. 모이통 주위에 모인 토끼들이 싱싱한 채소를 씹어대는 소리만 들려왔다.

"오늘 학교에서요."

딸이 토끼우리를 지켜보면서 내 손을 꼭 잡고 말한다.

"나, 호타루한테 화를 냈어요."

"싸우는 건 좋지 않아."

나는 반사적으로 틀에 박힌 말을 했다. 딸은 내 목소리가 들리지 않는 듯 의기양양하게 이야기를 계속했다.

"'너희 엄마는 무슨 생각을 하는 거니?' 하고요. '남의 집을 엉망진창으로 만들고, 대체 뭐가 즐거운 거야. 자기한테 매력이 없어서 그런 주제에 뭐든 우리 엄마 탓인 것처럼 말하고. 그러니까 너희 아빠도 우리 엄마를 좋아하는 거 아냐!' 반 아이들 앞에서 그렇게 소리 질렀어요. 호타루는 깜짝 놀라서 울었어요. 아이, 고소해!"

깜짝 놀란 것은 나도 마찬가지이다. 엉겁결에 딸의 양어깨를 붙잡고 내 쪽으로 돌려서는 몸을 낮추고 앉아 시선을 마주 보았다.

"호타루라면…… 무라카와 호타루?"

"네."

"치사……. 왜 그런 말을 했어."

딸은 나를 노려보듯이 쳐다보며 입을 앙다물었다. 나는 한숨을 쉬었다. 딸은 마사코의 말을 그대로 흉내

낸 것이다. 부모 사이에 심각하게 금이 간 것에 공포를 느끼고 무엇이든 해야 한다고 생각했을 것이다.

"내일, 호타루한테 사과해."

"어째서요!"

딸은 그렇게 소리치며 소리 내어 울기 시작했다. 나는 딸을 부드럽게 감싸 안고서 천천히 등을 쓰다듬어 주며 달랬다.

"엄마와 아빠가 싸운 건 누구 탓도 아냐. 호타루네 아빠 탓도 아니고, 물론 호타루네 엄마 탓도 아냐. 하물며 호타루하고는 더더욱 아무 상관 없어. 그렇다는 건 치사 너도 잘 알고 있지?"

나는 딸을 꼭 껴안은 채 아이의 양어깨 너머로 물끄러미 시선을 떨어트렸다. 불과 며칠 전까지만 해도 꽃 모양을 이루고 있던 것이 지금은 하얀 잔해가 되어 땅바닥에 나뒹굴고 있다.

저것들을 모두 긁어모아 한 번 더 원래의 모양대로 만들 수는 없을까? 아니, 원래대로가 아니어도 괜찮다. 설령 단정한 모양새를 잃었다 해도, 아무 상관없다. 아무리 기괴하고 우스운 꽃이 핀다 할지라도, 나는 나의 사랑스러운 가족을 놓치고 싶지 않다.

딸아이의 떨림이 내 몸에 전해지자 줄곧 가시지 않던 손발의 저린 증세가 스르르 풀리기 시작했다. 이렇게 끝낼 수는 없다고 내 마음속의 불씨가 빨갛게 빛났다.

"우리 벚꽃 볼까?"

딸이 더 이상 겁먹지 않도록 중요한 비밀을 살짝 나눠 가질 생각으로 조용히 말했다. "벌써 꽃이 많이 져 버렸네. 치사는 새 집에 가면 어떤 나무를 심고 싶어?"

우리는 손을 잡고 연못 근처까지 걸어가서 희미한 어둠 속에 떠오른 벚꽃을 바라보았다.

"……바나나."

딸은 자기가 좋아하는 것을 말했다. 그리고 작은 목소리로 불안스럽게 물었다.

"새 집에는 나랑 엄마랑 아버지 셋이서 이사 가는 거예요?"

"물론. 셋이 함께 가지. 걱정하지 않아도 돼."

딸에게 힘을 북돋워 주기 위해서 꼭 잡은 손을 가볍게 흔들어주었다.

벚꽃 잎을 받으려고 딸이 손바닥을 허공에 내민 채 꼼짝 않고 서 있었다. 나도 딸의 손을 잡지 않은 다른

쪽 손으로 딸이 하는 대로 꽃잎을 잡아보려고 했다.

꽃잎은 정전기가 일어날 때처럼 교묘하게 내 손을 피해갔다. 멈춰 서 있던 딸의 손바닥에 꽃잎이 하나 살포시 내려앉는 것을 보고 나는 꽃잎 잡기를 그만두었다.

"내일 호타루한테 사과할 거지?"

딸은 "네" 하고 끄덕였다. 꽃잎은 미미하게 움직이다가 바람이 되어 딸의 손바닥에서 다시 떠나갔다. 떨어진 투명한 꽃잎에 땅바닥이 비쳤다.

비바람과 흙 속의 박테리아에 분해되어 꽃잎은 이윽고 흙이 될 것이다.

나는 가족과의 행복한 생활이 영원히 계속되기를 꿈꾸고 있었다. 변하지 않는 것이 행복의 증거라 믿고서. 하지만 변하지 않는 것은 없다. 변하지 않는 것은 없다는, 한 가지 사실만이 변하지 않을 뿐이다.

딸과 나는 정원에서 거실로 들어갔다. "아버지 돌아오셨어." 딸은 실내에 대고 말하고, 나는 구두를 벗으면서 "다녀왔어" 하고 말했다. 마침 테이블 위에 접시를 늘어놓고 있던 마사코가 "어서 와요" 하면서 웃었다.

"두 사람 다 구두를 제대로 현관에 갖다놓지 않으

면 내일 아무 데도 못 갈 줄 알아요."

어딘지 어색하지만, 세 사람 다 전과 똑같이 행동했
다.

아직 끝내고 싶지 않다고 희망하는 한 우리는 떨어
진 꽃잎들을 계속 그러모으지 않으면 안 된다. 한데
모아서 어떤 꽃의 일부였는지를 상상한다.

식탁에 둘러앉으면서 생각했다. 뻔뻔하지만 착실한
이런 형태의 제스처는 누군가와 함께 살아가기 위한
것이라고.

침실 창을 통해 벚꽃을 보고 있던 마사코가 나에게
등을 돌린 채 말했다.

"올해로 마지막이네요. 태어났을 때부터 바라보던
풍경인데, 슬퍼요."

마사코는 다른 남자와 잔 것에 대해서는 변명하지
않았다. 나도 마사코를 때린 것을 사과하지 않았다.
아마 그냥 이대로 넘어갈 것이다.

나는 침대에 앉아서 손톱을 깎았다. 책상다리를 하
고 앉아 발밑에 티슈를 깔고 탁탁 소리를 내면서 초승
달 모양의 파편을 튀겼다.

마사코가 소리도 없이 다가와서 침대에 걸터앉았다. 몸을 동그랗게 말고 있는 나한테서 슬그머니 손톱깎이를 받아 들더니 짧아진 내 손톱에 줄질을 해주었다.

나는 손을 치켜들고서 매끄러운 호를 그리는 손톱 모양을 확인했다. 그러고는 바로 그 손으로 마사코의 뺨을 만졌다. 마사코는 진지한 표정으로 다른 쪽 손의 손톱에 줄질을 했다.

"이사 가서도 또 벚나무를 심으면 되잖아."

나는 마사코의 뺨에서 머리 쪽으로 손을 옮기면서 말했다.

"그러네요."

"치사는 바나나나무가 좋다고 하던데?"

"바나나?"

마사코는 그제야 제대로 환하게 웃었다. "도쿄에서 바나나가 자랄지 모르겠네."

"어떨까? 시험해보는 것도 나쁘지 않을 것 같은데."

마사코는 잘려나간 손톱들을 싼 티슈를 꽉 뭉쳐서 침대 옆 작은 쓰레기통에 버렸다.

우리는 서로 기댄 채 누웠다.

마사코의 입김이 부드럽고 촉촉하게 내 목덜미에 와

닿았다. 나는 마사코의 머리카락을 천천히 쓰다듬으면서 토끼들을 생각했다. 언젠가 또다시 그들이 찾아올까? 그때에도 나는 얼어붙어서, 아니 그때에야말로 다시 일어설 수 없을 정도의 절망에 내동댕이쳐질까?

너무 무서웠다. 달라져버리는 것이 아니라 언젠가 변화에 대응할 의지마저 잃어버릴 날이 온다는 것이.

어딘가 어린아이 같은 몸짓으로 몸을 붙여오는 마사코의 무게를 느끼면서 나는 그제야 무라카와라는 남자에 대해서 구체적으로 생각할 여유가 생겼다.

어쩌면 그는 이 세상 어딘가에 불변의 존재가 있다고 믿고 싶은 건지도 모른다. 누군가와 함께 생활하다 보면 치열한 감정도 닳아서 둔해지고 느릿한 변화의 물살에 삼켜지게 마련이다. 그것이 그에게는 견디기 힘든 것으로 느껴졌을지도 모른다.

그래서 이번에야말로 영원히 지속될 마음을 찾고 싶다고 아이처럼 연애를 한 것이리라. 마사코가 말한 '외롭고 섬세한 사람'이라는 표현은 바로 그런 의미가 아닐까.

무라카와는 가련하고 어리석은 남자이다.

그는 변해버리는 것 속에 외로움과 섬세한 아름다

움이 있다는 것을 모른다. 알려고도 하지 않고, 오로지 입에 당기는 꿈의 과실만을 원한다. 그것을 먹으면 영원한 생명을 얻을 수 있다고 믿었던 고대의 황제처럼.

마사코는 내 품에 안겨 잠꼬대처럼 새 집에 배치할 가구 이야기를 했다. 어떤 인테리어로 통일할지, 커튼은 무슨 색으로 하면 좋을지, 지칠 줄도 모르고 계속 이야기했다.

나는 "당신 좋을 대로 해"라고만 대답했다.

많은 것을 바란들 어쩌겠는가? 아무리 열심히 골라도 커튼 같은 것은 언젠가는 색이 바랜다. 조화를 맞춰 배치한 가구에도 살다보면 먼지가 쌓인다.

나는 마사코가 고른 물건에 둘러싸여 새로운 집에서 지금까지와 같은 생활을 계속해나갈 것이다. 이번 사건으로 생긴 괴로움도, 곤혹스러움도 그렇게 살다보면 시나브로 녹아내리고 옅어질 것이다. 매일 아침 마사코가 끓여주는 홍차에서 피어오르는 김 속으로. 분주히 넘기는 서류 틈으로.

나는 마사코에게 사랑의 말을 속삭이지는 않을 것이다. 그럴 만한 정열도 없다. 그저 담담하게 하루하루를 보낼 것이다.

토끼들이 자다가 뒷발로 땅바닥을 세게 차는 소리
가 들렸다. 그 소리는 마치 나의 기만을 나무라는 것
같기도 했고, "그게 인생이야" 하고 힘을 북돋워주는
것 같기도 했다.

사랑도 아니고, 타산도 아니다. 꽃이 피었다가는 지
고, 잎이 무성했다가는 떨어지는 식물처럼 머리가 돌
아버릴 것 같은 반복되는 일상 속에서 살아간다. 언젠
가 변화의 흐름을 멈추게 될 그날까지. 그것만이 내가
선택한 것이다.

모든 것은 언젠가 흙으로 돌아간다.

"있잖아요, 여보" 하면서 이어지는 마사코의 목소리
를 들으며 나는 흡족한 마음으로 눈을 감고 있었다.

이 세계를 지배하는 무정한 법칙이야말로 마지막에
는 나를 구원해줄 것이다.

예언(豫言)

　하늘에서 새빨간 운석이 천천히 떨어지면서 사방에
불티를 뿌려 마을 이곳저곳이 타기 시작한다.

　절망의 비명을 지르는 사람들. 나는 차를 몰고 급히
산속으로 도망친다. 혼자서? 아니, 이제 회사를 다닐
나이가 되었으니 나에게도 가족이 있다. 아내와 아이.
나는 내 가족과 함께 필사적으로 도망친다. 하지만 소
용없다. 달아날 곳이 없다. 운석은 지표면에 거의 닿
을 듯이 가까워진다. 열풍이 산까지 올라와 그 뜨거운
바람만으로 나무들에 불이 붙는다. 엄청난 굉음. 흡사
그것 같다. 원자폭탄. 사진으로 본 그 버섯구름 같은,
그러나 그보다 훨씬 더 거대한 것이 마을 한가운데에

서 하늘을 향해 피어오른다. 서로 몸을 맞대고 그것을 보는 순간, 우리 가족도 새카만 먼지가 되도록 다 타버리고 말 것이다. 끝.

1999년에 공포의 대마왕이 내려와 인류는 멸망할 것이라고 했다.

그 예언을 알고 난 후로 나는 가끔 세계에 종말이 오는 광경을 상상하게 되었다. 칠판의 글씨를 기계적으로 노트에 옮겨 적고 있을 때에나, 친구가 녹음해준 테이프를 자기 전에 들을 때에나.

마지막 순간뿐만 아니라, 그 순간에 이르기까지의 평온한 생활도 구체적으로 상상했다. 나는 반에서 가장 귀여운 이와다 유카리와 결혼했고, 우리는 아주 금슬이 좋다. 이제 곧 운석이 떨어져 모든 것이 다 끝장날 것이라는 것을 아는 듯 이상할 정도로 서로 사이 좋게 살고 있다. 유카리는—상상 속에서 나는 그녀를 그렇게 불렀다—내가 회사에서 돌아오기를 기다린다. 반찬은 크로켓. 내가 좋아하니까. 크로켓을 마요네즈에 찍어 먹는 나를 보고 유카리는 "뭐야" 하며 웃는다. "소스에 찍어 먹어. 기껏 만들었더니 보람도 없이."

휴일에는 언제나 함께 쇼핑을 가기도 하고, 가까운

데 여행을 가기도 한다. 그러다 옥동자가 태어나서 곧장 달려간 병원 복도에서 나는 눈물을 글썽이며 내 아이를 안는다.

그런 느낌으로 우리는 대마왕이 지구에 강림하여 모든 것을 멸망시켜버릴 때까지 행복하게 살아간다. 뭐, 그렇지만 대개는 멸망의 순간까지 상상하지는 못했다. 유카리와의 생활을 상상하다보면 어느새 행복한 기분에 젖어 잠이 들어버린다.

어쨌든 무서우면서 즐겁고 질리지 않는 세기말 대이벤트이다. 엄청난 불행이 예정되어 있으면 그 전에 맛볼 수 있는 모든 행복이 말할 수 없이 소중하고 달콤하게 느껴진다. 그래서 종말에 대해서 상상하는 것을 그만둘 수가 없다. 아니, 그만둘 수 없다고 생각하고 있었다.

나는 몰랐다. 세계의 종말이 그토록 차가운 것일 줄은. 한순간의 섬광 속에 모든 것을 깡그리 태워버리는 그런 종말과는 거리가 먼, 따뜻한 것으로 착각할 만큼 차가우면서도 평온한 종말. 영원한 겨울이 지상에 내려와 모든 생물은 조용히 죽음으로 다가간다.

나는 더 이상 이와다 유카리와의 생활을 상상하지

않았다. 인류가 사멸한다 해도, 괜찮다. 전부 죽어버려라. 나의 세계는 옛날에 망가졌다.

아버지가 갑자기 집을 나간 날, 나의 세계는 망가져버렸다.

아버지가 저녁을 먹고 나서 내 방으로 들어가려는 나를 불러 세운 것은 어느 겨울밤의 일이었다.

"요비토, 뭐 갖고 싶은 것 없니?"

"왜요?"

"이제 곧 크리스마스잖아."

아버지는 서재 문을 열면서 나에게 손짓을 했다.

아버지의 서재는 백과사전 같은 것으로 장식된 허접한 서재가 아니었다. 연구에 필요한 책이 바닥에서 천장까지 빼곡하게 들어찬 일터였다. 아버지는 학교에 가지 않을 때에는, 대부분 이곳에 틀어박혀 밤늦게까지 열심히 조사를 하거나 논문을 썼다. 한자만 가득한 두꺼운 책과 누렇게 바랜 화지(和紙, 우리나라의 한지와 같은 일본의 전통적인 종이—옮긴이)를 철한 책. 아버지의 논문도 많이 실려 있는 전문잡지들.

나는 글씨를 보면 현기증이 나는 체질이라 아버지

가 하는 연구 따위에는 숫제 흥미를 느끼지도 못했지만, 먼지와 희미한 곰팡내에 둘러싸인 책 더미 속에 있는 것은 좋아했다. 세상에 아무 도움도 되지 않는 고대 중국에 대해서 끊임없이 연구하는 아버지를 대단하다고 생각했다.

'아무 도움도 되지 않는'이라는 표현은 좀 틀린 말일지도 모르겠다. 엄마와 누나와 나는 아버지가 벌어온 돈으로 밥을 먹고, 단독주택에 살고, 학교에 다니고, 가끔 가족끼리 드라이브를 가기도 하니까. 아버지는 정력적으로 연구 성과를 논문으로 쓰고 책으로 낸다. 또 대학 강의를 준비하고, 외부에서 요청이 들어오면 이곳저곳의 문화센터에서 강사로도 활동했다. 아버지는 자신의 뇌와 연구에 대한 정열에만 의지하여 우리를 먹여 살리고 있는 것이다.

여기저기서 '선생님'으로 불리며 의뢰가 끊이지 않았지만, 아버지는 절대 잘난 척하는 법이 없었다. 나에게도 이래라저래라 잔소리한 적이 없다. 정신을 집중하고서 책상에 앉아 있는 아버지 뒤편에서 어쩌다 내가 책 더미를 무너뜨렸다가 다시 쌓기를 반복하면서 놀고 있어도, 화내지 않고 내버려두었다.

어릴 때 딱 한 번,

"요비토, 너도 역사를 연구하지 않을래? 아버지가 죽으면 여기 있는 책 다 줄게"라고 한 적이 있다. 나는 물론 이렇게 대답했다.

"필요 없어요. 읽지도 못하고, 재미도 없어 보여요."

아버지는 "그러니?" 하고 조용히 웃었다.

친구들의 이야기를 들어보면 아버지라는 인물은 술을 마시고 심야에 고주망태가 되어 들어오거나, 접대 골프가 없는 일요일에는 집에서 잠만 자는 존재였다. 우리 아버지는 술이라곤 한 방울도 마시지 않고 골프 따위는 아주 싫어해 한 번도 한 적이 없다. 싫으면 싫은 대로 무시하면 될 텐데 텔레비전 뉴스에서 골프하는 장면이 나오기라도 하면 "가만히 있는 공을 막대기로 치는 게 뭐가 재미있다는 거야. 게다가 날아간 공까지 주우러 가다니. 그럴 거면 처음부터 안 치면 되잖아" 하고 불만스럽게 말했다.

물론 움직이는 공을 막대기로 치는 야구도 좋아하지 않았다. 그럴 때면 엄마는 웃으면서 "아버지의 심술이야. 자기가 운동을 못하니까" 하고 아버지를 놀렸다. 아버지는 얼굴을 찡그렸다가 다시 마음을 고쳐먹은 듯 "하지만 요비토는 운동신경이 좋잖아" 하고는, 마치 내 운동신경이 좋은 것이 자신의 공로인 양 혼자 고개를 주억거렸다.

어쨌든 글을 읽거나 쓰는 것이 숨 쉬는 것이나 다름없는 사람이니 즐거움을 찾는 부분도 남들과 좀 다르다. 아버지는 크리스마스도 싫어했다.

"어째서 예수의 생일을 우리가 축하해야 하냐고."

농담으로 하는 말인 줄 알았더니 아버지는 몹시 진지한 얼굴로 말했다.

"너 언제부터 기독교 신자가 된 거니? 그런 게 아니라고? 그러면 양말을 그런 데 걸어놓지 말고 얼른 빨게 내놔. 아무 상관도 없는 인간이 덩달아 법석을 떠는 건 진지하게 믿는 사람들한테 실례야."

그랬던 아버지가 "이제 곧 크리스마스잖아"라고 했다. '무슨 심경의 변화일까' 하고 서재 문 앞에 다가섰던 나는 할 말을 잃고 말았다. 그렇게 넘쳐나던 책들이 모두 다발로 묶여 있거나 상자에 담겨서 방 안이 텅 비어 있는 것이 아닌가.

"놀랐니?"

아버지는 의자에 앉으며 말했다. "시간이 있을 때마

다 조금씩 정리해뒀어."

장난이 성공했을 때처럼 아버지는 들떠 있었다. 내용물이 거의 비어 있는 책상 서랍에서 저금통장 하나를 꺼내더니 나에게 주었다.

"이건 네 이름으로 저축해둔 거야. 잘 생각해서 쓰고 싶은 데 써."

"……왜요?"

무엇을 묻고 있는 것인지 나 스스로도 알 수 없었다. 아버지는 거기에 뭔가 적어둔 것처럼 책상 위만 보면서 말했다.

"아버지는 이 집을 나가게 됐어. 엄마하고 이혼할 거야."

"그게 무슨 말이에요?"

"이게 이제부터 내가 살 집 주소야. 마음이 내키면 언제든 놀러오렴."

"뭐냐고요, 그게! 무슨 말인지 모르겠잖아요!"

나는 목청껏 소리쳤다. 소리치는 순간에 녹 냄새가 확 번졌다. 목 안의 점막이 찢어진 것이다. 변성기라서 낮아지고 있던 목소리가 아직 안정되지 않은 상태이다 보니 꼴사납게 뒤집어졌다. 나는 개의치 않고 계속 아우성을 치면서 아버지가 쌓아놓은 상자들을 닥치는 대로 던지고 발로 찼다. 책이 든 상자는 엄청나게 무거웠지만, 분노의 파워 쪽이 이겼다. 화재현장에서 발휘된다는 무지막지한 힘이란 것이 과연 있을 법하구나. 머릿속으로는 엉뚱하게 그런 생각을 하면서 나는 마구 난동을 부렸다.

아버지는 나를 말리지도, 그렇다고 달래지도 않았다. 그저 가만히 의자에 앉아 있었다. 가까이 있던 상자를 전부 다 던져버리고서야 나는 숨을 헉헉거리면서 물었다.

"이유가 뭐야!"

"어른들한텐 여러 가지 사정이란 게 있어."

"웃기지 마, 이 바보!"

나는 아버지의 등 뒤에 있던 철제 책장을 넘어뜨렸다. '거기 깔려서 죽어버려!'라고 생각했지만, 선반과 선반 사이의 빈 공간에 아버지의 몸이 걸렸다. 책장들 사이로 가슴 윗부분이 삐죽 나와 있던 아버지는 마치 사다리에 몸이 끼인 얼빠진 너구리 같은 꼴로 나를 쳐다보았다.

"너도 어른이 되면 이해할 거야, 요비토."

아래층에서 저녁식사 뒷정리를 하고 있을 엄마와 누나는 내가 이렇게 난동을 부리는데도 아랑곳없이 엉망이 된 서재를 들여다보러 오지 않았다.

나중에 알았지만, 나만 아무것도 모르고 있었다. 엄마도, 누나도 나에게는 아무 말도 하지 않았다. "여러 가지 사정이란 게 있어"라고 아버지는 점잖은 척했지만, 별것도 아니었다. 바람을 피운 것이다. 다른 여자와 잘 지냈던 것이다. 10여 년에 걸쳐 여러 여자들하고.

내가 어른이 된다고 이해해줄 줄 아냐? 이해해주고 싶지 않아, 그런 바보 같은, 지저분한 사정 따위는.

10여 년이라고 하면 내가 그때까지 앞으로 살아갈 시간과 비슷한 정도가 아닌가? 가족의 식탁. 가족의 싸움. 가족의 대화. 그 모두가 전부 거짓이었다. 나만 거짓이라는 것을 몰랐다. 아버지도, 엄마도, 누나도 가족의 역할을 연기했을 뿐이었다.

정말 우습다. 가볍게 연기하는 텔레비전 드라마 속에서 연극배우 출신의 탤런트 혼자서만 혼신의 힘을 쏟아 열연하듯이 나 혼자만 행복하게도 이 집 안에서 붕 떠 있었다니. 배신당했다. 모두한테 배신당했다.

아버지는 다음 날 집을 나갔고, 엄마와 누나는 아무

일 없었던 것처럼 평소대로 생활했다. 두 사람은 오히려 오랜 세월 동안 참았던 괴로움에서 해방됐다는 듯이 개운해하는 것 같았다.

나는 아버지가 떠난 서재에서 울었다. 나에게 준다고 했으면서 아버지는 책을 전부 갖고 나가버렸다. 내가 좀 더 공부를 좋아하고 아버지의 연구에 관심을 가진 아이였다면 아버지는 책을 이 집에 남겨뒀을까? 그런 생각을 하니 나 자신이 점점 더 불쌍해졌다. 자꾸만 눈물이 흘러나왔다. 한편으론 아버지에 대한 분노가 다시 끓어올라 골격 표본처럼 서 있던 텅 빈 책장을 하나하나 파괴했다.

한동안 학교에 가지 않다가 방학을 맞았다. 개학을 한 뒤에야 등교했더니 반 아이들이 호기심과 동정 섞인 눈으로 나를 살펴보았다. 아버지가 근무하는 대학교의 부속중학교에 다니고 있어서 소문은 이미 쫙 퍼진 것 같다. '봄이 되면 아버지가 다른 대학으로 옮겨간대' 하고 친절하게 일러주는 녀석도 있었다.

원래부터 그리 좋지 않았던 성적은 그 후 두 달 사이에 시베리아의 기온 그래프처럼 바닥을 기었다. 담임이 신경써줘서 간신히 같은 재단의 고등학교에 들어갈 수 있었다. 그리고 아버지가 준 돈으로 면허를 따서 중고 오토바이를 샀다. 전부터 이웃의 차고에 방치되어 있던 오토바이에 눈독을 들이다가 주인에게 사정해서 아주 싼값에 인수했다.

곧바로 오토바이 가게로 끌고 가 이것저것을 배워가며 정비를 하는 동안 소음기에서 배출되던 하얀 연기가 투명한 열파로 바뀌는 멋진 장면을 보았다. 대신에 통장의 잔액은 제로에 가까워지고 있었다. '아버지한테 나는 기껏해야 중고 오토바이와 비슷한 가치밖에 안 되는 존재였군' 하고 생각하니 우스워졌다.

초등학교 시절부터 같은 학교를 다녀서 이제 질려버린 반 아이들한테는 오토바이를 샀다는 사실은 알리지 않았다. 녀석들도 나에게는 별로 가까이 다가오지 않았다. 그 무렵에는 집에 있기 싫어서 밤마다 죽어라 놀러 다니고, 학교에서는 거의 잠만 잤다.

누구하고도 말하고 싶지 않았고, 사귀고 싶지 않았다. 오토바이 가게에서도 필요한 지식만 습득할 뿐, 그 누구하고도 친해지는 일은 없었다.

학교에서 돌아오면 나는 CB400을 타고 논두렁길에서 국도까지 가까운 길이란 길은 모두 혼자 질주했다.

장비를 갖출 돈이 없으니 미끄럼방지 장갑을 끼고서 청바지 자락은 우천용 장화 속에 집어넣었다. 눈에 바람이 들어와—이것은 폼을 잡으려고 하는 말이 아니라 정말로 물리적으로 눈이 아팠다—생각 끝에 고무 패킹이 붙어 있는 물안경을 꼈다. 아는 사람들에게 얼굴을 들킬 일도 없으니 그야말로 일석이조였다.

한번은 작은 돌에 타이어가 터지는 바람에 길에서 밭 한가운데로 멋지게 굴렀다. 부드러운 흙이 받아주어서 다행이었지만, 잠시 간이 철렁했다. '역시 헬멧을 사야 하나' 하는 생각이 들었다. 나는 점차 오토바이를 타는 데 위험한 물체들을 몸으로 익혀갔다. 가는 모래. 맨홀 뚜껑. 비에 젖은 횡단보도의 도료 등등. 그런 것에 주의하게 된 후로는 특별히 위험할 것도 없어서 나는 여전히 물안경 하나로 목 위를 보호한 채 오토바이를 타고 다녔다. 오토바이를 타는 데에는 체력과 집중력이 필요하다. 밤에는 지쳐서 아무 상상도 하지 않고 잠들었다.

사실, 나는 CB400을 타고 다니는 한편으로, 여자하고도 꽤 놀았다. 어린 남자애에게 흥미를 보이는 여자들이 있게 마련이다. 미성년에게도 술을 내주는 가게에서 멍하니 앉아 있으면 "남자되는 법을 가르쳐줄까?" 하고 유혹해 왔다. 부디 가르쳐줘. 나는 그때마다 어슬렁어슬렁 따라갔지만, 도무지 뭐가 좋은지 알 수 없었다.

아니, 솔직히 말해 사정이 되지 않았다. 아무리 애써도 소용없었다. 나에게도 매우 고통스러운 일이지만, 상대 여자가 눈치 채고 나면 분위기가 묘하게 난감해져서 나의 고통은 배로 커졌다. 덕분에 연상 여자들의 다양한 기교를 맛볼 수 있었지만, 나는 언제나 눈물을 글썽거리며 "저기 미안하지만, 정말로 무리일 것 같아서" 하고 사과해야만 했다.

이런 것이 불능이란 것일까? 일단 발기는 되니까 불능은 아닌가? 아니면 조루일까? 그러나 결국 싸지도 못하니까 그것도 아닌 것 같다. 어쨌든 건전한 열여섯 살 남자치고는 바람직하지 않다. 그래도 일단 혼자 할 때에는 내 성기가 아주 건강하고 적절한 반응을 보이니 깊이 생각하지 않기로 했다. 가능한 한 머리를 비우고 손만 움직이면 된다.

사실은, 그 이유를 알고 있었다. 여자와 할 때 나는 쓸데없는 생각을 하게 된다. 아버지와 엄마라든가, 아버지와 모르는 여자라든가.

'예전에 두 남자와 두 여자가 함께 살았는데, 그중 한 남자와 한 여자는 집 안에서 섹스를 했습니다. 지금은 한 남자와 두 여자가 살고 있지만, 아무도 집 안에서 섹스를 하지 않습니다.'

가족이란 참 묘한 것이다.

CB400이 씽씽 달리게 되면서 동시에, 불발로 끝난 섹스에 대한 탐구심도 진정되었다.

결론. 섹스 따위는 별것 아니다. 없으면 없는 대로 살아갈 수 있다. 적어도 나는.

의문. 아버지는 왜 우리를 버렸을까?

행동반경이 넓어지니 아버지의 새로운 생활에 대한 흥미가 모락모락 피어났다. 아버지는 집을 나가던 날, 내가 끝내 받지 않았던 주소가 적힌 메모지를 냉장고 문에 자석으로 붙여놓았다. 대체 신경구조가 어떻게 돼먹었는지! 매일 보는 장소에 아버지의 필적이 남아 있는데도, 엄마나 누나는 메모지를 떼거나 버리지 않았다. 그대로 둔 채 태연히 냉장고 문을 열고 우유를 넣거나 고기를 꺼냈다. 이건 또 어떻게 된 신경구조인지! 이것만으로도 상당히 잘 어울리는 가족이란 생각이 들었다. 하지만 서로 연락을 취할 마음도 없는 듯했다. 오직 나 혼자만 지난날의 '가족' 형태에 얽매인 채 냉동 보관되고 있었다.

살짝 메모지를 떼어 가지고 와서 내 방에서 몰래 지도를 펴놓고 그 주소지를 찾아보았다. 도심에서 서쪽을 향해 방사상으로 뻗은 몇 가닥의 전철 노선. 내가 사는 곳은 그중 아래쪽을 달리는 노선이었는데, 아버지가 사는 곳은 위쪽을 달리는 노선에 있는 것 같다. 익숙지 않은 곳이다. 나는 세부지도 페이지를 몇 장이나 넘겨가며 아버지가 사는 집으로 가는 길을 빨간 연필로 더듬어갔다.

왠지 즐거운 기분이 들었다. 아버지는 어떤 얼굴로 맞아줄까? "언제라도 오너라." 말은 그렇게 했으니 반가워하겠지. 아버지에게 내 오토바이 CB400을 보여주고, 아버지가 어설프게 차 같은 것을 끓이는 모습을 바라본다. 그러다보면 이 얼어붙은 세계도 조금씩 냉기가 녹기 시작하여 나는 후련한 기분으로 여자를 제대로 안아볼 수 있을지도 모른다.

아버지를 놀래기 위해서 나는 사전에 아무 연락도 하지 않고 찾아가기로 했다.

5월이 끝나가는 어느 맑은 날. 오토바이를 타기에는 최적의 날씨였다. 오늘쯤 아버지한테 가볼까? 지금 출발하면 아버지가 일을 마치고 집에 돌아올 즈음 방문할 수 있겠지. 그런 생각을 하면서 수업이 끝난 후 실내화를 갈아 신고 있었다.

그때 "무라카와" 하고 나를 부르는 녀석이 있다. 돌아보니 옆 반의 시노하라 쓰바기가 무거워 보이는 책가방을 들고 서 있었다. 쓰바기(椿)라고 하면 여자아이의 이름 같지만, 녀석은 체격이 아주 크다. 그런데 뭣 때문인지 항상 겁에 질려 주뼛거린다. 얌전한 성격에 비해 교내에서 유명해진 이유는 무엇보다 그 이름과 외모의 차이, 그리고 뛰어난 성적 때문이다.

쓰바기는 중학교 때부터 이 학교에 들어와 항상 우등생 집단에 있었기 때문에 나와는 그다지 접점이 없었다.

나는 쓰바기의 가방을 스윽 훑어보고 나서 나를 불러 세워놓은 채 계속 주뼛거리고 있는 쓰바기의 얼굴을 쳐다보았다. '이 녀석, 교과서를 일부러 다 갖고서 집에 가는 거야? 진짜 촌스러운 녀석이네.' 나는 내 납작한 가방을 보란 듯이 옆구리에 끼면서 통명스럽게 물었다.

"뭐야, 뭐 볼일 있냐?"

내가 무시하고 그냥 성큼성큼 가버릴 줄 알았는지 쓰바기는 몹시 기쁜 얼굴로 가까이 다가왔다. 쓰바기는 다리가 좀 불편하다. 선천적인 것인지 어떤지는 모르겠지만, 왼쪽 다리를 조금 질질 끈다.

"무라카와, 오토바이 타지?"

이 녀석, 범생이 아니랄까봐 선생님한테 이를 생각인가? 나는 경계하며 잠자코 있었다. 쓰바기는 당황한 듯이 더듬거리며 설명을 한다.

"저, 저기, 아냐. 좀 보여줬으면 싶어서. 아니, 태워주면 더 좋겠지만. 우리 엄마는 위험하다고 사주지 않아서, 그래서 무라카와가 타는 걸 알고, 저기."

"어떻게 안 거야?"

나는 쓰바기의 말을 가로막았다. 비교적 사이가 괜찮은 녀석들한테도 말하지 않았는데, 어떻게 이 녀석이 알고 있을까?

"어, 요전에 버스길 달리는 걸 봤어. 그거, 무라카와 맞지? 빨간색 CB400. 우리 집, 그 근처야."

너희 집이 어딘지는 상관없고. 일단 오토바이의 존

재를 알고는 있는 것 같은데, 성가셔서 "나 아냐"하고 시치미를 뗐다.

"그러니……? 내가 착각했나. 그 사람 말이야, 물안경 끼고 오토바이를 타고 있었어. 그런데 엔진 같은 건 제대로 손질한 소리가 나더라고. 정말 멋져 보였는데……."

쓰바기가 본 것은 확실히 나였다. 왠지 자존심이 상했다. 나는 아무도 얼굴을 못 알아볼 만큼 속력을 내서 달렸는데, 이렇게 시력이 나빠 보이는 놈한테 들키고 물안경까지 들먹이다니. 순간 골탕 먹이고 싶은 기분이 들어 쓰바기에게 씩 웃어주었다.

"할 수 없군. 교복 입고 타는 건 곤란하니까 일단 집에 가서 옷 갈아입고 와. 우리 집 아냐?"

쓰바기는 마치 산책 나가는 것을 알아차린 개처럼 펄쩍펄쩍 뛰어오르며 말했다.

"주소록에서 찾아보면 돼."

"아무한테도 말하지 마."

"응, 비밀이야."

쓰바기는 활짝 웃는 얼굴로, 그러나 진지하게 고개를 끄덕였다.

나는 느릿느릿 신발을 갈아 신는 쓰바기를 내버려두고 바로 학교에서 나왔다. 그리고 옷을 갈아입고 아버지가 사는 동네를 향해 출발했다. 쓰바기가 오토바이 건을 고자질해도 상관없다. 어차피 내 성적이나 품행도 슬슬 석유를 파낼 수 있을 정도로 땅바닥을 기고 있으니까.

낯선 길을 달리는 것은 언제나 기분 좋은 긴장감과 흥분을 동반한다. 나는 짙은 녹색을 띤 가로수를 곁눈질하며 교외를 향한 북쪽 길로 접어들었다. 얇은 점퍼를 입고 있었는데, 저녁 무렵이 가까워지니 바람이 차갑다. 귀가 좀 시렸다.

자동판매기에서 산 콜라를 마시면서 도중에 한 번 더 지도를 확인했다. 그러는 동안에도 이따금 오토바이가 나를 추월하여 눈앞의 도로를 달려간다. 오토바이의 엔진 소리를 들을 때마다 일일이 얼굴을 들어 "아, 가와사키네" 하는 식으로 확인하게 된다. 나만 그런가 싶어 오토바이 가게의 점장에게 물어본 적이 있다. 그랬더니 "오토바이 타는 사람들은 다 그렇죠"라고 했다. 그러다 자기는 엔진 소리로 오토바이 메이커뿐만 아니라, 차종까지 거의 정확하게 맞춘다는 둥

자기 자랑하는 소리만 실컷 들었다.

주택가로 들어서는 길에서 조금 헤매다가 간신히 아버지가 사는 집을 찾았을 때 나는 몹시 당황했다. 아버지가 독신자용 아파트에 살 줄 알았는데, 눈앞에 나타난 것은 분명히 가족용 대형 맨션이었기 때문이다. 거치적거리지 않을 만한 곳에 오토바이를 세워놓고서 맨션 입구의 유리문을 열고 안으로 들어갔다. 메모지에 적힌 집 호수를 찾아 엘리베이터를 이용하지 않고 계단으로 4층까지 올라갔다. 계단 통로에 세발자전거와 작은 플라스틱 양동이가 놓여 있는 것이 보였다.

412호실 문 옆에 '오타'라는 이름의 문패가 붙어 있었다. 그 아래에 '무라카와'라고 적힌 종이가 흔들거리고 있다. 틀림없는 아버지의 필체였다. 통로에 사람이 없는 것을 확인하고 문 가까이 귀를 대보니 문 너머에서 전자오르간 소리와 여자아이 목소리가 들렸다. 당황스러움은 극에 달했다.

집 안에서 사람이 걸어나오는 기척이 나서 얼른 문에서 몸을 뗐다. 하필이면 은색 양푼과 지갑을 손에 든 아줌마가 문을 열고 나왔다. 아줌마라고 해도 엄마보다 열 살 정도는 젊어 보인다. 이목구비가 뚜렷한

것하며 어딘지 엄마와 분위기가 닮았다. 그래서 나는
이 여자가 아버지의 상대라고 확신했다. 다만, 이 아
줌마는 끈적끈적하고—그리고 이것이 가장 꺼림칙한
점인데—좀 천박한 분위기를 풍겼다.

그녀는 현관 앞에 서 있는 나를 깜짝 놀란 듯이 올
려다보며 "어머나, 무슨?" 하고 물었다. 나는 우향우
하여 달아나고 싶었다. 하지만 별로 나쁜 짓을 하는
것도 아니다 싶어 오기로 그 자리에 버티고 서서 입을
꽉 다물고 있었다.

아줌마는 그런 내 얼굴을 찬찬히 들여다보더니 알
겠다는 듯이 한숨을 쉬었다.

"그 사람을 찾아온 거라면 곧 돌아올 때가 됐어요.
들어와요."

아줌마는 나를 방 안으로 안내하더니 찻잔을 정중
하게 찻상에 올려 내왔다. 나는 김이 나는 차에도, 접
시에 담긴 과자에도 손을 대지 않고 거실 의자에 앉아
있었다.

식탁과 텔레비전과 전자오르간. 아버지의 그 많은
책은 다 어디로 갔을까? 전자오르간 의자에는 초등학
교 저학년쯤 되어 보이는 여자아이가 앉아 있다가 "엄

마, 손님?" 하고 물었다.

"그래."

아줌마는 여자아이의 손을 잡고 의자에서 일으켜 세웠다.

"안녕하세요?"

여자아이는 싹싹하게 인사를 했다. 나는 찻잔에 시선을 떨어뜨린 채 고개만 끄덕였다.

"바로 요 앞에 가서 뭘 좀 사 올게요."

아줌마는 그 말만 남기고 여자아이와 함께 부랴부랴 방을 나갔다. 가관인 것은 나가기 전에 거실 옆방에서 언니인 듯한 6학년 정도의 여자아이도 데리고 나가는 것이다. 처음에는 자기 혼자 나가려고 했다가 집 안에 침입한 야수가 자기 딸들을 덮치기라도 하면 어쩌나 싶었는지⋯⋯. 문 잠기는 소리가 났다. 나는 낯선 집의 거실에 덩그러니 혼자 남겨졌다.

속으로 이참에 그냥 돌아갈까 싶었지만, 그러면 문을 열어둔 채 가버렸다고 난리를 칠 것이다. 게다가 아직 아버지를 만나겠다는 목적을 이루지 못했다. 조금 불편하긴 했지만 나는 그냥 집을 지키기로 했다.

아줌마와 두 딸은 채 10분도 지나지 않아 돌아왔

다. 집을 나가긴 했지만, 아마 내가 빈집털이로 변신하지 않을까 걱정됐을 것이다. 딸들은 자기 방에 밀어넣고 왔는지, 아줌마는 두부가 든 양푼만 손에 들고 나타났다. 우리는 대화를 나누지 않았다. 아줌마는 부엌에 틀어박혀 있다. 물소리가 났다.

참을 수 없을 정도로 숨이 막혀 또다시 돌아갈 기회를 노리다가 10분쯤 지났을까, "다녀왔어" 하는 소리와 함께 철제 현관문이 열렸다. 방에서 뛰어나온 여자아이들이 "아빠, 아빠" 하고 맞이하는 것 같다.

한 팔로 작은 아이를 휘감은 채 복도를 걸어 들어오던 아버지가 거실 입구에서 발을 멈춰 섰다.

"오, 요비토. 왔구나."

주방에서 모습을 드러낸 아줌마가 나는 완전히 무시한 채 아버지에게서 정성스럽게 양복을 받아들었다. 아버지가 식탁을 사이에 두고 내 맞은편 의자에 앉고, 아버지 옆에는 여자아이가 앉았다. 아줌마는 우리 부자를 전혀 개의치 않고 식탁에 그릇을 늘어놓기 시작했다. 저녁준비. 찻잔이 네 개, 젓가락이 네 개. 당연히 내 몫은 없다. 빨리 가라고 눈으로 말하고 있었다.

"여긴 바로 찾았니? 전철로 왔어?"

"오토바이."

아줌마가 밀랍인형처럼 굳은 미소를 지었다.

"밑에 세워둔 게 요비토 군 거였어? 오는 건 상관없지만, 다음부턴 오토바이는 삼가주었으면 좋겠네. 이웃사람들한테 불량 청소년으로 보이니까."

나는 속으로 '밀랍인형이 말을 다 하네' 하고 생각했다. "나는 메리 스튜어트. 스코틀랜드 여왕. 엘리자베스 년한테 처형당했지." 인형에게 내장된 테이프가 센서에 반응하여 작동하는 것처럼 음산한 느낌이 들었다.

당신한테 '요비토 군'이라고 불릴 이유는 없는데. 더욱이 '불량'이라고 했겠다. 누가 '불량한' 거냐? 불륜을 저질러서 남의 아버지를 빼앗아간 주제에 나한테 그런 말을 할 수 있냐고. 이번에는 내가 아줌마를 완벽하게 무시해주었다.

"쟤, 설마 아버지 아이?"

나는 턱으로 여자아이를 가리켰다.

"아니. 그렇지만 이제는 내 딸이야."

아버지는 험악한 분위기를 눈치 채지 못했는지, 아

니면 눈치 채지 못한 척하는지 시종 태연했다.

"갈게요. 실례했습니다."

나는 일어서서 터벅터벅 현관으로 걸어나갔다. 아버지가 쫓아와서 말했다.

"가을부터 규슈에 있는 대학으로 간단다. 그때까지는 여기 있을 테니 또 놀러 오너라."

두 번 다시 오나 봐라. 나는 돌아보지 않았다. 문이 닫히기 직전에 방에서 여자아이가 천진난만하게 "아빠, 아빠" 하고 부르는 소리가 들렸다. 뭐가 아빠야. 네 아빠가 아니잖아!

그 아줌마에게 엄청난 매력이 있었더라면 백보 양보해서 아버지를 이해하려고 애쓰지 못할 것도 없었다. 하지만 깜짝 놀랄 만큼 젊은 것도 아니고, 미인도 아니다. 더욱이 딸이 둘이나 있는 여자이다. 아버지는 그 인간들과 가족놀이를 하고 싶을까? 이해할 수 없다. 지금까지처럼 엄마와 누나와 나와 함께 사는 것하고 대체 뭐가 다르냐고?

더 단순하게, 섹스를 엄청나게 잘하는 젊은 여자에게 정신이 팔렸다고 하면 차라리 낫겠다. 그 편이 이해하기 쉽다.

나는 아버지가 초라한 아파트에서 여자를 기다리면서 혼자 쓸쓸하게 사는 모습을 보고 싶었다. 그것을 기대하고 있었다. 그런데 아버지는 우리를 버린 지 얼마 되지도 않아 동네 어디에나 있을 법한 여자한테로 굴러들어가서 어디에나 있을 법한 아이들과 함께 살고 있다.

교체하면 되지, 뭐. 오토바이 부품 교체하는 것보다 간단하다. 조금 녹슬었으니 바꾸자. 나도 중고니까 신품은 무리이다. 중고 폐품 더미에서 적당히 쓸 만한 부품을 골라보자. 뭐, 그런 기분인가?

해가 저무는 길을 달려 내가 사는 동네로 돌아왔다. 눈물이 고여서 몇 번이나 오토바이를 세우고 물안경을 닦아야만 했다.

무엇보다 괴로운 것은 모든 일이 없었던 일처럼 되어버렸다는 것이다. 오늘 하루 동안 있었던 모든 일이.

아버지와 아줌마와 '딸'들은 그 맨션에서 저녁밥을 먹는다. 분명 나를 화제로 삼지는 않을 것이다. 내가 방문한 일 따위는 잊어버리고 즐겁게 밥을 먹겠지. 분하다. 그렇지만 아버지를 만나러 간 것, 아버지가 새로운 가족과 지금까지와 똑같이 살고 있다는 것을 누구에게 말할 수 있을까. 엄마한테는 더더욱 말할 수 없다.

내가 맛본 기분은 누구의 기억에도 남지 않고 떠내려간다. 죽을 때까지 내가 잊지 않는다 한들, 아무런 의미가 없다. 부연 물안경에 비친 낯선 풍경처럼 눈 깜짝할 사이에 어둠 속으로 사라져버린다. 그리고 얼어붙어버린다. 나 이외에는 아무도 모르는 채로. 그것은 없었던 일이나 다름없다.

집 근처에 도착했을 즈음에는 이미 녹초가 되어 있었다. 하지만 성가신 일은 아직 끝나지 않았다. 집으로 들어가는 골목 입구에 쓰바기가 멍하니 서 있었다. 헤드라이트에 비친 녀석을 보자 나는 온몸의 공기가 다 빠져나갈 만큼 큰 한숨을 쉬지 않을 수 없었다.

"뭐하고 있는 거냐?"

나는 오토바이를 탄 채 쓰바기에게 말을 걸었다.

"아아, 잘 다녀왔니?"

쓰바기는 엔진 소리에 지지 않기 위해서인지 큰소리로 말했다.

"아주머니가, 요, 요비토는 외출했다고 하셔서."

엄마의 말을 그대로 전하는 것뿐인데도, 쓰바기는 내 이름을 말할 때 더듬거렸다.

"그래서, 그러면 잠깐 기다려 볼까 하고."

잠깐이 어느 정도인 거냐. 이 녀석, 정말 공부를 잘하는 것일까? 내가 바람맞혔다는 것쯤은 충분히 알법한데, 쓰바기는 "멋있다" 하고 내 오토바이를 기쁜 듯이 바라본다. 나는 쓰바기가 손에 물안경을 들고 있는 것을 알아챘다. 쓰바기는 내가 알아차린 것을 눈치채고 어색하게 그것을 뒷손으로 감췄다.

"저, 태워달라는 게 아니고, 그냥, 만약을 위해서, 저어."

쓰바기의 태도에 한없이 초조함이 느껴졌지만, 그러면서도 왠지 기분이 좋았다. 쓰바기는 줄곧 나를 기다리고 있었다. 쓰바기는 내 기분을 상하지 않게 하려고 필사적이다. 겨우 오토바이 때문에. 비참한 기분을 실컷 맛본 나보다도 더욱 비참하고 비굴한 태도를 보인다. 쓰바기는 개다. 안됐다는 마음과 흐뭇한 마음이 동시에 끓어올랐다.

계속 서 있기만 해서 다리가 아픈지, 쓰바기는 신중하게 중심을 왼다리로 옮겼다가 다시 얼른 오른다리로 옮겼다. 톡톡 튀어나오는 두더지잡기 게임처럼 쓰바기의 머리가 우스꽝스럽게 움직였다. 그것을 보고 있자니 속에서 분노가 끓어올랐다. 쓰바기에 대해서가 아니라, 바로 나 자신에 대해서.

"타."

나는 걸치고 있던 물안경을 이마로 밀어올리고 뒷자리를 가리켰다. 쓰바기는 내 말에 깜짝 놀란 듯이 얼굴을 들다가, 나와 눈이 마주치자마자 황급히 시선을 피했다. 울었던 데다가 물안경으로 압박을 했으니 얼굴이 부어서 엉망이었을 것이다. 하지만 쓰바기는 얼굴에 대해서는 아무 말도 없이 "괜찮아?" 하고 작은 목소리로 물었다.

"기다리게 한 것 같은데, 태워다 줄게."

쓰바기는 '마음이 변하기 전에 타야지' 하듯이 얼른 오토바이에 올라탔다. 돌아보니 녀석이 진지한 표정으로 우리 사이의 시트 중앙부분에 처진 벨트를 붙잡고 앉아 있었다.

"바보, 어딜 잡고 있는 거야? 그런 벨트는 끊어지면 몸뚱어리째 날아가버려. 허리를 잡아, 내 허릴."

"으, 응."

"물안경 썼어?"

"아, 아직."

하여간 둔해빠진 쓰바기 녀석을 태우고 오토바이를 출발시켰다. 뒤에서 "와!"니 "오!"니, 하고 알 수 없는 소리를 연발하는 쓰바기와 함께 서로 고함치듯이 큰 소리로 집으로 가는 길을 물었다. 쓰바기가 힘을 주지 못하면 안 되기 때문에, 왼쪽으로 돌 때에는 오토바이가 많이 기울지 않도록 특히 주의했다.

쓰바기네 집은 목조 시영주택이다. 우리가 다니는 학교는 솔직히 말해 학비가 비싸다. 그래서 조금 놀랐다.

"고마워."

천천히 오른쪽 다리를 먼저 오토바이에서 내린 쓰바기가 말했다. "좀 들렀다 갈래? 괜찮다면 밥이라도."

부엌임직한 창에서 맛있는 냄새가 풍겨 나오고 있었다. 나는 고개를 저었다. 버스길로 나오기 전에 백미러로 확인하니 쓰바기는 아직 집에 들어가지 않고 물안경을 낀 채 나를 지켜보고 있었다.

그날 밤, 우리 집 저녁은 크로켓이었다. 엄마도, 누나도 벌써 다 먹고 치운 뒤였다. 엄마는 된장국을 데워 주며 "이런, 또 마요네즈야?" 하고 밝게 웃었다.

"참, 너 나가자마자 친구가 왔었는데, 그 뒤에 만났니?"

"만났어."

뭔가 또 눈물이 날 것 같잖아, 빌어먹을.

시노하라 쓰바기 녀석과는 점점 친해졌다. 쓰바기는 오토바이 잡지를 즐겨 읽어서 오토바이 구조를 대충 알고 있었다. 그렇지만 실물을 가까이에서 찬찬히 본 적은 거의 없었는지 "역시 자전거 체인하고 다르네" 하면서 감탄했다. 그 모습이 재미있었다.

이야기를 나누는 사이에 쓰바기의 긴장이 풀린 것 같았다. 여전히 주뼛거리기는 했지만, 그것은 녀석의 성격이니 어쩔 수 없었다. 방과 후에는 쓰바기를 태우고 정처 없이 오토바이를 타고 돌아다녔다.

"학비는 아버지가 내기로 되어 있어."

쓰바기는 다마강의 하천 부지에서 불쑥 말했다. "그래서 나, 학비가 비싼 학교에 들어간 거야. 중학교부터 사립을 다니는 게 최고의 돈 낭비라고 생각하고."

"그렇지만 너, 성적 좋잖아. 그렇게 하면 안 되지. 이 학교 저 학교 옮겨 다니면서 그때마다 입학금을 내도록 해야 학비를 많이 쓰지."

"그러네."

쓰바기는 어깨를 떨어뜨렸다. "그렇지만 저기, 난, 공부가 좋아."

있다, 있다, 이런 녀석. 공부가 좋다는. 믿을 수가 없다. 아버지도 그랬다. 아무도 부탁하지 않았는데, 중국 조정(朝政)에 대해서 혼자 주야장천 연구를 했다. 진지하게. 하지만 내가 어릴 때에는 곧잘 함께 놀아주기도 했다. 나는 아버지가 정말 좋았다.

지금은 그 새 '딸'들과 놀아주려나.

그렇게 생각하니 슬픔과 분노가 뒤죽박죽되어 머릿속 심지가 마비될 듯이 뜨겁게 타올랐다.

그날 돌아오는 길에 최고로 속력을 높였다. 쇳덩어리에서 열이 나니 기분이 좋았다. 쓰바기를 집 앞에 내려주고 보니 쓰바기가 잡고 있던 부분의 셔츠가 젖어 있었다. 쓰바기는 내가 엄청나게 속력을 내도 아무 불평도 하지 않았다.

쓰바기는 성적이 좋은 데 비해 말과 행동이 느긋했다. 쓰바기가 남학생들의 악의나 여학생들의 호의와 무관한 것은 아마 그 때문일 것이다.

지리시간에 쓰바기네 반과 합반해서 '세계의 거리'라는 슬라이드를 보았다. 나와 쓰바기는 계단식 시청

각실 한가운데에 나란히 앉았다.

불이 꺼지고 하얀 스크린에 지중해에 면한 동네들이 비쳤다. 아주 가파른 언덕에 집들이 늘어서 있고 집들 사이로는 좁다란 돌계단길이 나 있었다.

"난 이렇게 언덕만 있는 동네에선 못 살겠네."

쓰바기가 중얼거렸다.

"오토바이를 타면 되잖아."

"그런가? 그렇구나."

쓰바기는 뭔가 생각하는 것 같더니 이윽고 말했다.

"명대사를 떠올렸을 것 같군. '세계는 평평하지 않다.'"

"뭐냐, 그건?"

"우주에서 찍은 지구 사진은, 저기, 동글동글하고 매끈하잖아. 어릴 때 그거 보고 놀랐어. 걸어가다 보면 여기저기 계단과 언덕이 있는데, '실제로는 이렇게 울퉁불퉁한데' 하고."

"거기, 조용히 해."

선생님이 지적했다. 나는 목소리를 낮췄다.

"너 말이야, 우주비행사가 되면 어때? 그래서 로켓으로 말해주는 거야. '세계는 평평하지 않다. 이런 거

날릴 돈이 있으면 언덕이 없는 마을을 만들라' 하고."

쓰바기가 웃었다.

"좋네, 그거. 근데 난 밀폐된 탈것에서는 멀미를 해
서……."

세계는 평평하지 않다. 전혀. 나는 스크린을 바라보
면서 오랜만에 종말에 대한 예언을 떠올리고 있었다.
산도, 언덕도 전부 날려버릴 정도의 종말 따위는 분명
오지 않는다. 다만, 재 같은 눈이 쌓여갈 것이다. 차라
리 전부를 덮어버려 지구가 지금보다 한 사이즈쯤 더
크고 동그란 눈덩이가 되어주면 좋을 텐데.

그러나 상상 속에서도 그런 일은 일어나지 않아, 길
은 길대로, 바다는 바다대로, 집들의 지붕 모양도 그
대로인 채 눈은 조용히 내렸다.

장마가 끝날 무렵, 나는 쓰바기와 함께 오토바이를
타고 가다 사고를 당했다. 그 사건이 아버지가 집을 나
간 어느 겨울날 이후, 줄곧 최악의 굴욕투성이인 분노
로 이어지던 일상의 피날레를 장식했다.

비오는 날이 계속되어 오토바이는 집 차고에서 시
트를 뒤집어쓴 채 서 있는 날이 많았다. 대신에 쓰바

기와 나는 서로의 교실에서 〈커스터마이즈〉 잡지를 보면서 CB400이 스피드를 더 낼 수 있는 방법에 대해서 이야기를 나누었다.

여자아이가 나를 불러낸 것은 그런 점심시간 때였다.

"무라카와 요비토 씨 있어요?"

평소 같으면 같이 있던 녀석들이 야유를 보낼 장면인데, 교실은 당혹감으로 술렁거렸다. 여자아이가 부속초등학교 교복을 입고 있었기 때문이다. 초등학생이 고등학교 교실에 오다니 좀처럼 없는 일이다.

잠시 후 나는 그 아이가 아버지의 새 '딸' 중 큰아이임을 알아차렸다. 내가 의자에서 일어나 교실 문까지 걸어가는 동안 "숨겨놓은 아이냐, 요비토?" 하고 그제야 놀리는 소리들이 날아들었다. 쓰바기가 잡지를 책상에 펼쳐놓은 채 걱정스러운 듯이 이쪽을 보고 있는 것이 느껴졌다.

"뭐야?"

나는 여자아이를 내려다보며 말했다. 설마 '딸'이 같은 학교에 다니고 있을 줄은 생각도 못했기 때문에 몹시 당황스러웠다.

"이상한 짓, 그만해주세요."

톤이 높은 아이의 목소리가 온 교실 안에 울렸다.

"이상한 짓이라니, 뭐가?"

'그때 찾아간 것을 이제 와서 책망할 생각이냐? 도전을 받아주마' 하고 나는 한층 목소리를 낮춰 위협했다. 여자아이는 물러나지 않고 나를 노려보았다.

"우리 집 문에다 썩은 돼지고기 문질러놓은 것 말이에요! 온 가족이 괴로워한다고요. 심술 좀 그만 부리세요!"

아이는 제 할 말만 내뱉고서 복도를 달려갔다. 나는 어안이 벙벙했다. 등 뒤의 교실에는 정적이 흐르고 있다. 나는 그 자세 그대로 선 채 잠시 굳어 있었지만, 갑자기 분노가 치밀어 뇌가 끓었다.

"웃기지 마! 내가 아냐!"

복도로 뛰어나갔지만, 꼬마의 모습은 보이지 않았다. 홧김에 눈앞에 보이는 신발장을 힘껏 걷어차고는 뒤쫓아 달려갔다. 달리는 동안 분노로 아무 생각도 나지 않아 실내화를 신은 채 교문을 나왔다. 썩은 돼지고기? 웃기지 마라. 나는 모른다. '온 가족'이란 건 또 뭐야? 아버지가 말했냐? 이건 요비토의 짓이라고, 그렇게 말했냐?

정신을 차리고 보니 나는 흠뻑 젖은 채 집에 돌아와 있었다. 실내화는 흙투성이가 되어 엉망이었다. 엄마는 거실에서 통신교육 첨삭 아르바이트를 하고 있었다.

"요비토, 어떻게 된 거니? 학교는⋯⋯."

나를 보고 놀라 벌떡 일어선 엄마에게 소리쳤다.

"엄마가 바보같이 구니까 이런 일이 일어나잖아! 엄마가 아버지를 도망가게 했는데, 왜 나까지 창피를 당해야 하냐고! 왜 이런 일을 겪냐고! 왜!"

괴롭다. 괴로움을 토해 내고 싶었는데, 더 괴로워졌다. 엄마는 우두커니 멈춰 서 있었다. 알고 있다. 엄마 탓이 아니다. 누구 한 사람이 악인이고, 누구 한 사람이 태만했던 것이라면 이야기는 더욱 간단하다. 이렇게 괴로운 생각은 하지 않아도 된다. 그 인간을 한 대 후려쳐 주면 되니까. 그러나 그런 것이 아니다. 그런 것이 아니란 것을 아는데, 나는 엄마에게 화풀이를 하고 있다.

나는 참을 수 없어 2층의 내 방으로 올라갔다. 젖은 양말을 갈아 신고 책상에 흩어진 동전과 오토바이 열쇠를 교복 주머니에 찔러 넣었다. 물안경도 잊지 않았다.

눈물이 흐르고 있어 거실 쪽을 보지 않고 집을 나

왔다. 소리가 들리지 않도록 시동을 걸지 않고 골목 밖까지 오토바이를 밀면서 가다가 쓰바기와 마주쳤다. 분명 내가 교실에서 뛰쳐나가자마자 황급히 뒤를 쫓아왔을 것이다. 가방을 두 개 품에 안고서 검은 우산을 쓴 쓰바기는 몹시 불안정하게 빠른 걸음으로 걸어오고 있었다.

나를 발견하더니 "여어"라고 하듯이 우산을 조금 올려 보인다. 쓰바기는 깡충깡충 다가와서는 CB400의 빨간 도장 부분에 시선을 떨어뜨렸다.

"어디 가니?"

나는 대답하지 않고 엔진이 따뜻해지기를 기다렸다. 어디 가는지 나도 몰랐다. 쓰바기는 들고 있던 두 개의 가방을―그중 하나는 납작한 내 가방이었다―골목 담벼락에 풀이 나 있는 자리에 나란히 내려놓고는, 내가 비를 맞지 않도록 비스듬히 우산을 씌워주었다.

"나도 갈래."

쓰바기는 뒷자리에 올라탔다.

비로 부예진 산 그림자를 향해 오토바이를 달렸다. 이끌려가는 것 같았다. 맑고 고귀한 것에.

가속. 왼발, 기어를 넣어. 한 단 더, 한 단 더. 그때마다 뒤에 탄 쓰바기는 고통이 심해진다. 교복 차림의 우리는 검은 덩어리가 되어 균형을 잡았다. 위화감은 전혀 없다. 혼자 달리는 것 같다. 그러나 심장의 고동 소리와 체열을 느낀다. 나에게서, CB400에게서, 그리고 쓰바기에게서. 셋이 거의 한 몸이 되어 있지만, 가끔 서로의 리듬이 엇갈리기도 한다. 그래도 좋다.

가는 빗방울이 얼굴에 마구 떨어진다. 물속을 헤엄치는 기분이다. 쓰바기는 눈을 감고 있는 것 같다. 그러나 입은 벌린 채 말이 되지 않는 말을 끊임없이 외쳐댔다.

드디어 산이 또렷이 모습을 드러냈다. 자동판매기 옆에서 오토바이를 세웠다. 논길에 털이 난 것처럼 보이는 곳이다. 우리는 아래쪽에 흐르는 개천을 향해 나란히 소변을 보았다. 이곳의 비는 아지랑이 같은 안개비였다.

지갑을 가방에 넣어둔 쓰바기에게 캔커피를 사 주었다. 차가운 캔밖에 없었다. 바람에 목이 건조해져서 그것이라도 좋았다.

"아무도 네가 했다고 생각하지 않아."

쓰바기가 말했다. "물론, 자세한 사정은 몰라. 그렇지만 다들 그 아이가 뭘 착각하고 있는 게 아닐까 하고 얘기했어."

녀석은 웬일로 말을 더듬지도 않았고, '저기'라는 소리도 하지 않았다. 나는 빈 깡통을 강에 버렸다. 어두컴컴한 속에서 둔한 물소리가 났다.

"나는 나한테 화를 내고 있는 거야. 뭐가 뭔지도 모르는데, 모든 일들은 착착 진행이 되고 있어. 근데 따라가질 못하겠어. 그래서 초조해하는 나 자신한테 화가 난 거야. 내가 너무 싫어."

쓰바기는 쓰레기통이 보이지 않자 자동판매기 옆에 빈 깡통을 얌전히 내려놓았다. 우리는 논밭을 등지고 눈앞으로 성큼 다가설 것처럼 가까이 늘어선 검은 나무들을 바라보았다. 주위에 차도 다니지 않고 고요했다.

"무라카와는 좋은 녀석이야."

쓰바기가 갑자기 그런 말을 했다. '제정신이냐?' 하는 표정으로 녀석의 옆얼굴을 보았다. 쓰바기는 자동판매기의 하얀 빛을 받은 채 봉긋한 산 정상을 물끄러미 바라보고 있었다.

"내 다리에 대해서는 아무 말도 하지 않고 오토바이를 태워줬잖아. 엄마도, 사촌도 위험하다고 말렸는데."

"그건……."

너에 대한 관심이랄까, 애정의 차이 같은 게 아닐까? 내 생각을 읽었는지 쓰바기는 잠깐 고개를 가로저었다.

"나는 기뻤어. 저기, 너 자신은 모를지도 모르겠지만, 넌 착해. 나는 사랑받지 못하고 자란 사람을 딱 한 사람 알고 있어. 우리 아버지야. 아버지 앞에서는 어떤 말도, 어떤 기분도 무력해지고 말아. 정말 허무해……. 하지만 너는 달라."

누구한테 착하다는 말을 들어보기는 이것이 처음이다. 어째서 남자에게 위로를 받아야 하는지 한심한 생각이 들지 않은 것도 아니지만, 내 안에서 파도치던 감정이 희한하게도 스르르 가라앉았다.

예언. 쓰바기의 말은 예언 같았다. 세계가 멸망하느니, 모두가 죽는다느니 하는 그런 불길한 예언이 아니다. 비가 내리기 전에는 비 냄새가 나듯이, 아침 해가 뜨기 전에 조금 더 일찍 새가 지저귀듯이 누구에게도 협박적이지 않은 예언.

사랑받으며 자라던 지난날의 기억을 다시금 살짝 일깨워주기 위한 말.

나는 쓰바기에 대해서 더 알고 싶다는 생각이 들었다. 아버지 이야기. 쓰바기가 느낀 허전함과 내가 맛본 분함에 대해서 서로 나눌 이야기가 많을 것 같은 기분이 들었다.

그러나 우리는 둘 다 잠자코 있었다. 쑥스럽기도 했지만, 마음이 서로 통했다고 느껴지는 순간이란 으레 유성보다도 더 빨리 어딘가로 사라져버리니까.

"어떡할래?"

마침내 내가 말을 꺼냈다.

"모처럼 왔으니까 산 정상까지 가보자. 저기 봐, 뭔가 반짝거리잖아. 전망대라도 있는 걸까?"

쓰바기가 말했다.

우리는 다시 오토바이에 올라탔다. 노면이 젖어 있는 데다 포장상태가 나쁜 도로 여기저기에 얕은 물웅덩이가 생겼다. 조심해야 한다. 그런 생각을 하자마자 산길로 들어서는 모퉁이에서 뒷바퀴가 조금 미끄러졌다. 자세를 바로 잡으려는 찰나, 맞은편에서 하얀색 소형 승용차가 다가왔다. 상대가 불을 켜지 않았다는 것을 뒤늦게 깨달았지만, 여하튼 미끄러지지 않도록 오른손과 오른발로 침착하게 브레이크를 걸었다. 그러나 소용없었다. 자동차 뒷부분에 살짝 부딪치면서 쓰바기가 반대편 차선과 가드레일을 넘어 길 바깥쪽으로 튕겨 날아가버렸다. 나는 오토바이와 함께 넘어져 길에서 굴렀다. 순간 손으로 머리를 감쌌는데, 마찰로 오른팔과 오른쪽 대퇴부가 교복째 홀러덩 벗겨졌다.

차에서 아주머니가 입에 거품을 물고 내렸다. 무슨 말인지 하고 있었지만, 나는 아랑곳하지 않고 일어서서 가드레일로 달려갔다.

"쓰바기!"

어두워서 잘 보이지 않는다. "쓰바기!"

신음 소리가 들린다. 등 뒤에서 머뭇거리는 아주머니에게 소리쳤다.

"구급차! 빨리! 제일 가까운 데 전화해요!"

그러나 아주머니는 차를 타고 달아나버렸다. 빌어먹을, 자동차번호를 보지 못했다. 저대로 도망치면 어떡하지? 오가는 차는 전혀 보이지 않는다. 어째서 이런 복권이나 맞을 만한 확률의 불운이 나에게 찾아온 것일까.

철썩 하고 물소리가 났다. 나는 가드레일을 뛰어넘어 길 아래까지의 높이를 눈으로 가늠했다. 2미터 남짓 된다. 논밭이 펼쳐져 있다.

"쓰바기, 어디야! 살아 있는 거야?"

"살아 있어……."

약하디약한 소리와 함께, 녹색의 논 쪽에서 기척이 났다. 그때쯤에는 다친 부위의 통증을 확실히 느낄 수 있었지만, 상관하지 않고 길에서 뛰어내렸다. 깊은 진흙탕 속에 다리가 푹 빠졌다. 이러면 벼가 엉망진창이 되겠지만, 어쩔 수 없다.

쓰바기는 온몸이 흙투성이가 되어 논에 앉아 있었다. 비틀거리면서 다가서는 나를 힘없이 올려다보는 것 같다. 흙으로 지저분하게 뒤덮여 얼굴 표정을 잘 알아볼 수 없었다. 숨소리가 거칠다.

"어딜 다친 거야! 죽을 것 같아? 곧 구급차가 올 거야."

"오른쪽 팔과 가슴 언저리가 아파. 부러진 거 같아. 근데 엄청나게 아프긴 한데, 저기, 아마 죽지는 않을 거 같아."

"머리도 다쳤어?"

"괜찮아. 어깨부터 논에 닿았거든."

부축하여 일단 갓길로 올라가려고 했지만, 쓰바기는 오른팔을 다친 데다 왼쪽 다리도 제대로 힘을 쓰지 못하는 탓에 도저히 붙잡고 일으켜 세울 수가 없었다. 쓰바기의 어깨와 팔은 무서울 만치 열이 나고 퉁퉁 부어 있었다.

"여기서 기다려."

쓰바기는 축 늘어져서 말했다. "무라카와, 다친 데는?"

"괜찮아."

피가 흐르는 느낌이 들었지만, 그렇게 말했다.

"늦네. 그 아줌마, 구급차는 제대로 불렀겠지."

쓰바기의 몸을 어깨로 부축하며 나도 논에 주저앉았다. 비에 흠뻑 젖은 탓에 내장까지 차가워지는 느낌이다. 살에 휘감기는 미지근한 흙의 감촉이 기분 나빴다.

그런데도 산의 나무들은 안개비에 부연 것이 밀려드는 밤바다처럼 아름다워 보인다. 우리는 달달 떨면서 구조를 기다렸다.

"저기, 무라카와."

"응?"

"아파서 눈물이 날 것 같아. 무슨 말이라도 좀 해주지 않을래?"

"무슨 말을?"

"뭐라도 좋아. 뭔가 정신을 딴 데 쏟을 수 있는 말."

나는 지껄였다. 맹렬히 지껄였다. 예언에 대해서. 아내와 자식에 대해서—부끄러워서 그들의 이름은 말하지 않았다. 행복한 생활에 대해서. 예언은 반드시 이뤄진다는 것에 대해서. 멸망하는 세계. 필사적으로 도망가는 사람들에 대해서.

한순간에 모든 것이 다 타버리는 것과 긴 겨울이 지표면을 뒤덮어버리는 것, 이 둘 중에서 어느 쪽이 더 좋으냐고 물으니 쓰바키는 "긴 겨울"이라고 대답했다.

나는 사이렌 소리가 울려퍼질 때까지 계속 지껄였다. 동굴로 도망친 가족 이야기. 나뭇조각을 발견하여 어렵사리 불을 켠 일. 서로 바싹 몸을 붙이고 추위를 견딘 이야기. 눈은 점점 쌓여 밤에도 교대로 동굴 입구의 눈을 쓸어내야 한다. 드디어 잡아먹을 쥐와 개마저 보이지 않게 되었다. 어느 날 밤, 이제 눈 쓸기는 그만두자고 가족끼리 합의를 본다. 몸을 서로 맞대고 나란히 누워 졸다가 죽어간다. 눈은 온 지구가 평평해질 때까지 계속 내린다.

나는 논두렁에서 구조되어 쓰바기와 함께 구급차에 탄 뒤에도 계속 지껄였을지 모른다. 나를 구원한 것은 구급차가 아니다. 쓰바기 녀석이다. 오늘 밤 쓰바기의 말과 행동 모든 것이 나를 뭔가 새까만 것으로부터 구원해주었다. 영원히. 그렇게 느꼈다. 그래서 필사적으로 말을 짜냈다.

쓰바기는 세계 종말의 풍경을 묵묵히 듣고 있었다.

나는 고등학교를 졸업하고 나서 바로 집을 나왔다. 누나의 약혼이 결정된 즈음이어서 엄마가 조금 쓸쓸해했다. 지금도 가끔 저녁을 먹으러 집에 간다. 반찬은 어김없이 크로켓이다. 최근에는 간장에 찍어 먹게 되었다.

나는 운송회사에서 열심히 일해서 2년 전에 독립했다. 주말에는 이곳저곳으로 원거리주행을 한다. 가끔은 쓰바기와 함께 간다. 쓰바기는 구모델로 다시 출시된 CB400을 샀다. "반갑네" 하고 쓰바기는 웃었다. 쓰바기는 우주조종사는 되지 않고, 법률연구원이 되었다. 대학은 물론이고, 대학원까지 나왔다. 아버지에 대한 심술 때문은 아닐 것이다. 쓰바기는 정말로 공부를 좋아했다.

나는 더 이상 어둠에 초조해하거나, 갑자기 오토바이를 타고 달리지 않는다. 물안경도 끼지 않는다. 법이 까다로워진 후로는, 얼굴을 완전히 덮는 헬멧을 쓰고서 절도 있는 속도로 달린다. 사랑하는 여자의 몸속에 사정도 할 수 있게 되었다.

모든 것이 순조롭지만은 않지만, 적어도 불행하지는 않다. 대충 행복하다고 말해도 될지 모르겠다.

그러나 내 마음 어딘가에는 멸망해버린 세계가 항상 자리 잡고 있다. 나는 그 장소의 존재를 문득문득 깨닫는다. 아파트에서 혼자 텔레비전을 보다가, 샤워를 하고 나와 맥주를 마시다가, 또 트럭을 타고 라디오를 들으며 오렌지색 불빛에 비친 한밤의 고속도로를 달리다가 문득문득.

생물이 죽어가는 그 세계는 여전히 차갑고 끔찍하지만, 도저히 무시할 수 없는 그리움 또한 느낀다.

고등학생 때에는 모든 것을 잃었고 모든 것이 손상됐다고 생각하고 화를 냈지만, 사실은 그렇지 않았다.

얼어붙은 땅속에서 뭔가가 신호를 보내온다. 그 비

오는 날 밤에 결국 오르지 못한 산 위의 빛처럼, 아주 소중한 것이 그곳에 있다는 것을 알고 있지만, 두 번 다시 갈 수는 없다. 그러나 두꺼운 얼음에 싸인 채 그것은 확실히 그곳에 있다. 은은한 열을 내면서. 나는 그것으로 됐다고 생각하려 한다.

행복했던 시절 가족과 함께한 기억, 추억, 그 모든 것은 이제 누구한테도 빼앗기지 않고 손상되지 않는 곳에서 잠들어 있다.

내가 죽을 때까지 눈은 끊임없이 내려 쌓이리라.

그 후 아버지를 한 번도 만나지 않았다. 앞으로도 만날 일은 없을 것이다.

수장(水葬)

무라카와 아야코는 파더 콤플렉스를 갖고 있다는 소문이 자자하다.

봄에 열린 학과 신입생 환영 엠티에서 밤중에 잠꼬대로 "아빠"라고 했다느니, 혼자 사는 아파트에서 일주일에 한 번은 아버지 앞으로 편지를 보내고, 역시 일주일에 한 번씩 꼬박꼬박 아버지에게서 답장이 온다느니 하는 이야기가 친구들 사이에서 웃음 섞인 화제가 되고 있다. 그것이 거짓말인지, 참말인지는 모른다.

무라카와 아야코는 자그마하고 약간 오통통한 몸집에 피부가 하얗다. 복장은 대개 블라우스에 옅은 꽃무늬 플레어스커트 차림이다. 대학 1학년생치고는 순진해서 다들 재미있어하며 '아빠만 찾는 딸'이라고 놀린다.

잠꼬대는 어떤지 모르겠지만, 무라카와 아야코가 매주 수요일 밤에 아버지에게 편지를 쓰는 것은 사실이다. 녹색 편지지에다 석 장에 걸쳐 일주일 동안 있었던 일을 죄다 적는다. 내용은 매번 비슷하다. "저는 잘 지내고 있습니다. ……일요일에는 나오에와 영화를 보러 갔다가 돌아오는 길에 신주쿠 이세탄 백화점에서 아이 쇼핑을 했습니다. 월요일 셋째 시간에 나카야마 교수님의 근대문학사는 여전히 멈췄다가 갔다가 하는 오르골(자동 연주기구. 원통을 돌리면 음악 소리가 난다—옮긴이) 같아서 시시했습니다. ……아빠도 몸조심하세요. 엄마와 아키코는 잘 있나요? 안부 전해주세요."

가는 만년필로 편지를 쓰는 그녀의 옆얼굴은 도장을 파는 장인처럼 진지함 그 자체이다. 다 쓰고 나면 잉크를 말리기 위해 석 장의 편지지를 책상 위에 늘어놓는다. 문진 대신 티슈 통을 편지지 상단에 눌러놓는다. 그러고서 잠옷을 안고 욕실로 사라진다. 나는 어두운 방에서 처음부터 끝까지 그 모습을 지켜보고 있다.

화요일에는 아버지에게서 물빛 봉투에 든 답장이

온다. 그녀는 창가 책상에서 가위로 봉투를 뜯고 침대로 향한다. 침대는 창 그늘에 있어서 아무리 망원경으로 보아도 내용까지는 볼 수가 없다. 아마 가족의 근황이나 적혀 있겠지. 무라카와 아야코도 자신의 근황만 쓰고 있으니까. 아버지의 편지를 받으면 그것에 대해 뭔가 코멘트를 하는 법이 없다. 이 아버지와 딸은 서로의 일정표를 일주일에 한 번씩 주고받는 것 같다. 그녀의 책상에는 아버지와 어머니와 여동생으로 보이는 가족사진 액자가 세워져 있다.

학생 수가 3만 명이 넘는 거대한 대학에서 수수하고 평범한 무라카와 아야코를 입학 당시부터 알고 있는 것은 물론, 우연이 아니다. 그녀가 스기나미에 있는 다세대주택 녹수장 1동 201호실에 살고 내가 바로 그 맞은편의 2동 201호에 살고 있는 것도, 같은 불상 동호회에 가입해 있다는 것도 우연이 아니다. 모두 다 내가 일부러 접근하고 있는 것이다.

벚꽃 잎이 흩날리는 문학부 캠퍼스의 경사진 길에서 무라카와하고 사하라 나오에를 동아리에 들어오라고 권유한 사람은 바로 나다. 6월이 되어 무라카와 아야코가 회원권유 노트에 쓴 주소를 보고 그녀의 생활을 들여다볼 수 있는 방에 이사한 것도 나다. 그녀를 집 근처에서 딱 마주쳤을 때 "어, 무라카와도 이 근처에 사니?" 하고 놀란 척하는 것도 잊지 않았다.

4월부터 관찰하기 시작하여 겨우 3개월이 지났는데, 너무 지루해서 돌아버릴 것 같다. 그녀는 땡땡이치지도 않고 꼬박꼬박 학교에 간다. 가끔 동아리 회식에 참석해도 날짜가 바뀌기 전에 귀가한다. 장보기는 근처 상점가에서 이틀에 한 번. 식사는 거의 직접 요리한 음식으로 해결한다. 날씨가 좋은 날에는 아침에 빨래를 넌다. 속옷류는 타월 뒤에 숨긴다. 여자가 혼자 산다는 것을 감추기 위해서인지, 반드시 하얀 남성용 사각팬티를 부적처럼 함께 널어놓는다. 편지를 물빛 편지지에 써 보내는 아버지의 팬티를 집에서 가져온 것일까. 처음에는 조금 이상하다고 생각했지만, 지금은 그 사각팬티가 테루테루보즈(맑은 날씨를 기원하여 추녀 끝에 매달아 두는 종이인형—옮긴이)쯤으로 보인다.

어쨌든 '판에 박은 듯한' 생활이다. 밤에 나다니는 일도 없다. 묵묵히 리포트를 쓸 책을 읽든가 뭔가를 긁적이든가 한다. 귀찮아서 나도 내용까지 확인하지는 않는다. 가끔 전화가 온다. 아마 어머니의 전화인 것 같다. 그녀는 적당히 맞장구를 치고 대충 전화를 끊는다. 주말에 사하라 나오에와 외출해도 특별히 뭘 사는 것도 없이 돌아온다. 남자를 사귈 구실이 될 만한 취미도 없고, 그럴 틈도 없다.

한 가지 눈에 띄는 점이 있다면 무라카와 아야코는 방 안에서만은 늘 면으로 된 검은 원피스나 검은 티셔츠에 검은 반바지 차림으로 보낸다는 것이다. 나는 이해가 안 된다.

그녀는 며칠 뒤에 가족이 사는 규슈로 돌아간다고 한다. 아까 아파트단지 내에서 우연을 가장하여 마주쳤을 때 넌지시 물어보았더니 2주쯤 지나서 돌아온다고 했다. 이런저런 일로 수수방관하고 있다가는 반년 정도는 눈 깜짝할 사이에 지나가버릴 것 같다. 슬슬 다음 행동을 결정하지 않으면 안 되는데, 어쩐지 마음이 내키지 않는다.

오늘은 내가 전혀 움직이지 않는다고 걱정하며 고탄다가 찾아왔다.

"너, 이런 상태로 괜찮겠냐?"

놈은 말했다. 나는 "괜찮아" 하고 말했지만, 고탄다는 의심스러운 듯이 묵묵히 부엌 창으로 무라카와 아야코의 방을 바라보았다. 그러면서 손으로 싱크대 위에 놓여 있던 망원경을 만지작거리고 있다. 모처럼 렌즈의 배율을 그녀의 창에 맞춰뒀는데. 화가 나지만 어쩔 수가 없다.

"알겠다. 어떻게 하면 만족하겠냐?"

나는 그가 빨리 돌아가주었으면 하는 마음에 양보하고 물었다. 여름 황혼녘에 좁은 방에서 남자 단둘이 서 있으니 그야말로 덥고 갑갑한 노릇이다.

"어떻게고 뭐고 간에, 나야 평소대로 해주면 만족하지."

고탄다는 끈적거리는 미소를 띠며 말했다.

"하지만 이번에는 출발이 좀 순조롭지 않은 것 같아서 말이야. 이 집을 빌리는 경비도 무시할 수 없고, 윗사람들을 이해시키기 위해서라도 기록만큼은 제대로 해놔."

그래서 이렇게 대학노트에 사건을 적게 되었다. 보고서가 거의 백지인 것은 내 탓이 아니라 무라카와 아야코의 생활이 단조롭기 때문이지만, 고탄다가 그렇게 하라고 하면 거역할 수가 없다.

***

나는 사하라 나오에와 사귀기로 했다.

전철로 두 정거장 떨어진 거리에 혼자 살고 있는 사하라 나오에는 여름방학 동안에도 패밀리 레스토랑에서 서빙 아르바이트에 열을 올리고 있었다. 귀향 같은 것은 하지 않는다. 마음이 내키면 주말마다 집에 굴러들어가기 때문이다. 가족이 도내에 살고 있어 자택에서도 충분히 통학이 가능하지만, 자립하는 것도 괜찮다고 생각한 부모가 맨션을 마련해준 것 같다. 그러니바로 나쁜 벌레가 달라붙은 것이다. 바로 나 같은 사람이.

사하라 나오에는 아르바이트로 번 돈을 노는 데 다쓴다. 옷을 사거나 유흥비로 쓰거나. 그녀가 가장 신경을 쓰는 것은 피부와 손톱 다듬기이다. 수업은 적당히 빼먹고, 리포트 같은 것은 제출하기 전날 밤에 대충 휘갈겨 쓴다. 무라카와 아야코하고는 또 다른 의미에서, 이 아이 역시 나름의 집단에 매몰되어 살아가는 평균치 대학생이라고 할 수 있다.

서로 생활태도는 다르지만, 무라카와 아야코와 사

하라 나오에한테는 똑같은 냄새가 난다. 근본적으로 사람 좋은 아가씨들이라는 냄새. 대학 입학 전의 생활 방식을 유지하는 쪽이냐, 새로운 생활을 즐기는 쪽이냐, 결국 서로 다른 점은 그것밖에 없다. 솔직히 나는 미지근해진 우유 냄새 나는 여자는 질색이다. 그럼 어떤 여자를 좋아하느냐고 한다면 그것 역시 난처한 질문이다. 배부른 소리 할 계제가 아니어서 나는 사하라 나오에에게 말을 걸었다.

놀고 즐길 돈을 벌 정도의 아르바이트만으로는 남는 시간을 감당하지 못하는 것이 대학생의 여름방학이다. 자극에 굶주려 있던 사하라 나오에는 나의 유혹을 시원한 감로수처럼 꿀꺽 받아 삼켰다.

나는 회원명단에 기재된 전화번호로 전화를 걸어 사하라 나오에가 사는 맨션 근처의 역 앞 커피숍으로 불러냈다.

"나하고 사귀지 않을래?"

그렇게 말하자 사하라 나오에는 얼굴빛이 환하게 밝아지는 것을 감추지 못했다. 그러면서도 마지막 경계심을 늦추지 않는다.

"시부야 선배는 아야코랑 이웃이잖아요? 어째서 나

랑?"

어째서라니. 어째서냐고 이유를 묻는 건가? 나야말
로 묻고 싶다. '사랑에 이유 따위는 없는 거야'라는 말
이라도 듣고 싶은 거냐?

"동아리 신입생 중에서 나오에가 제일 귀엽고 야무
지니까."

그럼, 끝. 통신판매 상품을 전화로 주문하기보다 더
간단하다.

나는 2주 후에는 아무 주저 없이 사하라 나오에의
맨션에까지 가기에 이르렀다. 내 입으로 말하기는 뭣
하지만, 나는 그런 타이밍을 재는 데 아주 뛰어나다.
걸신 들린 모습을 보여주면 여자는 뒤로 빼게 마련이
다. 하지만 나는 걸신 들린 것이 아니니 그러고 싶어도
보여줄 것이 없다. 반대로 너무 담담해도 애정을 의심
받는다. 그래서 괜히 사양하거나 배려하는 모습을 보
이지 말고 대충 뻔뻔한 태도를 유지해야 한다. 그다음
은 오직 그녀의 마음에 맡겨두면 된다. 달과 파도처럼.
뿌린 용액의 종류에 따라 두 가지 색으로만 물드는 리
트머스 시험지처럼.

그녀가 해주기를 바라는 것은 해주고, 바라지 않는

것은 하지 않는다. 어떤 인간관계에서든 '해주길 바라면서도 해주지 않기를 바라는' 경우는 별로 없다. '해주길 바라면서도 해주지 않기를 바라는' 것을 가끔가다 양념 대신 뿌리면 격렬한 반응이 일어난다. 고등학교 화학실험처럼 순서대로 말이나 행동을 섞기도 하고 휘젓기도 하면 예상한 결과를 얻을 수 있다. 이미 나는 익숙해서 눈감고도 사하라 나오에를 기쁘게 할 수 있다.

사하라 나오에의 방은 의외로 깔끔하게 정돈되어 있었다. 그런 것에서도 그녀의 견실한 배경이 엿보인다. 적당히 놀고 적당히 대학에 들어가 부모를 안심시킨다. 촌티를 벗은 세련된 외모도 주위에 얕보이지 않게 노력한 결과일 것이다. 그녀는 화려한 것을 좋아하는 편은 아니다.

나는 요즘 자주 검은색 옷을 입고 혼자 시간을 보내는 무라카와 아야코를 생각한다. 그녀의 집 안팎의 차이점을 보여주는 것은 현재 검은색 옷뿐이다. 나머지는 무서울 정도로 밋밋하고 균일한 태도와 습관을 유지하고 있다. 지금까지의 경험으로 보아 누구나 대체로 집 안과 밖에서의 행동은 차이가 있다. 밖에서

는 가면 같은 화장을 하는 여자가 자기 방에서는 지저
분한 트레이닝복 차림으로 뒹굴고 있다든가, 걸핏하면
약속을 펑크 내는 여자가 집에서는 구석구석 반짝반
짝 윤이 나게 청소하고 산다든가 등등.

하지만 무라카와 아야코는 기계를 장치한 인형처럼
집에서도, 집 밖에서도 정확하게 행동한다. 입고 있는
옷의 취향만 바뀐다. 바로 그런 점에 그녀의 내면을
들여다 볼 수 있는 데 안성맞춤인 균열이 있을지도 모
른다.

"무라카와하고는 전부터 아는 사이야?"

사하라 나오에게 물어보았다. 사하라 나오에는 자
기 방에서 편안한 자세로 바닥에 누워 스낵을 먹으면
서 텔레비전을 보고 있었다.

"갑자기 왜 그런 걸 물어요?"

눈을 치켜뜨고 살짝 떼를 쓰는 척한다. 나는 안면
근육을 '귀여워서 미치겠다'는 듯이 변형시키며 그녀
의 머리를 쓰다듬어주었다. 화장을 지운 사하라 나오
에게 약간 애착이 느껴진 것도 사실이다. 나는 거만
한 샴 고양이보다 못생긴 삼색 고양이를 좋아한다.

"자기랑 무라카와하고는 전혀 타입이 다르잖아. 무

라카와는 좀 촌스럽다고 할까, 어둡다고 할까. 그런데 동아리도 함께 가입하기에 전부터 친했나 싶어서 의아했어."

"초등학교 때 같은 반이었어요."

사하라 나오에는 몸을 일으키더니 내게 기대왔다. "아야코는 6학년 때 규슈로 전학을 갔는데요. 대학교 입학식에서 우연히 만나 서로 깜짝 놀랐어요."

"그렇게 오래 만나지 않았는데도 얼굴을 알아봐?"

"여자들은 남자들하고 달라서 그다지 변하지 않아요. 특히 아야코는 전혀 달라지지 않았어요."

"초등학생 때부터 그렇게 수수하고 어두웠구나."

내가 놀렸더니 사하라 나오에는 "아이, 참" 하고 나를 쿡 찔렀다. 하지만 그다지 싫지는 않은 것 같다. 여자는 언제든 주위 여자와 자신과의 순위 매김에 민감하다.

"글쎄요. 아야코, 옛날에는 더 밝고 활기찼던 것 같은데. 완전히 얌전해졌어요."

"애인이라도 생긴 게 아닐까?"

"설마요. 뭐야, 아야코네 방에 남자가 와요?"

"모르지."

오지 않는다. 최근 한 달 남짓 무라카와 아야코의 방에 찾아온 사람은 눈앞에 있는 사하라 나오에뿐이다. 그다음은 신문 받아보라고 온 사람. 창틀에 빗물이 샌 적이 있는지 주인이 방 상태를 보러 온 것이 한 번. 그것뿐이다.

"있을 수 없어요. 아야코는 남자를 싫어하는 게 아닐까요?"

그것은 또 뜻밖의 설(設)이다. 남자가 없다고 해서 남자를 싫어한다고 할 수는 없다.

"파더 콤플렉스가 아닐까?"

"그런 건 다들 재미있어서 놀리느라 하는 말이죠. 엄마가 재혼해서 아야코네 아빠는 친아빠 아니에요. 아야코의 성도 전에는 무라카와가 아니었어요. 이사한 후부터 성을 바꿨을 거예요."

그렇구나. 사하라 나오에는 나에게도 스낵을 권했다. 인공적인 맛이 별로 마음에 들지 않지만, 하는 수 없이 한두 개 집어 들었다.

"내가 아는 한은, 뭔가 어색한 부녀였는데."

"그러면 지금은 서로 친해진 모양이지. 잘됐네."

나는 피상적인 말을 건네면서 또 무라카와 아야코

를 생각했다.

***

무라카와 아야코가 도쿄에 돌아왔다며 함께 그녀의 집에 놀러가자고 사하라 나오에가 말했다. 나와 사귀기 시작했다는 얘기는 이미 전화로 전한 것 같다. "아무리 이웃이라 해도, 나까지 갑자기 찾아가는 건 실례야" 하고 일단 거절하는 척해 보였다. 사하라 나오에는 괜찮다며 마음대로 약속을 잡더니 내 방까지 나를 데리러 왔다.

나는 "친구와 같이 자취를 해서" 하는 거짓말을 둘러대며 사하라 나오에를 방으로 들인 적이 없었다.

"고탄다 씨는 오늘 없어요?"

사하라 나오에는 호기심 가득한 눈으로 방 안을 들여다보았다. 나는 이런 일도 있으리라 예상하고 항상 '친구와 둘이서 사는 남학생' 방을 연출해두고 지낸다. 부엌 쪽 창가에는 플라스틱 컵에 연보라색과 검정색의 칫솔을 두 개 꽂아둔다. 둘 다 내가 사용하는 것이지만. 젖빛 유리문 칸막이 저편의 열 평이 채 안 되는 방은 한가운데 얇은 천을 쳐서 마치 둘이서 살고

있는 것처럼 가장하고 있다. 천 좌우로 걸어놓은 옷의
센스까지 미묘하게 달리하는 꼼꼼함도 잊지 않는다.
"둘이 살면 옷도 마구 뒤섞이고 엉망진창이야"라고 설
명하면서. 사실은 모두 다 내가 입는 옷이지만.

"그 녀석은 아르바이트니 뭐니 싸돌아다녀서 거의
방에 없어."

나는 사하라 나오에를 아파트 복도로 밀어내듯이
하고 뒷손으로 방문을 닫았다.

"어머, 그러면 다음에는 시부야 선배 방에서 만나요."

사하라 나오에는 친척 아기를 달랠 때처럼 알랑거
리는 목소리로 제안했다. 놀고 있네. 내가 무엇보다 싫
어하는 것은 내 구역에 타인이 침입하는 것이다.

"서로 여자친구는 데려오지 않기로 한 것이 동거조
건이었어."

나는 적당히 둘러대고서 얼른 나가자고 그녀의 등
에 살짝 손을 댔다. 사하라 나오에는 이해를 했는지,
아파트의 녹슨 계단을 내려가 자갈이 깔린 안뜰을 지
나 무라카와 아야코가 사는 녹수장 1동으로 향했다.

그 뒤를 따라 걸으면서 나는 유쾌한 기분이 들었
다. 아파트의 좁은 한 방에서 동거하는 남학생 시부야

와 고탄다. 그런 한 쌍이 요즘 세상에 도내에서 얼마나 될까. 야마노테 선(線)에서 따온 역 이름이라는 것을 정말로 눈치 채지 못하는 것일까(야마노테 선은 우리나라 2호선 같은 순환선으로, 시부야와 고탄다는 야마노테 선이 지나는 역 이름이다—옮긴이)? 믿고 싶다고 생각할 때 사람은 의외로 쉽게 속는다. 뭔가 하늘이라도 날 것 같은 기분이 든다. 사람은 하늘을 날지 못한다고 믿고 있기 때문에 날지 못하는 것뿐이지 않을까.

나와 사하라 나오에를 방으로 맞이한 무라카와 아야코는 흰색 반팔 블라우스에 무릎까지 오는 파란 꽃무늬 스커트 차림이었다. 하마터면 '평소 집에 있을 때 입는 옷하고 다르네' 하고 말해버릴 뻔했다. 상복은 어디까지나 혼자만의 시간에 입는 것으로 정해져 있는 모양이다.

무라카와 아야코의 방은 내 방 구조와 같았다. 부엌과 거실 사이에 칸막이로 컬러비즈를 늘어뜨리고 연분홍 카펫이 깔려 있는 것이 여자의 자취방이라는 것을 알려준다.

눈을 감아도 크기를 정확히 재현할 수 있을 만큼 익숙해진 창을 통해 맞은편 2동의 바깥 복도와 내 방의 부엌 창이 보였다. 평소와는 다른, 반대쪽의 풍경. 저 부엌 창에서 또 한 사람의 내가 무라카와 아야코의 방에 있는 나를 들여다보고 있을 것 같은 느낌이 들었다.

나와 사하라 나오에는 낮은 접이식 테이블을 앞에 두고 카펫에 앉았다. 무라카와 아야코는 부엌에 섰다. 얼음이 서로 부딪치는 소리가 들렸다. 자연스럽게 주위를 둘러본다. 창가에는 무라카와 아야코가 수요일 밤에 편지를 쓰는 책상이 있다. 책상 위의 가족사진. 책상 제일 첫 번째 서랍에 아버지에게서 받은 물빛 편지봉투 다발이 들어 있다는 것을 나는 안다. 벽에 바싹 붙여놓은 침대에는 여름용 타월 이불이 깔끔하게 개켜져 있다. 방에는 전혀 흐트러진 데가 없다. 필요 없는 것은 하나도 밖에 나와 있지 않다.

"정말로 사귀는구나."

무라카와 아야코는 얼음이 든 보리차 세 잔을 테이블 위에 놓았다. 잔에는 색상이 화려하고 큼지막한 물방울무늬가 찍혀 있어 왠지 모르게 그녀의 캐릭터하고는 어울리지 않는 느낌이었다.

"뭐어야, 그거. 무슨 뜻이니?"

사하라 나오에가 웃으면서 되묻는다. 무라카와 아야코는 미소 지으며 단지 "좋겠다, 나오에" 하고 말했다.

사하라 나오에는 보리차 잔을 들고 "아야코도 곧 남자친구 생길 거야. 동아리에서도 아야코한테 관심 있는 사람들 꽤 있잖아. 그렇죠?" 하고 나에게 이야기를 떠넘긴다.

어떻게 대답해야 하지? 무라카와 아야코에게 가장 관심이 있는 사람은 나라고 자신 있게 말할 수 있지만, 그런 의미에서는 아니다. 연정을 품고 그녀에게 관심을 가진 남자가 정말로 있을까? 나는 어슴푸레 생각나는 동아리 사람들의 얼굴을 떠올렸다. 딱히 감이 오는 사람이 없다.

피부가 하얗고 말캉말캉해 보이는 살집에 키가 자그마한 무라카와 아야코. 확실히 남자들이 좋아할 타입이라고 할 수 있을지도 모른다. 하지만 그녀를 뒤덮고 있는 세라믹 껍데기를 눈치 채지 못할 남자가 없으리라는 것 역시 사실이다. 어지간히 둔감하고 무신경한 인간이 아니고서야 틈을 보이지 않는 여자에게 촉수를 들이대지는 않을 것이다.

바보 같았다. 사하라 나오에는 자신이 우위에 있다

는 생각에 우쭐해져서 무라카와 아야코에게도 아주 잠깐이라도 비행기를 태워주라고 나를 재촉하고 있다. 여자들이 서열을 정하는 방식은 처참할 정도로 단순해서 지켜보고 있노라면 피곤해진다.

"물론이지."

무덤덤하게 대답했다. "나오에와 사귀지 않았더라면 나도 무라카와한테 데이트하자고 했을 거야. 무라카와도 꽤 좋아하는 타입이라."

그렇다면 애초에 무라카와 아야코와 사귀었으면 됐을 것이다. 그러나 사하라 나오에는 그런 논리의 파탄은 눈치 채지 못하고 아니, 눈치 챘어도 '사귀고 있다'는 자의 여유인지 "정말로 방심할 수 없다니까, 시부야 선배는"하고 뺨을 실룩거리며 너그러운 표정을 짓는다. 나는 '질투하고 싶지 않지만, 가끔은 해보고 싶다'는 양념을 제때 잘 뿌린 것 같다. 무라카와 아야코는 역시 잠자코 미소만 지었다.

9월 중순, 불상 동호회에서 뜻 맞는 사람 십여 명이 가마쿠라에 가게 되어 있다. 엠티라고 해서 펜션에서 일박하고 절을 순례한다. 물론 불상을 본다는 것은 단순한 생색내기에 지나지 않는다. 실상은 동아리 내의 친목을 도모하기 위한 작은 여행이다.

사하라 나오에는 가마쿠라 안내책자를 들고 와서 테이블 위에 펼쳤다. 이 절은 정원이 깨끗하다느니, 여기서 단팥죽을 먹고 싶다느니 여자 둘은 서로 이마를 맞대고 어느 길로 갈지 궁리한다. 나는 가마쿠라 따위는 아무래도 좋다. 내가 불상 동호회를 선택한 것은 규모가 적절하여 출입이 자유롭기 때문이었다.

절보다 펜션이나 먹을거리에 더 관심을 보이는 사하라 나오에와는 달리 무라카와 아야코는 정말로 불상을 좋아하는 것 같다. 그러니 동아리 가입 권유에 흔쾌히 응했을 테지만. 젊은 여자가 불상을 좋아하는 것은 어떤 이유에서일까. '난 보통 여자들과는 달라' 하는 퍼포먼스는 아닐까? 그런 생각을 하며 혼자 지겨워하고 있었다. 심술궂은 사고회로이다.

나는 심술만큼은 웬만한 여자들을 훨씬 능가한다. 고탄다도 나의 그런 면이 이 일에 잘 맞는다고 했다. 내가 좋아하는 격언이 "처녀와 노인은 무엇을 해도 만족하지 않는다"인데, 이 말에 완전히 공감한다. 나는 처녀도 노인도 아니지만, 매사에 만족한 적이 없다. 요컨대 나는 애늙은이 같은 마음을 가진 사춘기 여자만

큼이나 심술궂고 신중하다. 거기에 교만함과 비굴함까지 겸비하고 있다. 그러지 않고서는 상대의 심리를 읽을 수가 없다. 나의 그런 능력이 바로 고탄다가 나와 손을 잡은 이유일 것이다.

"가마쿠라는 초등학교 때 소풍간 뒤 처음이네."

사하라 나오에가 안내책자 사진을 보면서 말했다.

"아야코, 우리 같이 갔었지. 참 그립네."

"그러네."

무라카와 아야코가 조용히 말했다.

"시부야 선배는 가마쿠라에 간 적 있어요?"

사하라 나오에의 질문에 "아니, 처음이야" 하고 조심스레 대답했다.

"시부야 선배는 고향이 어디에요?"

"기후라던가."

관동지방 사람들은 대체로 기후라고 해도 금방 그 이미지를 떠올리지 못한다. 예상대로 사하라 나오에는 기후라는 현(縣)의 이름은 뒷전으로 한 채 "라던가는 뭐예요?" 하고 반응했다.

"아버지가 전근이 잦아 여기저기 이사를 많이 다녔거든."

나는 웃음으로 얼버무리며 화제를 바꿨다.

"숙박하기로 한 곳은 그 책에 나와 있어?"

슬슬 돌아갈까 하던 참에 사하라 나오에가 "화장실 좀 쓸게" 하고 일어섰다. 테이블을 사이에 두고 나는 무라카와 아야코와 마주 앉아 있었다. 나는 물론 '애인의 여자친구와 단둘이 있어서 좀 불편해하는 남자'의 역할을 연기하며 카펫 위에서 이리저리 자세를 고쳐 앉았다.

"시부야 선배."

무라카와 아야코가 말했다. "남자가 아저씨가 되는 게 언제인지 아세요?"

나는 무슨 이야기인지 몰라 무라카와 아야코의 까만 눈을 바라보았다. 두개골 내부의 어둠이 그대로 노출된 것 같은, 물기 많은 막이 처진 구멍 두 개가 나를 보고 있었다.

"나이가 아니랍니다. 여자한테 알랑거리게 되면 그 사람은 이미 아저씨랍니다."

내용보다도 갑작스런 독설에 놀랐다. 겨우 마음을 가다듬고, '무슨 말이야, 그건?' 하고 얼버무리듯이 되물으려다 우물거리고 말았다. 무라카와 아야코가 입

술 양끝을 치켰기 때문이다. 웃는 것임을 깨닫기까지
조금 틈이 있었다. 쏴아, 물소리가 나며 사하라 나오에
가 화장실에서 나왔다.

"아, 시부야 선배 방이 정말 아야코네 맞은편이네."

사하라 나오에는 색깔도 선명한 비즈 커튼을 걷으
며 방으로 들어오더니 열린 창밖으로 몸을 내밀었다.

"시부야 선배네 문이 잘 보이네. 복도에 놓여 있는
저 항아리는 뭐예요?"

"누카쓰케(야채 등을 소금겨에 담그는 것, 또는 그 담근
것―옮긴이)."

나는 무라카와 아야코에게서 억지로 시선을 떼어내
고 사하라 나오에 옆에 섰다.

"고탄다가 취미로 담그는 거야."

거짓말이다. 시중에서 파는 쓰케모노가 싫어서 내
가 직접 담갔다. 사실은 된장도 직접 담그고 싶지만,
그렇게까지 한가하지는 않아서 포기하고 있다.

사하라 나오에가 "고탄다 씨는 독특한 사람이네요"
하면서 한바탕 감탄하더니 "아야코, 이웃사촌이니까
좀 나눠달라고 그래" 하고 말했다.

그래도 좋다. "그러면 다음에 가져올게" 하고 일방

적으로 약속했다. 무라카와 아야코는 또 곤란한 듯한 미소를 지을 뿐이었다.

***

이틀이 지났지만, 그 웃는 얼굴을 떠올릴 때마다 소름이 끼친다.

'좋아하는 타입'이라고 말한 것이 무라카와 아야코의 마음에는 들지 않았던 것 같다. 그것 외에는 마음에 걸리는 것이 없다. 물론, 진심으로 그녀가 내 타입이라고 말한 것은 아니다. 하지만 그런 빈말쯤은 누구라도 하는 말. 보통 그저 웃어넘길 말을 일일이 거론하여 사람을 '아저씨' 취급하다니. 이상한 여자이다.

밤에는 고탄다가 찾아왔다. 현관문을 여는 고탄다에게 "밖에 있는 항아리, 들고 와" 하고 빠르게 말하자 녀석은 그야말로 '제가 원해 쓰케모노 항아리를 들었습니다' 하는 듯 자연스런 동작으로 그것을 문 안쪽으로 날랐다.

"무슨 일이야?" 하고 물어서 마지못해 대답했다.

"무라카와한테 누카쓰케를 담그는 건 너라고 말했

어. 보고 있을지도 모르니 앞으로는 생각날 때마다 너
도 적당히 항아리 안을 한 번씩 저어줘."

"냄새 나서 싫어."

파트너가 이 따위 태도를 보이다니. 고탄다는 히죽
히죽 웃으며 항아리에서 오이와 가지를 꺼내는 나를
쳐다보았다.

"쓸데없는 멋 좀 부리지 마. 쓰케모노는 네가 만든
거라고 말하면 되잖아."

나는 상대하지 않고 누카쓰케를 가볍게 씻었다. 오
이가 두 개에 가지가 한 개. 접시에 나란히 놓고서 칼
로 썰까말까 고민한다.

"시시한 거짓말은 좋지 않아, 시부야. 우리의 정체
외에는, 가능한 한, 사실대로 말하도록 해. 그래야 이
의뢰를 성공적으로 완수할 수 있어."

썰지 않기로 하고 접시에 랩을 씌웠다. 손을 씻고서
망원경으로 무라카와 아야코의 방을 들여다보았다.
그녀는 검은색 잠옷 차림으로 책상에 앉아 책을 읽고
있었다. 마치 여름방학 동안 읽어야 하는 지정도서를
부지런히 읽는 초등학생 같다. 나는 접시를 손에 들고
방에서 나왔다.

잠시 망설이는 기척이 있더니 문이 조금 열렸다. 내 얼굴을 확인한 후 무라카와 아야코는 문 안쪽의 싸구려 체인을 벗긴다.

"밤늦게 미안. 누카쓰케 가져왔어."

"그것도 빈말로 한 소린 줄 알았어요."

무라카와 아야코가 무표정하게 말하며 "고맙습니다"하고 접시에 손을 뻗쳤다. 나와 무라카와 아야코는 둘 다 접시에 손을 댄 채 3초간 서로 마주 보았다. 내가 접시에서 손을 떼자 그 움직임에 이끌린 듯이 무라카와 아야코가 등을 살짝 구부리고 내 손가락에 코끝을 갖다 댔다. 그러고는 "된장 냄새"하고 웃었다. 그녀의 젖은 머리카락에서 차가운 물방울이 내 손등으로 톡 떨어졌다.

"검은색도 잘 어울리네."

그러자 무라카와 아야코는 다시 등을 펴고 말했다.

"시부야 선배, 당신 살인청부업자죠?"

"뭐?"

꼴사납게 목소리가 뒤집어졌다. '웃어야 하는 건가' 생각하며 키 작은 무라카와 아야코의 얼굴을 내려다보았다. 하지만 그녀는 웃기는커녕, 약간의 공포마저

서린 긴장으로 굳어 있었다. 눈만 거짓말은 용서하지 않겠다는 듯 나를 빤히 지켜보며 반짝거렸다.

"……재미있는 농담을 다 하네. 그럼, 잘 자."

이게 무슨 굴욕이람. 나는 비참하게도 동요하는 빛을 보이며 발소리도 거칠게 내 방으로 돌아왔다.

방문을 닫는 순간, 나는 소리를 죽이며 외치고 있었다.

"빌어먹을! 고탄다!"

바닥에 누워 뒹굴며 잡지를 보고 있던 고탄다가 상반신을 일으켰다.

"뭐야?"

"이번 일 의뢰인, 누구야?"

"내가 어떻게 아냐. 위에다 물어."

"그 위하고 연결을 시켜주는 게 너잖아."

"진정해. 무슨 일이 있는 거야?"

"들켰어."

"설마. 넘겨짚은 거겠지."

그럴지도 모른다. 매주 지나칠 정도로 성실하게 아버지에게 편지를 쓰는 여자이다. 공상과 현실이 뒤섞여 그저 뜬금없이 그런 이상한 소리를 지껄였을 것이다. 하지만 아닐지도 모른다. 무라카와 아야코가 정말로 내 일을 냄새 맡고 흔들어보는 것인지도 모른다. 어쨌든 내가 분명히 말할 수 있는 것은, 무라카와 아야코에게 정체를 알 수 없는 뭔가가 있다는 것이다.

"위에 확인해볼게. 초조해하지 말고 움직여. 지금까지 해왔던 대로."

무라카와 아야코네 방의 조명이 꺼지기를 기다리다 고단다는 한밤중에 아파트에서 나갔다.

나는 잠을 이루지 못하고 부엌에서 물을 한 잔 마셨다. 근무 중에는 술도, 담배도 하지 않는 탓에 기분 전환을 하려면 일찍 잠이나 자는 수밖에 없다. 부엌에서 맞은편 동의 어두운 창을 바라보았다. 검은 덩어리가 된 무라카와 아야코가 창가에 서서 이쪽을 빤히 보고 있는 것 같은 기분이 들었다. 희미하게 떠오른 그녀의 얼굴. 그 입술이 천천히 미소를 짓는다.

***

오늘 무라카와 아야코의 뒤를 미행했다.

그녀가 검은 옷을 입고 아파트에서 나가는 것이 보

였기 때문이다. 관찰을 시작한 후 처음 있는 일이었다. 고탄다에게서 아직 근황 보고가 들어오지 않았지만, 나는 움직이지 않을 수 없다. 망설임이란 건 없었다. 사람들 틈에 섞여 같은 전철의 옆 차량에 올라탔다.

무라카와 아야코는 세이부 신주쿠에 있는 갈색 건물의 호텔로 들어갔다. 여기서 남자와 밀회라도 해준다면 지루하기 짝이 없었던 지금까지의 업무에 드디어 색채가 더해질 것이다. 그런데 기대와 달리, 그녀는 호텔 커피숍에서 부모로 보이는 중년 남녀와 이야기를 나눌 뿐이었다. "여긴 덥네"라느니, "만날 검은색이냐. 젊은 애가 화사한 색 좀 입어"라느니 별 내용도 없는 대화이다. 무라카와 아야코가 그런 말에 일일이 밝게 웃는 얼굴로 순종하는 것을 나는 칸막이 관엽식물 너머로 엿보고 있었다.

이윽고 중년 남녀가 엘리베이터를 타고 객실로 올라가고, 무라카와 아야코는 곧장 로비 기둥에 숨어 있던 내 쪽으로 걸어왔다. 나는 새삼스럽게 당황할 것도 없었다. 미행을 눈치 채고 있었다는 감이 들기도 했고, 그녀에게 직접 물어보고 싶은 것도 있었기 때문이다.

"더운데 고생이 많네요. 내가 만날 상대가 당신의

의뢰인일 때에도 망을 봐야 하는 건가요?"

검은 원피스 차림이었지만, 무라카와 아야코가 입었기 때문인지 8월 말인데도 시원해 보였다. 그녀는 시계조차 끼지 않았다. 그녀와 그 몸을 감싼 검은 천 한 장. 슬픔에 지쳐가는 미망인 같은 차림이다.

"제일 졸병이어서 말이지, 난 의뢰인을 몰라."

"엄마예요. 살해를 의뢰한 건."

역시 중년 남녀는 무라카와 아야코의 부모였던 것 같다. 그러나 무라카와는 요전부터 큰 오해를 하고 있다.

"잠깐만. 왜 엄마가 너를 죽이려고 하는 거지?"

"머리가 이상하니까."

네가? 아니면 엄마가? 그렇게 묻고 싶었지만, 그만두었다. 대신 다른 질문을 했다.

"가족과 있을 때에는 검은 옷이네. 어째서?"

"물들고 싶지 않으니까요. 저 사람들이 하는 짓엔 완전 넌덜머리 나. 오늘도 봤죠? 도쿄에서 학회가 있을 때마다 엄마는 아버지를 따라와요. 잠시라도 눈을 뗀 사이에 다른 여자한테 도둑맞을지도 모른다고, 의심과 불안으로 가득하죠. 바보 같아요. 설령 그렇게 된들, 다 인과응보인 것을."

인과응보. 그런 단어를 일상생활에서 듣기는 처음이었다. 과연 불상을 좋아하는 여자답다.

"난 이제 영화 보러 갈 건데, 선배는 어떡할래요?"

"같이 가자."

나와 무라카와 아야코는 신주쿠의 작은 극장에 들어갔다. 극장 안에는 암모니아 냄새가 떠돌고 바닥은 끈적거렸다. 스크린에서는 살인청부업자인 쌍둥이 흑인 중 하나가 살해당했다. 살아남은 흑인은 자신이 형인지, 아우인지 모르겠다고 한탄했다. 그 발치에는 백금색의 고양이가 우아하게 걸어간다. 영문을 알 수 없는 영화이다.

"어째서 나오에와 사귀는 거예요?"

무라카와 아야코는 영화상영 중에 꽤 큰 목소리로 물었다. 몇 안 되는 관객들이 모두 잠자거나 붙어서 시시덕거리고 있었기 때문에, 나도 영화의 음량에 지지 않을 소리로 대답했다.

"귀여우니까."

"거짓말이죠?"

뭐 사실 거짓말은 거짓말이라서 아무 대답도 하지 않고 잠자코 있었다. 무라카와 아야코는 스크린을 응시하면서 말을 계속했다.

"나한테 접근하려고 나오에와 사귀다니, 괜히 헛수고하는 거니까 관두는 편이 좋아요. 이번에 선배가 맡은 미션은 쉽게 끝날 거니까요."

만일 여기서 내가 "뭐야, 나오에랑 헤어지면 무라카와가 나하고 사귀어주겠다는 거야?" 하고 말했더라면 내 일은 한걸음 더 진전됐을 것이다. 하지만 나는 침묵을 지켰다. 그녀의 알 수 없는 사고회로에 흥미가 생겼기 때문이다.

***

"의뢰인이 누군지는 역시 가르쳐주지 않았어."

고탄다가 말했다. "그렇지만 부모 측근에 있는 사람이 아닐까? 유명한 학자 같던데, 협박할 거리를 만들 생각이겠지."

"그건 이상해. 무라카와 아야코를 몇 년 더 관찰해봐야 협박할 거리 따위는 나오지 않을 거야. 의뢰인의 의향은?"

"위에서 확인해본 것 같지만, '변경사항 없음. 무라

카와 아야코의 행동 확인. 일단 반년간'이 전부야. ”

"그것뿐?"

"그것뿐. 이번에는 내가 나설 차례가 없을지도 모르겠네."

나와 고탄다는 일을 할 때 서로 역할을 분담한다. 대체로 조사 대상의 행동을 확인하는 것이 내 역할이다. 고탄다는 그것을 지원해주고 의뢰인의 요청에 따라 사실을 날조하는 일을 맡고 있다. 조사대상 인물에게 의뢰인이 기대하는 약점이 발견되지 않을 경우에는, 나와 고탄다가 소속된 사무실에서는 의뢰인의 주문에 따라 허위로 약점을 날조하는 일도 청부받고 있다.

지금까지도 고탄다는 품행이 방정한 모 회사의 중역에게 여자를 갖다 붙인다거나, 결혼이 결정된 우체국 여직원과 잠자리를 갖고 야한 사진을 찍는 등의 악랄한 짓을 수없이 해왔다. 물론 그 전 단계로 나의 주도면밀한 행동 확인 작업이 이뤄지긴 했지만.

그런 이유로 윗사람은 나와 고탄다에게 의뢰인이 누구인지 밝히지 않는다. 혹시라도 나와 고탄다가 약점을 허위로 날조한 것을 가지고 의뢰인을 협박하기라도 하면 사무실의 신용이 한꺼번에 무너지기 때문이다. 그래서 나 같은 일회용 조사원은 눈가리개를 한 맹인안내견을 개 주인인 양 데리고 오늘도 함께 위험한 다리를 건너고 있는 것이다.

"시부야, 무슨 생각 하냐?"

고탄다는 보란 듯이 캔 맥주를 마시면서 평소의 히죽거리는 웃음을 보였다.

"너는 일단 사하라 나오에하고 사귀다가 여차하면 무라카와 아야코를 더블데이트 자리에 끌어들이도록 해."

그러고는 데이트 장소에 씩씩하게 나타난 고탄다 본인이나 아니면, 고탄다가 수배한 변변치 못한 놈을 무라카와 아야코의 상대로 소개하란 말인가. 나와 사하라 나오에, 무표정한 무라카와 아야코와 빛처럼 빠른 손놀림을 자랑하는 고탄다가 유원지 같은 곳에서 하루를 보낸다. 아, 상상만 해도 끔찍한 광경이다. 하지만 아마 그렇게 되지는 않을 것이다.

"의뢰인은 반년 동안 행동 확인만 원했다며? 너도 아까 말했듯이 이번에는 네가 나설 차례는 없어."

나는 접시에 담긴 오이절임을 집어먹었다. 시다. 너무 많이 절었다.

"단언하지 마. 뭘 보고 그렇게 단언하는 건데? 처음

에는 행동 확인만 해도 좋다던 의뢰인이 우리 흥신소가 자랑하는 '날조 서비스'를 알고 지금까지 얼마나 환희의 눈물을 흘리며 감사의 인사를 보내왔는지는 너도 알잖아."

"그만 돌아가라, 고탄다."

멋대로 떠들어대는 고탄다를 억지로 방에서 쫓아냈다. "나 요즘 규칙적인 생활을 하는 무라카와 아야코 덕분에 일찍 자거든."

필요 이상으로 무라카와 아야코에게 접근하고 있다는 것을 고탄다에게 들키면 곤란하다. 혼자 차분하게 생각하고 싶다.

이번만큼은 날조가 필요하지 않을 것이다. 의뢰인은 협박과 복수가 목적이 아니니까. 표적은 무라카와 아야코의 아버지가 아니라 어디까지나 무라카와 아야코 본인. 의뢰인은 아마도 그녀의 엄마일 것이다.

무라카와 아야코의 말을 듣고 그렇게 결론지은 것은 아니다. 규슈의 본가에 갔다가 돌아온 그녀가 갑자기 나를 '살인청부업자'라고 했을 때부터 그런 느낌이 있었다. 그녀는 분명 집에서 엄마에게 무슨 언질을 받은 것이다. "최근 주위에서 뭐 달라진 것 없니?"라든가, 어쩌면 더 직접적으로 "네가 도쿄에서 뭘 하는지 엄마는 다 보여"라든가 하면서.

왜 엄마가 딸의 일거수일투족을 흥신소에 의뢰해서 확인하고 있을까? 이유를 잘 모르겠다. 그러나 남편의 도쿄 출장에도 따라오는 것을 봐서는 있을 수 없는 이야기도 아닌 것 같다.

이상한 가족. 왠지 무라카와 아야코가 딱하다. 방에 혼자 있을 때에도 그녀는 가족의 기적에 위협받으며 침투당하지 않으려고 상복을 입는다. 그러면서도 가족사진을 책상에 장식해놓고, 일주일에 한 번씩 자신을 키워주는 양아버지에게 편지를 보낸다. 그것도 엄마와 여동생을 걱정하는 내용의 편지를.

무라카와 아야코는 "이번에 선배가 맡은 미션은 쉽게 끝날 거니까요"라고 했다. 무라카와 아야코는 무슨 까닭인지 나를 살인청부업자라고 생각한다. 그렇다고 한다면?

나는 마음이 편해지기 시작했다. 설령 그녀가 진심으로 나를 살인청부업자로 믿고 있다 해도, 그 오해를 풀어야겠다는 생각은 눈곱만치도 없다. 의뢰인이 그녀의 엄마라는 가능성에 대해서도 고탄다에게 말하지 않고 나 혼자 가슴에 묻어두기로 했다.

이제 이 노트의 내용은 나의 개인적인 기록으로 바꾸었다. 더 이상 누구에게 보일 필요도 없다. 고탄다에게도, 윗사람에게도. 흥신소에서 방의 월세를 내주지 않는다 해도 상관없다.

그런데 누구한테 보일 일도 없는데, 나는 왜 계속 쓰는 것일까? 기억해두고 싶어서? 아니, 기록과 기억은 서로 다르다. 그 정도쯤은 나도 안다.

이 노트의 역할은 아마 보험과 같은 것일 것이다. 평소라면 손을 뗄 단계에 이르렀는데도, 개인적인 호기심 때문에 계속 앞으로 나아가고 있는 나 자신에 대한 보험이다. 나는 내가 보고 느낀 사실을 여기에다 기록한다. 마침내 뒤로 물러설 수도 없게 됐을 때에라도 나만은 나 자신이 한 일을 명확히 파악할 수 있기 위해서이다.

아무리 그래도 살인청부업자라니. 어디서 그런 발상이 나온 걸까? 영화를 너무 많이 본 건가? 미안하네, 그런 대단한 인물이 아니라 흥신소 직원이어서.

***

"시부야 선배, 아야코 좋아하는 거 아니에요?"

사하라 나오에한테서 그런 말을 들었다. 나는 그저 "무라카와는 상당히 외골수라고 생각지 않아?" 하고 물었을 뿐이었다. 그런데 그녀는 "만날 아야코 얘기" 하면서 눈을 흘겼다.

성가시다. 이제 이 여자와 사귈 이유가 없다. 무라카와 아야코에 대해서 내가 알고 싶은 것은 무라카와 아야코 자신밖에 이야기할 수 없는, 아주 개인적인 이야기이니까. 무라카와 아야코가 언제 어디서 누구를 만나는지, 친구가 본 무라카와가 어떤 사람인지, 그런 것은 이제 아무래도 상관없다.

그럼에도 내가 사하라 나오에를 버리지 못하는 것은 쓸데없는 소동이 벌어지는 것을 원치 않는 성격 탓이다.

어차피 나는 앞으로 두 달 안에 사하라 나오에 앞에서 모습을 감출 것이다. 조사기간이 끝나면 아파트도 내놓을 것이고, 불상 동호회에도 두 번 다시 얼굴을 비치지 않을 것이다. 아무리 뒤져도, 내가 존재한 흔적은 발견되지 않을 것이다. 여태껏 그랬듯이. "시부야 준스케? 그런 학생은 없습니다." 학생과의 이야기를 듣고 아연해할 사하라 나오에의 표정을 쉽게 상상할 수 있다. 그때 어떤 기분이 들까? 진짜 이름도 가르쳐주지 않은 환상 같은 남자에게 속은 여자.

나는 "질투하지 마" 하고 웃어주었다. "좀 이상해, 무라카와. 나더러 살인청부업자라고 했어."

"머리가 이상한 거 아니에요?"

사하라 나오에가 말했다. 무라카와 아야코를 두고 하는 말인지, 아니면 나를 두고 하는 말인지 알 수 없었다.

주말에 집에 다녀온 사하라 나오에가 앨범을 가져왔다. 내가 보고 싶다고 말했기 때문이다. 사하라 나오에의 방에서 그녀의 설명에 일일이 고개를 끄덕거리면서 사진을 보았다. 알몸으로 우는 아기 사하라 나오에나 여름방학 때 할머니 집에서 수박을 먹는 사하라 나오에한테는 아무 흥미도 없었지만, 나는 참았다.

초등학생 때의 사진에는 무라카와 아야코도 함께 찍은 것이 많았다. 어느 산 정상에서 같이 도시락을 먹는 모습. 수련회에 간 날 밤, 부모와 떨어져 있다는 약간의 불안을 억누른 채 흥분으로 반짝거리는 얼굴 표정. 사하라 나오에와 무라카와 아야코는 단지 그저

'초등학교 때 같은 반'이었던 사이가 아니라 특별히 친한 친구였던 것 같다.

나는 또다시 쓸데없이 질투를 받는 것도 성가셔서 아무 말도 하지 않았다. 사하라 나오에는 옆에서 내 표정을 살피더니 이윽고 조그맣게 한숨을 쉬며 앨범을 손가락으로 가리켰다.

"봐요, 초등학교 때의 아야코예요."

"아, 그렇구나."

나는 관심 없는 척 대답했다. 어느 사진에서든, 그때 무라카와 아야코는 지금보다 훨씬 더 밝게 웃고 있다. 어린이. 당연하다고는 생각지 않는다. 그녀는 어느 시점부터 결정적으로 달라졌을 것이다. 그러나 사하라 나오에는 "아야코, 초등학교 때랑 얼굴이 똑같죠?" 하고 웃었다.

한 장의 사진이 시선을 끌었다. 큰 맨션 앞에서 찍은 것이다. 무라카와 아야코를 가운데 두고 여동생으로 보이는 여자아이와 사하라 나오에가 서 있다. 소녀들 뒤에는 며칠 전 호텔에서 보았을 때보다 젊은 얼굴을 한 무라카와 아야코의 양아버지가 두 딸의 어깨에 손을 가볍게 올리고 있었다.

"이건?"

또 다른 과자봉지를 뜯어서 먹기 시작한 사하라 나오에는 휴지로 손가락을 닦으면서 "어느 거요?" 하고 내 손이 가리키는 곳을 들여다보았다.

"아, 아야코가 이사하기 직전에 찍은 사진이에요. 작별인사 하러 갔더니 아야코네 엄마가 찍어주었어요. 6학년 여름방학 때."

어째서 무라카와 아야코의 아버지까지 찍혔을까? 이럴 때에는 아버지가 아이들의 사진을 찍어주는 것이 보통일 텐데. 아이들을 새아버지와 친하게 만들려고 하는 엄마의 의도가 사진에서 배어나는 것 같았다. 의심과 불안으로 가득하다고 엄마를 성토한 무라카와 아야코의 말도 터무니없는 말은 아닌 것 같다. 어떤 경위로 재혼했는지 모르겠지만, 남편에 대한 비열하기까지 한 배려가 느껴졌다.

반대로 그녀는 자식의 마음은 전혀 배려하지 않았던 모양이다. 사진 속에서 유독 무라카와 아야코만 웃고 있지 않다. 바짝 긴장하여 익숙한 그 무표정한 얼굴로 카메라 쪽을 보고 있다. 아마도 그녀만 아버지가 바뀐 새로운 가족구성에 적응하지 못한 탓일 것이다.

"이제 곧 엠티네. 기대돼요."

사하라 나오에가 그렇게 말하며 내 목에 양팔을 감았다. 나는 조악한 오일 냄새가 나는 입술에 키스를 하고 앨범을 덮었다.

***

무라카와 아야코는 아버지에게 편지를 다 썼는데도 욕실에 들어가지 않고 창가에 섰다. 그러더니 우리 부엌 창을 향해 "시부야 씨" 하고 입술을 움직였다. 나는 얼른 쌍안경을 내리고 싱크대 아래로 숨었다. 어두컴컴한 부엌에 쭈그리고 앉아 심장의 고동 소리를 가라앉혔다. 잠시 후 조심스럽게 한 번 더 망원경을 들여다보았다. 무라카와 아야코는 욕실에 들어갔는지 불 켜진 방에 사람 그림자는 보이지 않고, '누카쓰케 먹고 싶어요'라고 쓰인 녹색 편지지가 셀로판테이프로 유리창에 붙어 있었다.

그러고 보니 지난번 접시를 아직 돌려받지 않았군. 나는 누카쓰케를 씻어서 랩으로 싸서 가지고 갔다.

무라카와 아야코는 머리부터 목욕수건을 뒤집어쓰

고 있었다. 그녀는 머리를 닦으면서 감정이 담기지 않은 목소리로 말했다.

"들어왔다 가실래요?"

검은 파자마 바지자락 아래로 언뜻 드러나는 복사뼈가 참 예쁘다고 생각했다.

내가 옅은 핑크색 카펫 위에 앉자 무라카와 아야코는 요전과 같은 잔에다 보리차를 내왔다. 그리고 부엌에서 식칼로 썬 누카쓰케를 담은 접시를 테이블에 올려놓았다. 어쩐지 그 누카쓰케와 함께 차를 마시라는 것 같았다. 누카쓰케는 내가 자르는 것보다 두꺼웠다. 무라카와 아야코는 깨끗하게 씻어둔 접시를 "늦게 돌려드려서 죄송합니다" 하며 내밀었다.

우리는 한동안 말없이 마주 앉아 있었다. 이따금 오이를 씹는 소리가 방 안에 울렸다. 나는 책상다리를 하고 받아든 접시를 다리 위에 올렸다.

"이거 선배가 담은 거죠?"

무라카와 아야코가 온화하게 말했다. 얼굴을 들자 눈에 익숙한 미소를 짓고 있었다.

"'고탄다 군'도 살인청부업자인가요?"

신변을 캐고 돌아다니는 나를 놀리는 건가? 무슨

놀이라도 할 심산인가? 그렇게 생각하며 표정을 살폈지만, 그녀는 매우 진지하다. 서서히 미치고 있는 듯한 느낌이 참을 수 없이 좋다.

설령 무라카와 아야코가 대단한 연기자로 나를 가지고 노는 것이라 해도 상관없다. 그녀에 대해서 알고 싶었다.

"뭐, 동료이긴 하지."

"몸을 단련하기도 해요?"

"특별히 하진 않아. 완력은 그다지 문제가 되지 않고 끈기가 있나 없나, 주위에 어느 정도 주의를 기울일 수 있나 그런 게 중요하니까."

거짓말은 전혀 하지 않았다. 모두 조사원의 기본적인 마음가짐이다.

"언제 나를 죽일 생각이세요?"

"어째서 그런 걸 묻지?"

"죽는 시기만큼은 스스로 선택하고 싶어서요."

"죽고 싶구나."

드디어 핵심에 가까워졌다. 나는 자세를 고쳐 앉다가 다리에서 접시가 떨어지는 바람에 주워서 도로 테이블에 올려놓았다.

"요전에 이번에 내가 맡은 미션은 쉽게 끝날 거라고 했지? 그건 무슨 뜻이야?"

"상담할 게 있는데요……."

무라카와 아야코는 테이블 위에서 양손을 깍지 꼈다. 개인면담 시간에 지망하는 학교를 변경하라고 권하는 교사처럼.

"나를 지켜봐주지 않겠어요?"

"항상 지켜보고 있는데."

"부엌 창으로?"

사진에서 본 어린 시절의 웃는 얼굴과 똑같은 표정으로 그녀의 뺨이 움직이는가 싶었으나 안면신경이 살짝 떨릴 뿐이었다.

"그런 게 아니라요. 나는 죽을 거예요. 엠티 간 날 밤에라도 가마쿠라의 바다에 들어가려고 생각해요. 하지만 혼자 죽는 게 쓸쓸할 것도 같고, 아무도 없으면 도중에 모래사장으로 기어나와버릴지도 모르니까요. 선배가 지켜봐줬으면 해요."

"그건 자살방조죄가 되지 않을까?"

그렇다, 바로 이것이다. 지금까지 여러 사람의 방을 몰래 들여다보면서 언제나 지루했다. 내가 기다리고 있었던 것은 바로 이런 자극이다.

"나를 죽이는 수고도 덜고, 딱 좋잖아요? 만약 들켜도 살인보다는 자살방조 쪽이 죄가 가볍고. 조직에 보고가 필요하다면 자살로 위장해 죽였다고 하면 되잖아요. 나는 모래사장에다 신발을 가지런히 벗어놓을 생각은 없으니까요."

조직. 대체 무슨 조직? 분명 웃음이 나기도 했지만, 나는 무라카와 아야코에게 지지 않을 정도로 진지한 표정을 하고 있었다.

"그건 좋지만, 이유를 가르쳐줘. 너는 왜 어머니가 널 죽이라고 의뢰했을 거라고 생각하지? 만약 그게 사실이라 쳐도, 그렇다고 자살할 필요는 없잖아. 경찰에라도 달려가면 되지."

무라카와 아야코는 해독이 난해한 고대문자가 새겨진 돌을 찾아내기라도 한 것처럼 잠시 자신의 마음을 검증하는 것 같았다. 해석이 틀리지 않는지, 조심조심 읽어가는 듯한 모습으로 어색하게 이야기를 시작한다.

"우리 집엔 언제나 검은 그림자가 드리워져 있었어요. 엄마는 그것에 겁을 먹고 아버지를 속박하고 감시했어요. 그러지 않으면 그림자가 아버지를 빼앗아 가버리니까. 하지만 나는 알고 있어요. 그 그림자는 바로 엄마의 모습을 하고 있다는 걸. 엄마 자신이 과거에 한 짓이 엄마를 협박하고 있을 뿐이에요."

"추상적이네."

"엄마는 친아버지와 헤어지고 가정이 있는 지금의 아버지와 재혼했거든요. 다음에 남편을 빼앗기는 건 자기 차례라고 생각하고 있죠."

"그렇구나."

"너무 답답해요. 집에서는 가족 누구도 진심으로 웃거나 즐거워하질 않아요. 그런 거 알아요?"

모른다. 나에게는 그런 드라마가 없다. 사실, 나는 나가노 현 태생으로, 전근 같은 것은 생각할 필요도 없는 지방 공장에 다니는 샐러리맨의 아들이었다. 나는 진학을 위해 상경할 때까지 수학여행 외에는 현 밖으로 나가본 적이 거의 없었다. 내가 대학생인 척하면서 이런 일을 하는 것도 다 다른 회사에 취직을 못했기 때문이다. 학생시절에 하던 수상한 아르바이트를 질질 계속하다보니 더 이상 되돌아갈 길이 없어졌을 뿐이다.

"알 것 같기도 하네. 그런데 그게 뭐? 너는 부모하

고 떨어져 살잖아. 가족 따위는 관계없을 거 아냐."

대다수 사람이 그럴 것이다. 다들 결혼해서 자식을 만드니까 덩달아 자신도 거기에 따랐을 것이다. 가족 따위는 그 정도의 동기로 구성된 한때의 인간관계에 지나지 않는다. 나로서는 그런 가족에 대해서 과잉기대나 환멸을 느낀다고 하는 것이 도저히 이해되지 않았다.

"그림자가 여기까지 쫓아왔어요."

무라카와 아야코의 목소리는 몹시 여렸고, 잔을 든 손이 달달 떨리고 있었다. "엄마는 나와 아버지 사이를 의심해서 당신한테 의뢰한 거예요."

있을 수 없는 일이다. 만약 무라카와 아야코의 엄마가 자기 남편과 딸을 정말로 의심하고 있다면 도쿄에 사는 딸의 행동을 반년 동안 지켜봐달라는 번거로운 의뢰는 하지 않을 것이다. 차라리 남편의 행동을 확인하면 딸뿐만 아니라 다른 모든 여자관계까지 명확하게 알 수 있으니까. 그러는 편이 더 효율적이다.

물론 무라카와 아야코의 행동 확인을 의뢰한 사람이 엄마가 아니라 전혀 다른 사람일 가능성도 배제할 수는 없다. 하지만 딱히 사회적 지위도 없는 데다, 어디에나 있을 법한 이 여자의 소행을 조사해서 이득을 얻을 사람은 전혀 없다.

역시 이번 일의 의뢰인은 무라카와 아야코의 엄마라고 보는 것이 가장 자연스럽지 않을까? 남편의 도쿄 출장에 보호자처럼 따라오는 무라카와 아야코의 엄마. 아마 가족의 동향을 모두 파악하고 있지 않으면 성이 차지 않을 것이다. 대학생이 된 딸의 새로운 생활까지도 내 눈을 통해 감시한다. 그런 심리의 이면에는 무라카와 아야코가 말했듯이 자기 가정을 지키려는 병적인 집념이 있는 듯하다.

하지만 무라카와 아야코가 이야기하지 않은 것이 아직 뭔가 있지 않을까.

무라카와 아야코는 독배를 들기라도 한 것처럼 한참 동안 찻잔을 응시하더니 단숨에 비우고 테이블에 내려놓았다.

"그림자에게서 계속 도망쳐 다니기도 이제 지쳐서 스스로 죽기로 마음먹었어요."

'오늘은 일을 너무 많이 해서 피곤하니 이만 자겠습니다' 하는 듯한 느낌의 어조였다.

"'내가 아버지와……'라니, 불쾌한 의심으로 엄마가

고용한 살인청부업자한테 살해당하는 것보다는 훨씬 낫
겠지요. 그것으로 엄마도 정신을 차려준다면 좋겠지만."

아무도 너를 그렇게 몰아넣고 있지 않으며, 죽이려
고 할 만큼 너를 미워하는 사람도, 사랑하는 사람도
없어.

그렇게 말해줘도 좋았을 테지만, 무라카와 아야코
가 만들어낸 세계는 편안했다. '나는 지금 너와 이야
기를 만들고 있어' 하고 그녀의 손을 잡고 소리치고
싶을 정도로 흥분이 된다.

기복이 없는 단조로운 일상을 살아온 나에게 그녀
가 기괴한 역할을 부여해주었다.

"엄마가 너와 아버지의 관계를 의심하게 된 이유가
있니?"

"내가 아버지의 제자와 사귀었기 때문이에요. 규슈
에 있을 때 그 사람은 아버지 연구실에서 조교로 있
었어요. 집에도 종종 놀러 와서 나하고 친해졌죠. 하
지만 그걸 안 엄마가 나이가 서른도 넘은 남자와 말도
안 된다고 화를 내며 아버지한테 일러바치는 바람에,
그 사람은 올해 초에 연구실을 그만뒀어요. 사귄다고
해도, 아무것도 아니었는데!"

마지막은 거의 비명에 가까웠다. 이 싸구려 아파트에서 그렇게 크게 소리를 지르면 항의가 들어온다. 진정하라고 남은 보리차를 내밀었지만, 그녀는 본 척도 하지 않았다.

"엄마는 남자와 여자가 있으면 섹스를 한다고 생각해요. 자기가 그랬으니까! 갖은 수를 써서 이루어놓은 가정에 자기 말고도 또 여자가 있다는 걸 깨닫고 어쩔 줄 몰랐겠지요. 내가 연애를 했다는 걸 알고 '이 아이가 남편을 빼앗을지도 모른다'고 망상을 하기 시작한 거예요."

엄마가 살인청부업자를 고용했다는 묘한 망상에 사로잡혀 있는 것은 무라카와 아야코 쪽이다. 상실한 사랑과 가족과의 상극에 지쳐 그녀는 균형을 잃고 있었다.

"조교였던 사람하고 지금도 연락하고 지내?"

"아뇨."

무라카와 아야코가 힘없이 고개를 저었다. "어디 있는지도 몰라요."

모든 안개가 걷히며 매끄러운 수면이 드러난 기분이었다. 무라카와 아야코의 엄마는 조교였던 남자와 딸의 교제가 아직 계속되고 있을지도 모른다고 의심하여 행동 확인을 의뢰한 것이다. 그것은 아마 소중한 딸을 지키기 위한 그녀 나름의 방식일 것이다. 유감스럽게도, 그런 부모의 마음이 딸에게는 전혀 전해지지 않은 것 같지만.

있지도 않은 그림자에 자기 자신의 모습을 포개놓고 겁먹고 있는 것은 엄마가 아니다. 무라카와 아야코이다.

"알겠어. 네가 바다에 들어가는 걸 해변에서 지켜보고 있을게."

"그럼, 엠티 간 날 밤 2시에 유이카 해변으로 와주세요. 내 머리가 완전히 파도에 가려진 뒤 시간이 조금 지날 때까지 눈을 떼지 말아주세요."

***

자살 따위는 할 리가 없다.

하고 싶은 이야기를 실컷 했으니 분명 속이 시원해졌을 것이다. 그러다 곧 가족 따위는 아무래도 좋다고 떨쳐버리고, 도쿄에서의 새로운 생활을 즐길 것이다.

나는 그렇게 생각했지만, 그래도 펜션에서 몰래 빠져나와 2시에 유이카 해변에 설 것이다. 만약 정말로 무라카와 아야코가 찾아온다면 바다에 들어가는 그녀에게 이 노트를 건네 줘야지.

어차피 바다를 향해 걸어가는 동안에는 노트가 물에 불어 글씨를 읽지는 못한다. 그래도 내가 그녀에게 노트를 건네는 것은 수장에 입회하는 사람으로서의 예의이다.

기록은 이제 더 이상 필요 없다. 대신 내가 기억하고 있을 것이다. 나에게는 보이지 않는 그림자에 쫓겨 살해당하는 여자의 이야기를.

눈을 감자 본 적 없는 가마쿠라의 해변이 내 눈두덩에 선명하게 어린다. 깊은 숲속에 자리한 맑은 호수처럼 작고 조용한 강.

한사리(음력 보름과 그믐 무렵에 밀물이 가장 높은 때—옮긴이)의 밤. 하늘에는 보름달보다 조금 이지러진 달이 떠 있다. 짙은 감색의 수면은 불온할 정도로 잔잔하다. 파도 소리가 끊임없이 해변을 채우고, 이따금 달빛에 반짝이는 작은 물마루만 육안으로 확인할 수 있다.

검은 원피스를 입은 무라카와 아야코는 한 손에 내

노트를 들고서 망설임도 없이 바다에 발을 들이민다. 신발을 신은 채. 나는 해변에 앉아 그 모습을 보고 있다. 바닷물은 그녀에게 뜨뜻미지근하게 감기다가 눈 깜짝할 사이에 가슴 언저리까지 차온다.

무라카와 아야코의 머리는 아무것도 없는 해면에 잠시 부표처럼 뜨다가 바다 저편에 정토가 있다고 믿는 고승처럼 더 먼 바다를 향해 조금씩 해변에서 멀어져간다. 이윽고 걸쭉한 파도에 삼켜져 아무 데도 모습이 보이지 않는다.

나는 한참 동안 그 자리에 꼼짝 않고 서서 이제 절대로 그녀가 떠오르지 않으리라는 것을 확인한다. 무라카와 아야코의 수장이 완료되는 것을 지켜보고 나서 아무렇지 않은 얼굴로 펜션으로 돌아갈 것이다.

나는 전화벨 소리가 울릴 때까지 만족스러운 상상 속에서 뭉그적거렸다.

"드디어 내일이네요."

사하라 나오에가 수화기 너머에서 말했다. "수영을 못해서 유감스럽지만. 우리 내년에는 꼭 둘이서만 여름 바다에 가요."

"그래, 기대되는걸" 하고 대답해줬다.

바다는 수영을 하기 위해서 있는 것이 아니다. 폐 구석구석까지 물에 잠기길 바라며 깊이 가라앉기 위해서 있는 것이다.

냉혈(冷血)

꿈속에서 타는 전철은 언제나 의외의 장소에 나를 데려다준다.

분명히 낯익은 역의 플랫폼에서 매일 아침 통근할 때 타는 전철을 탔는데, 정신을 차리고 보면 신주의 온천이나 실제로 가본 적도 없는 어느 섬의 해변에 내려서 있다.

내 머릿속의 선로는 뒤죽박죽 얽혀 있다. 그래도 느닷없이 장면을 전환하는 것은 뇌에서 허락하지 않는 것 같다. 어딘가로 이동하고 싶다는 생각이 들면 꿈속에서라도 전철을 타지 않으면 안 된다. 수면 중에조차 현실적인 순서를 잊지 않는, 이런 반듯한 면이 지극히 교사다운 성격이라고 생각한다.

그렇게 도착한 장소에서 딱히 뭘 하는 것은 아니고, 그저 멍하니 보낸다. 온천에 가든가, 해변에 앉아서 쉬든가 한다.

미끌미끌한 노송나무 욕조에는 모공이 모두 열려버릴 것처럼 뜨거운 물이 찰랑거리고, 내 바로 옆에는 어깨까지 물속에 잠긴 하얀 등이 보인다. 물 위에서 태아처럼 손발을 웅크리고 엎드린 채 떠 있는 여자의 등. 가능한 한 그 모습이 시야에 들어오지 않게끔 온천을 둘러싼 녹색 산들을 바라본다.

해변에서도 마찬가지이다. 문득 발치로 시선을 옮길라치면 모래사장에 우아하게 구부러진 여자의 등이 보인다. 하얀 가는 모래들이 매끄러운 살갗에 흩어진 모습이 마치 발굴되기를 기다리는 태고의 화석처럼 나를 유혹한다. 나는 정처 없이 산책하는 걸음걸이로 되도록이면 서둘러 해변을 떠난다.

내버려두면 꿈은 깬다. 알고 있으면서 가끔 이기지 못하고 여자의 등을 살짝 만질 때도 있다. 만진다고 해도, 손바닥을 뒤집어 손톱으로 부드럽게 쓰다듬어보는 정도이다. 여자 피부의 질감을 맛볼 겨를도 없을 만큼 희미한 접촉에 불과하다.

그러나 그것을 신호로 얼굴이 보이지 않는 여자가 말한다.

"당신은 분명 몇 번이고, 몇 번이고 떠올릴 거예요."

참기 힘들 만큼 뜨거운 탕 속에서, 입자가 모인 모래 속에서 여자의 일그러진 목소리가 들린다. '몇 번이고, 몇 번이고 떠올릴 거예요'라는.

여자는 나에게 잊지 말라는 말을 전하고 싶은 것 같다. 나는 기억하고 있다. 나는 언제나 너를 떠올릴 것이다. 꿈속의 전철은 언제나 네가 있는 곳으로 나를 데려간다. 하지만 그래서 어쨌다고?

꿈에서 깨면 내가 옅은 미소를 짓고 있다는 것을 느낀다. 베갯머리에 놓인 자명종 시계를 손으로 더듬어 알람 설정을 해제한다.

이 시계는 나를 깨운 적이 없다. 출근 후에 아무도 없는 방에서 시계가 계속 울리는 바람에 주인에게 항의를 들은 적이 있다. 그 후로는 주의하고 있다. 자기 전에 울릴 시간을 설정하고, 일어나면 반드시 버튼을 눌러 해제한다. 내 방의 자명종 시계는 마치 우화하기 직전에 까마귀에게 먹히는 매미 같다. 매일 날개를 비

비려고 하다가 살해당하는 것을 계속 되풀이하는.

침대에서 바닥에 내려서서 암막 커튼을 열 때에는 이미 내 얼굴에 미소의 흔적은 남아 있지 않다.

내가 갓 부임한 해에 "선생님을 좋아해요" 하고 고백한 학생이 있었다. 담담하게 수업을 해나가며 원소 주기율표를 외우는 법과 전해질에 대해서 가르쳤을 뿐인데, 어째서 그런 사태가 일어났는지 잘 모르겠다. "그래요? 하지만 나한테는 약혼자가 있습니다. 만약 약혼이 없었던 이야기가 되고, 그때 학생이 졸업을 한 뒤라면 한번 사귀어봅시다" 하고 대답했다.

내 대답은 곧 교내에 퍼져 학생들 사이에 이치가와 선생님이 좀 특이하다고 소문이 났다. 교장에게 불려가서 "행동에 주의하기 바랍니다" 하는 주의도 받았다. 무엇을 어떻게 주의해야 할지 감이 잡히지 않았지만, 나는 "알겠습니다" 하고 대답했다.

교사가 된 지 5년째인 지금은, 학생들이 나를 신기한 짐승 보듯 멀찍이서 관찰할 뿐이다. 누구도 나를 건드리거나 내 세계에 발을 들여놓지 않는다. 처음에 고백했던 학생도 벌써 옛날에 졸업했다. 지금은 그 아이의 뇌 속을 아무리 뒤져봐도 내 존재 따위는 흔적조차 없을 것이다.

"주기율표는 '스이베리베보쿠노후네(해병의 리베 나의 배)'라고 외웁시다" 하고 중학생들에게 가르치면 아이들은 꼭 "리베가 뭔데요?" 하고 묻는다.

"독일어로, '애인', '사랑하는', 이런 뜻입니다. 해병한테는 '배'가 '애인'이거든요."

학생들은 깔깔거리고 웃는다. 즐거운가 보다. 좋은 일이다.

하루 수업을 마치고 교무실에서 잡무를 정리한 후 가방을 들고 복도로 나선다.

동복을 입기 시작한 학생들은 스쳐지나갈 때마다 "선생님, 안녕히 가세요" 하고 예의 바르게 인사를 한다. 나는 "안녕" 하고 인사를 받아주며 지나간다. 학생들이 내 등 뒤에서 뭐라고 수군거리는 것은 늘 있는 일이다.

오늘은 호타루와 만나는 날이다. 우리 동네 역을 지나쳐 다음 역에서 내려야 한다. 나는 전철 안에서 절대 자지 않는다. 깜빡하고 전철 안에서 잠들었다가 그대로 꿈속으로 이동해버리면 두 번 다시 현실로 돌아올 수 없을 것 같은 기분이 들기 때문이다.

약속장소인 바에 나타난 호타루는 내 기억에 없을 정도로 말이 없었다. 나도 특별히 할 이야기가 없어서 카운터 의자에 나란히 앉아 서로 말도 없이 술만 마셨다.

"근데 그런 차림으로 교단에 서면 뭐라고 하지 않아?"

호타루가 30분 이상 지난 후에야 간신히 입을 열었다. 나는 턱을 잡아당겨 내 차림새를 점검한다.

"어디 이상해?"

"여전하네."

호타루는 카운터에 양팔을 올리고 작게 한숨을 한 번 내쉬었다. "나, 이대로는 리쓰와 결혼 못 해."

"그건 또 왜?"

"그럴 기분이 아니니까."

그 말에 대해서 잠시 생각해본 후 내 의견을 말한다.

"결혼은 기분으로 하는 게 아니잖아. 하지만 그렇다고 기분 말고 다른 무엇으로 하는 거냐고 묻는다면 역시 대답하기 곤란할 것 같네."

"리쓰는 나와 결혼하고 싶어?"

"그럼. 식장 예약도 마쳤고."

우리는 2개월 앞으로 다가온 결혼식을 위해서 예식장 준비며, 초대할 손님들의 명단 작성, 피로연 테이블에 장식할 꽃에 이르기까지 자질구레한 준비를 진행해왔다. 이제 와서 취소한다는 것은 귀찮은 일이다.

호타루는 미소를 지으며 내 쪽으로 살짝 몸을 기대왔다.

"특이다고 생각하겠지만, 나는 리쓰의 그런 점을 좋아해. 여태 사귀어왔으니까, 혹은 좋아하니까 하는 그런 이유를 들지 않는걸."

"고마워."

정말로 특이하다. 호타루뿐이다. 몇 년이나 나와 함께 있으면서 정나미 떨어져 하기는커녕 결혼까지 하게 된 사람은 이 여자뿐이다.

"어째서 결혼할 마음이 들지 않는지, 말해주지 않을래?"

"여동생이 죽었어."

"그건 금시초문인데?"

"뭐가 금시초문이야?"

"자기한테 여동생이 있다는 것. 여동생이 죽었다는

것."

"친동생은 아니야. 아버지와 재혼한 사람이 데려온 아이니까……. 나는 한 번도 만난 적이 없어."

한 번 만난 적도 없는 사람은 이 순간에도 세계 어딘가에서 죽어가고 있다. 호타루는 그때마다 결혼을 주저할 것인가? 의붓여동생의 죽음과 '결혼하고 싶지 않은 기분'이 어떻게 연결되는지 잘 이해되지 않는다.

"리쓰, 조사 좀 해줬으면 해. 동생은 익사한 것 같은데, 그게 정말인지 모르겠어. 묘한 소문도 있는 것 같고, 신경이 쓰여서 결혼 운운할 기분이 아니야."

"묘한 소문이라니?"

"너무 선입견을 가지면 안 되니까 그건 말하지 않을게. 어쨌든, 조사 좀 부탁해, 응?"

호타루가 재빨리 손을 뻗쳐 옷 위로 내 왼쪽 허리뼈 부위를 만졌다. 거기에는 검은 냉혈동물이 살고 있다. 나는 살이 욱신거려 거부하지 못하고 고개를 끄덕했다.

내 방에서 자고 가기로 한 호타루는 내 몸속에 입술을 대면서 여동생에 대해 알고 있는 모든 것을 들려주었다. 정말로 사소한 정보밖에 없었다. 이름. 나이. 작년 여름 말에 가마쿠라 바다에서 사망.

"죽은 게 작년이라고?"

죽은 지 꽤 시간이 흘렀다. 내 가슴에 대고 있던 호타루의 뺨을 양손으로 감싸고 들어올리자 눈을 마주친 호타루가 곤란한 듯한 미소를 지었다.

"요전에 부모님이 이혼한 후 처음으로 아버지한테 연락을 해봤어. 결혼식에는 아버지도 참석해주길 바랐거든. 그랬더니 '딸이 작년에 바다에서 죽어서 네 결혼식에 갈 마음이 들지 않는다'고 해서…… 그래서 나도 알게 됐어."

"이상한 이야기네. 아버지한테 친딸은 너일 텐데."

"핏줄 문제가 아니겠지."

호타루는 눈을 감고 포기하는 듯한 표정을 지었다. "아버지한테 '딸'이란 이제 내가 아니라, 새 아내가 데려온 여자아이뿐이야. 내가 그 사실을 미처 깨닫지 못한 거지. 아버지와 얘기한 적이 없으니."

나는 종종 사람의 미묘한 감정에 대해 둔하다는 말을 듣는다. 그리고 지금도 호타루 아버지가 이해되지 않아 약간 당혹스럽다. 호타루의 부모가 이혼한 것은 호타루가 스무 살 때쯤이다. 새로운 가정이 생겼다고 해서 20년이나 함께 살아온 딸을, '결혼식에 갈 기분이 들지 않는다'며 딱 잘라버릴 수 있을까?

"아버지는 어떤 분이셔?"

"보고 싶어? 책만 보고, 꿈만 꾸는 제멋대로인 남자야."

호타루가 입은 상처가 나에게도 전해진다. 나는 다시 호타루를 가슴에 껴안았다.

내 허리뼈를 손바닥으로 감싼 채 호타루는 잠이 든다. 호타루의 손가락 틈으로 검은 도마뱀이 얼굴을 내밀고 있다.

나는 이 세상에서 단 한 사람, 이것과 똑같은 그림을 피부에 새기고 있는 여자를 생각한다. 생각하면서 호타루의 등을 쓰다듬는다. 그 여자보다도 등뼈 주위에 하얀 지방이 많아서 나는 호타루를 좋아한다. 호타루와 함께 잠들면 꿈을 꾸지 않을 때도 많다.

몸의 피로에 이끌리듯 잠이 들었다가 가뿐하게 아침을 맞았다. 자명종 시계는 역시 울지 못한 채 침묵을 강요당한다. 나는 누군가가, 혹은 뭔가가 잠든 나를 깨우는 것을 참지 못한다.

호타루는 내 방에서 출근했다. "내일부터 미국 출장이야. 일주일 뒤에 돌아올 거니까, 그 일 잘 부탁해"

하는 말을 남기고. 나는 호타루를 보낸 후 옷을 갈아
입고 익숙한 길을 지나 근무지인 학교로 향했다.

호타루의 부탁을 들어주는 꼴이 되어버렸지만, 알
지도 못하는 여자아이의 죽음에 얽힌 사정을 화학교
사가 상세히 조사할 능력이 있을 리 없다.

우선 직원회의가 시작될 때까지 남는 시간을 이용
하여 방과 후의 도서실에서 신문 축쇄판을 뒤적였다.
이 학교는 중·고등학교가 같이 있는 병설학교여서, 입
학시험의 논술대책 용도로 매달 신문 축쇄판을 구입
하여 학생들이 볼 수 있게 비치해놓고 있다. 비슷한
기사가 실려 있지 않을까 하고 작년 8월 말의 신문부
터 순서대로 넘겼다.

9월 중순의 신문 사회면에서 마침내 찾던 이름을
발견했다. 두 개였는데, 둘 다 아주 짤막한 기사였다.

【(유스이 해변 익사 사고) 16일 오후 5시경, 엠티를 온

○○대학교 학생들이 바다에서 놀던 친구의 모습이 보이

지 않는다고 신고해 왔다. 행방불명된 사람은 동 대학

1학년 무라카와 아야코 양(18). 경찰은 무라카와 양이

익사했을 가능성이 높을 것으로 보고 수색하고 있다.】

【(행방불명 여대생, 사체로 발견) 18일 오후 1시경, 행방불명됐던 ○○대학교 1학년생인 무라카와 아야코 양 (18)이 유스이 해변에서 동쪽 200미터 지점의 바다 속에서 사체로 발견됐다. 경찰에서는 사건과 사고 양쪽의 가능성을 모두 염두에 두고 수사하고 있다.】

직원회의가 끝난 뒤에도 도서실로 돌아와 축쇄판을 계속 뒤졌다. 연말의 기사까지 모두 조사했는데, 그 후로는 무라카와 아야코의 익사에 관한 속보가 실려 있지 않았다.

그렇다면 어떻게 된 일일까? 축쇄판을 책꽂이에 다시 꽂아놓는다. 도서관에는 이제 아무도 없다. 그러고 보니 사서가 뭐라고 했던 것 같기도 하다. 문득 대출 카운터 쪽을 보니 열쇠다발이 놓여 있었다. 문단속을 하고 가라는 말이었구나.

호타루의 의붓여동생이 작년에 바다에서 죽었다는 것은 틀림없는 사실이다. 하지만 사체가 발견된 후에 경찰이 사건과 사고 양쪽에 모두 가능성을 두고 수사했던 것은 어째서일까. 뭔가 의심스런 점이 있었던 것일까? 더 이상의 속보 기사가 없어서 최종적으로 사고라고 단정 짓기까지의 경위가 불투명하다. 호타루가 말했던 '묘한 소문'이라는 것도 아마도 이 때문에 생겼을 것이다.

그런 생각을 하면서 복도를 지나 교무실로 돌아가 열쇠를 정해진 곳에 갖다놓았다. 아직 남아 있던 동료 교사 두세 명이 얼굴도 들지 않고 "수고했어요" 한다. 나는 "먼저 실례하겠습니다" 하고 인사를 한 후 가방을 들고 복도로 나왔다.

왼쪽 허리가 근질거리며 열이 난다. '자, 불러. 나를 불러' 하고 검은 도마뱀이 속삭인다. 속삭일 때마다 코발트블루색의 혀로 내 피부를 날름날름 핥는다.

호타루는 내가 대학에 다닐 때 뭘 했는지 대강 알고 있다. 당연하다. 같은 동아리에 있었으니 소문 정도는 귀에 들어갔을 것이다. 알고 있었기 때문에, 무슨 연고가 있으리라 생각하고 나에게 조사를 부탁한 것이다. 호타루는 잔혹하다. 하지만 나는 그녀의 기대에 부응하지 않으면 안 된다. 호타루를 잃고 싶지 않으니까. 나는 언제까지고 호타루의 등을 애무하고 싶고, 언제까지고 호타루의 손바닥에 감싸인 채 잠드는 시간을 놓치고 싶지 않다.

왼쪽 허리의 열이 참을 수 없는 지경이 되어 나는 허리뼈를 손으로 누르며 낮게 신음했다. 역에 도착한 후에 하려고 했지만, 지금 당장 행동으로 옮기지 않고서는 도저히 참을 수 없다. 빨리, 자, 빨리. 속삭임은 이제 술렁거림이 되어 내 몸을 기어다니고 있다.

학교 로비에 있는 핑크색 공중전화의 수화기를 든다. 로비는 이미 불이 꺼져 어두컴컴하다. 가방에서 수첩을 꺼낼 것까지도 없이 아직 손가락 끝이 기억하고 있는 번호를 눌렀다.

"예, 니와 흥신소입니다."

젊은 남자의 퉁명한 목소리가 나온다.

"에바다 씨 계십니까? 저는 이치가와 리쓰라고 합니다."

남자는 침묵으로 경계심을 표현했다. 이대로 끊기면 곤란하므로 말을 덧붙인다.

"에바다 미쓰루 씨 부탁합니다. 이름을 전해주시면 알 겁니다."

남자는 아무 말도 없이 보류음으로 바꿨다. 보류음으로 나오는 미키마우스 테마곡이 흥신소 이미지와 어울리지 않아 웃음이 났다. 한참 기다린 것 같다. 그러는 동안 나는 줄곧 몸을 감싸듯이 허리에 오른팔을 두르고 있었다. 검은 도마뱀이 꿈틀거리고 간질거리는 감촉을 손바닥으로도 음미할 수 있었다.

찰칵 하고 회선이 바뀌는 소리가 나더니 이윽고 "에바다야" 하고 에바다가 나왔다. 윤기가 돌지만 낮게 죽인 목소리이다.

나는 "이치가와입니다" 하고 내 이름을 말했다.

"놀랍군, 정말 리쓰냐? 왜 죽어가는 소리야, 너?"

'허리의 문신이 가려워서 견딜 수 없기 때문입니다'라고 말할 수는 없다. "오랜만입니다"라는 말만 했다.

"급한 일이냐?"

"조금요. 조사를 부탁할 게 있습니다만."

부스럭거리는 소리가 희미하게 귀에 들렸다. 아마 에바다가 메모장을 가까이 끌어당기는 소리일 것이다.

"작년 9월 18일에 유스이 해변에서 사체로 발견된 무라카와 아야코. 18세. 그 여자의 죽음이 익사로 판명될 때까지의 경위. 가능하면 증언을 해줄 교우관계도. 특히 대학에서 가입한 동아리."

"어이, 리쓰."

펜이 책상 위로 구르는 소리가 났다. "나는 네가 여

자와 헤어진다면 무슨 부탁이든 딱 한 번만 들어주겠다고 했어. 근데 그 부탁이 이런 시시한 거라도 괜찮냐?"

"그렇게 시시하지도 않습니다. 제 결혼이 걸려 있습니다."

에바다가 '캬캬' 웃는 소리가 잦아들기를 기다렸다가 물었다.

"언제쯤이면 조사가 끝나겠습니까?"

"내일 밤 9시에 '도라쿠'. 오랜만에 얼굴이나 보자."

만나고 싶지 않았다. 에바다의 목소리를 듣는 동안 아까부터 그 여자의 창백한 등이 눈앞에 아른거려서 미치겠다. 그렇게 생각한 까닭인지 허리에 새겨진 도마뱀도 차가운 피를 꼬리뼈 끝에까지 순환시켜 퉁퉁 부은 것처럼 느껴진다.

"리쓰, 너 지금 어디서 걸고 있냐?"

"학교입니다. 저, 교사가 됐습니다."

경련에 가까운 웃음소리와 함께 전화는 일방적으로 끊겼다.

나는 직원용 화장실에 들어가 자위를 한 후 진짜로 학교를 나왔다.

그날 밤, 또다시 꿈속에서 전철을 탄 나는 정신을

차리고 보니 중국집 주방에 서 있었다. 이곳은 '도라쿠'이다. 에바다 때문에 이런 꿈을 꾸는 것이다. 나는 주방을 둘러본다. 주방장의 모습은 보이지 않는다.

예전에 자주 다녔던 가게라고는 하지만, 실제로 주방 안까지 들어가본 적은 없어서 나의 뇌는 학교 조리실을 대용으로 선택한 것 같았다. 바닥에는 리놀륨이 깔려 있고, 평평한 하얀 벽의 정면에는 칠판이 달려 있다. 그 옆에 놓인 은색의 영업용 대형 냉장고가 낮은 모터 소리를 울리고 있다.

다가가서 냉장고 문을 열자 가운데 칸 선반에 새파랗게 차가워진 여자가 들어 있었다. 얼굴은 보이지 않는다. 비좁은 듯 동그랗게 구부린 등에 아름다운 뼈가 비쳐 보인다. 손가락 끝으로 더듬어보고 싶은 충동을 참으며 못 본 척 문을 닫으려 했다. 이것으로 꿈에서 깨어날 것이다, 분명.

그런데 오늘밤은 어찌된 영문인지, 닫히는 문에 저항하듯이 여자의 오른쪽 다리가 냉장고 선반에서 불거져 나와 덜렁거렸다. 어떡하든 다리를 구겨 넣으려고 했지만, 문에 끼여서 제대로 되지 않았다. 차가운 여자의 피부를 거칠게 잡은 나는 뭔가에 손가락 끝을 물려 황급히 손을 뗐다.

여자 허벅지의 검은 도마뱀. 빨갛고 작은 눈이 나를 올려다보며 "몇 번이고, 몇 번이고 떠올릴 거야" 하고 말한다. 도마뱀은 어찌된 영문인지 에바다의 목소리로 말한다.

교무실에서 학생의 질문에 대답하다가 왼손 검지에 작은 생채기가 난 것을 발견했다. 모르는 사이에 종이에 베인 것 같다. 그렇게 생각했지만, 꿈에서 도마뱀에게 물린 일이 자꾸 떠올라 파지 뒷면에 화학식을 쓰다 말고 손을 멈췄다.

설명이 끝났는데도 그 학생은 좀처럼 가려고 하지 않는다. 왜지? 생각하며 올려다보니 "선생님은 왜 화학을 선택하셨어요?" 하고 묻는다. 왜 그런 것을 알고 싶은지 모르겠다. '못 들은 척할까' 하고 재색 사무용 의자를 일부러 삐거덕거렸을 때 '그러고 보니 이 학생은 대학에서 화학을 전공하고 싶다고 말했지' 하는 생각이 퍼뜩 떠올랐다.

진로에 대해 갈등이 있다면 선생인 나에게 상담을 할 수밖에 없다. 옆에 서 있는 학생과 마주 보려고 의자를 돌렸다.

"나한텐 선택했다는 말이 별로 맞지 않아요. 선택한다는 말을 사용해 굳이 표현하자면 소거법의 결과였지요."

좀 더 이야기를 계속해야 할까. 무릎 위에 올려놓고 있던 손에서 시선을 들어 표정을 살핀다. 학생은 진지하게 나를 쳐다보고 있었다.

"나는 사람의 감정이 관련된 학문은 질색이랍니다. 예술은 물론, 정치도, 경제도 안 맞아요. 그렇다 보니 이과밖에 없더군요."

"이과라도 의사선생님은 선생님한테 안 맞을 것 같아요."

학생이 말했다.

"예. 생물도 안 맞습니다. 인간도 생물이니까. 다음은 비교문제로, 수학과 물리보다도 화학이 내 적성에 맞는다고 판단했을 뿐입니다. 탄소나 산소는 특별한 감정이 있어서 결합하는 게 아니니까."

학생은 만족했는지 "고맙습니다, 선생님" 하고 참고서를 팔에 안았다.

"'그냥 화학이 좋아서'라는 이유만으로 진로를 정해

서요. 소거법이라도 괜찮다는 걸 알아서 안심했습니다."

그러고 보니 나는 예전에 그 여자와 파충류처럼 장시간 지칠 줄 모르고 결합해 있었지만, 이제는 결코 그 당시의 특별한 감정을 가슴속에 되살릴 수가 없다. 나는 입술 끝만 움직여 희미하게 웃는다. 그런데 지금도 생각날 때마다 자위를 해버릴 정도의 쾌락은 뇌 속의 어떤 화학반응 때문일까.

사람은 탄소로 이뤄져 있지만, 탄소에는 감정이 들어 있지 않다. 그것은 단지 '어쩌다 보니' 사람의 모양을 이루고 있을 뿐이다.

'도라쿠'는 번화가 한구석에 있는 2층 건물의 작은 중국집이다. 자동문을 통해 안에 들어간 순간, 카운터에 앉아 있던 할머니가 턱으로 계단을 가리켰다.

1층은 퇴근하는 샐러리맨들로 붐볐지만, 2층에는 아무도 없다. 제일 안쪽의 4인용 자리에 앉는다.

9시에서 7분쯤 지났을 즈음, 에바다가 계단을 올라왔다. "여어" 하면서 내 옆을 지나 테이블을 사이에 두고 벽을 등진 맞은편 자리에 앉는다. 계단도, 창밖도 시야에 들어오는 자리이다. 나는 에바다가 언제나

이 테이블, 이 자리에 앉는다는 것을 기억하고 있었다.

에바다는 자리에 앉는 시간을 재어서 올라온 종업원에게 "칭타오 맥주 두 병. 야채볶음으로 아무거나 한 가지" 하고 주문했다. "그다음은 자네가 적당히 주문해."

회사원처럼 보이는 양복 차림의 에바다는 물수건으로 꼼꼼히 손을 닦았다. 나는 메뉴를 음미하는 척한 후 "계란볶음밥"이라고 말했다. 종업원이 물러간 후 에바다는 웃었다. 이것은 나와 에바다가 자주 얼굴을 대하던 시절에 서로 간에 정했던 역할 분담이다. 에바다는 자신이 좋아하는 계란볶음밥을 절대 직접 주문하지 않는다. '계란볶음밥'이라고 하면 스타일이 구겨진다고 생각하는 것이다. 상황에 따라 싸구려 양복 입는 것도 마다하지 않으면서 요리 주문에 대해서는 신념이 있는 것 같다.

맥주와 피단이 신속하게 나왔다. 우리는 건배도 하지 않고 자작으로 마시기 시작했다.

에바다는 지도와 실제거리를 비교하는 듯한 눈으로 나를 관찰하더니 젓가락을 흔들었다. 마치 수맥을 탐지하는 도구라도 되는 듯이.

"리쓰, 너 그 차림으로 여학교 선생을 하고 있냐?"

부탁한 것 말고도 내가 다니는 학교에 대해서까지 멋대로 조사한 것 같다. 나는 턱을 당겨 내 차림을 점검한 후 "어디가 이상한가요?" 하고 물었다.

"넥타이는 바짝 매야지. 그리고 양복도 검은색은 입지 마."

에바다는 피단의 흰자 부분만 먹고, 노른자는 모두 내 접시에 젓가락으로 던져놓는다. "살길이 막막해서 냉혹한 살인청부업자로 전직한 정부(情夫)처럼 보여."

나는 넥타이를 풀어서 양복 주머니에 넣었다. 종업원이 야채볶음과 계란볶음밥, 그리고 차를 쟁반에 담아 가지고 올라왔다. 종업원은 요리를 테이블에 늘어놓은 후 겨드랑이에 끼고 있던 서류봉투를 에바다에게 건넸다. 봉투는 에바다를 거쳐 나에게 건네졌다.

봉투 안에는 무라카와 아야코의 익사에 관한 서류가 들어 있었다. 석 장째까지는 수사자료였다. 복사본이라 선명하지는 않지만, 바다에서 끌어올린 사체의 사진을 앞에 요리를 두고서 보고 싶지는 않다. 재빨리 종이를 넘기자 넉 장째는 관계자의 주소록이었다. 나머지 종이다발은 대학노트를 복사한 것이었다. 어느

페이지에나 일그러지고 가는 필체의 글씨가 **빽빽**이 적혀 있다.

"이게 뭔가요?"

"살인청부업자의 일기."

에바다가 야채볶음을 먹으면서 대답했다. "해변에는 반듯하게 벗어놓은 아야코의 구두와 그 대학노트가 남겨져 있었다는군. 노트 내용은 맞은편 아파트에 사는 2인조 살인청부업자가 표적인 무라카와 아야코를 매일 관찰한 기록."

"그래서 경찰은 사건과 사고 양쪽 다 가능성이 있다고 보고 조사한 거군요?"

"맞아, 살인청부업자도 말이야."

에바다는 어깨를 흔들며 웃었다. "그런 일을 하는 녀석들을 모르는 건 아니지만, 좀 황당하더군. 다만 조사하는 데에는 좀 시간이 걸렸지. 먼저 노트에서 아야코의 지문이 나오지 않았어. 장갑이라도 끼고 썼겠지. 필체도 고의로 흐트러지게 쓴 탓에 감정하는 데 시간이 걸렸어. 아야코는 엠티를 가기 전에 자기 방에서 필체를 알 만한 것들은 모두 버리고 갔어. 메모 한 장 남기지 않고 전부 처분했지."

나는 자료를 원래대로 서류봉투에 넣고서 "그래서요?" 하고 결론을 재촉했다. 에바다는 맥주를 다 마시고 담배에 불을 붙였다.

"살인청부업자의 일기는 무라카와 아야코의 창작이야. 당연하지? 약간 불확실한 게 있긴 하지만, 무라카와 아야코의 죽음은 사고의 선에서 결론지어졌어. 나는 자살에 가깝다고 생각하지만."

겨우 이 정도로 호타루가 만족해할까.

에바다는 바쁜지 담배를 다 피우자 바로 자리에서 일어났다. 나는 서류봉투를 가방에 넣고 "고맙습니다" 하고 머리를 숙였다. 내가 먼저 일어서서 좁은 계단을 내려간다.

에바다는 카운터에서 발을 멈추지 않았다. 나도 계산을 하지 않는다. 통로에 얼핏얼핏 보이는 힘이 세 보이는 남자들. 그중 누군가가 이미 계산을 마쳤을 테니까.

"그러고 보니, 리쓰."

가게를 나왔을 즈음에 에바다가 뒤에서 말을 걸어왔다. "결혼 축하선물로 뭐가 좋지? 생각해 둬."

나는 침묵을 지켰다. 에바다는 추월하듯 나를 지나

어깨를 가볍게 치더니 인파 속에 섞여 역 쪽으로 사라
져 갔다.

  이명인가 생각했는데, 전화벨 소리이다. 샤워를 하
다 말고 욕실에서 나왔다. 수화기 저편에서 호타루가
말했다. "벌써 자?"

  "아니."

  몸에서 떨어지는 물로 바닥이 흥건히 젖었다. 나는
수화기를 든 채 서랍장에서 타월을 꺼내 한 손으로 머
리를 닦았다.

  "미국에서 거는 거야?"

  "응. 샌프란시스코. 아침 여섯 시 반."

  '전라 상태로 애인과 전화를 하는 것도 묘하네' 생
각하면서 다시 서랍장을 뒤진다.

  "여보세요? 리쓰, 들려?"

  "들려. 부탁한 것 좀 조사해봤어."

  "어땠어?"

  "무라카와 아야코는 아무래도 자살에 가까운 사고
로 사망했다."

  나는 에바다의 말을 그대로 흉내 내면서 한 손으로

팬티와 잠옷 바지를 다 입었다. 흥건한 물을 피해 바닥에 앉아 침대에서 끌어내린 이불로 몸을 둘둘 만다.

"아아."

호타루는 맞장구인지 탄식인지, 분명치 않은 소리를 냈다. "전화했을 때 아버지가 얼핏 말했어. 동생의 죽음은 단순한 사고가 아니라고. 동생 친구들 사이에서는 소문이 난 것 같아. 자살이니 타살이니 하면서."

"그게 네가 말한 '묘한 소문'?"

"응. 아버지는 딸이 죽고 1년이 지난 지금도 그 일로 신경이 곤두서 있는 것 같았어."

어째서 그런 소문이 퍼졌는지는 이해할 수 있다. 기묘한 내용의 대학노트가 해변에 남겨졌기 때문이다. 그러나 알 수 없는 것은 호타루였다.

"넌 어째서 얼굴도 모르는 여자애의 죽음에 연연하는 거야?"

해저 케이블이 물고기들에게 다 뜯겨버렸나 싶을 정도로 호타루는 한참을 침묵했다. 나는 멍하니 기다렸다.

"언제나 상상했어."

호타루가 입을 열었다. "아버지는 새로운 가족과 어

떤 생활을 하고 있을까. 아버지의 새 딸들은 어떤 식으로 아버지와 대화하고, 웃고, 싸우고 할까. 상상할 때마다 나는 마음 한구석으로 생각했어. 엄청난 불행이 아버지와 그 가족한테 찾아오면 좋을 텐데 하고."

"네가 아무리 그런 생각을 한다 해도, 불행은 그것과 상관없이 일어나."

"그렇지."

호타루는 힘없이 웃는 것 같았다. "하지만 나는 알고 싶어. 내가 거의 매일 그런 생활을 상상하지 않을 수 없었던 여자아이가 실제로 무엇을 생각하며 살았으며, 왜 죽어버렸는지를."

'내주 초에 돌아갈 거야' 하고 호타루는 말했다. 나는 수화기를 내려놓고서 아직 상반신이 맨몸이라는 걸 깨닫고 얼른 잠옷을 걸쳤다.

호타루를 사로잡고 있는 것은 무엇일까. 호기심? 근거 없는 죄책감? 그럴듯한 말은 떠오르지만, 호타루의 마음을 제대로 읽은 것 같지는 않다. 지구상에 존재하지 않는 원소의 이름을 부르짖는 것처럼 삭막하고 공허하기만 할 뿐이다.

호타루의 목소리가 귀에서 사라지자 허리의 도마뱀

이 자기 존재를 주장하기 시작한다. 자고 싶지 않다고 발악해도, 어차피 곧 꿈의 파도에 삼켜질 테니 저항은 허무하다. 물이 흥건한 바닥을 내버려둔 채 침대로 들어간다.

나는 '도라쿠'에 혼자 나타난 에바다를 보고 안도와 낙담을 동시에 느꼈다. 어쩌면 에바다가 그 여자를 데리고 오지 않을까, 마음 한편으로 기대하고 있었던 것 같다. 그런 일이 일어날 리 없는데.

나는 대학에 다니던 시절, 애인의 애인이었다. 즉 '돈으로 둘러싸인 여자'를 '진심으로 사랑한 인간'이었다.

유질물(流質物, 전당포에 맡겼다가 계약기간이 되도록 찾아가지 않은 물건—옮긴이)을 세일판매 중이던 백화점 행사장에서 그 여자와 만났다. 아르바이트 점원과 손님으로서.

물론, 처음에는 여자의 직업이 애인 도우미라는 것을 눈치 채지 못했다. 다만, 너무나 아름다운 사람이라고 생각했다. 여자는 구입한 물건을 배송해달라고 부탁하며 명함을 내 손에 쥐어주었다. 직책도, 뭣도 없이 주소와 전화번호와 이름만 인쇄되어 있었다. 평범한 명함보다 한 치수 작은, 광택이 나는 종이였다. 계산대에서 여자 대신 택배 전표에 필요사항을 기입한 후에도 나는 그 명함을 버리지 않았다.

나는 거의 매일처럼 여자의 맨션에 드나들게 되었다. 맨션과 여자의 생활상을 보면 여자가 누군가의 애인이라는 것은 이내 알 수 있다. 나는 그래도 전혀 개의치 않았다.

여자는 하루의 대부분을 몸을 아름답게 다듬는 일과 쇼핑과 섹스로 보내고 있었다. 애인이라는 직무에 충실한 것이다. 스스로도 천직이라고 말하고 있었다. 나는 여자와 함께 돌아다닐 입장이 아니어서, 시간이 남아도는 여자를 즐겁게 하기 위해 방에서 오로지 섹스만 했다.

여자의 등은 얇고 얼룩 하나 없이 매끄러웠다. 오른쪽 허벅지에는 검은 도마뱀을 키우고 있었다. 빨간 눈을 한 그것에 키스를 하면 여자의 몸은 바짝 긴장했다. 섹스를 하면서 거기에 입술을 댈 수 없다는 것이 나는 견딜 수 없이 안타까웠다.

여자의 고용주인 '사장'은 그 여자 말고도 애인을 둘이나 더 데리고 있는 것 같았다. 사업이 아주 바빠서 애인들을 관리하는 일은 에바다가 맡고 있었다. 에바다 역시 애인의 관리인이라는 직업이 천직 같은 사람이었다. 여자를 안지 않기 때문이다.

에바다는 여자의 품질이 사장을 만족시킬 만한 수준을 유지하고 있는지, 항상 점검과 확인을 게을리하지 않았다. 사장이 불쑥 들를 때 여자가 부재중인 일이 없도록 사전에 일정표를 조정하고, 사장의 부인에게 애인 이름으로 세련된 명절선물을 보내기도 한다. 애인인 여자는 본처에게 깍듯이 예의를 다해야 한다는 것이 에바다의 방침이었다. 애인들의 충실한 몸종이자 냉철한 참모 역할. 사장과 애인 사이를 오가는 이중 스파이이기도 했다. 지루함에 지친 여자들은 에바다를 자극을 주는 존재로 존중하는 것 같았다.

왠지 모르지만, 에바다는 나를 마음에 들어 했다.

처음 에바다와 얼굴을 마주친 것은 나와 여자가 킹사이즈의 더블베드에서 인체의 유연함을 극한까지 추구할 각오로 땀을 흘리고 있을 때였다.

여벌 열쇠로 소리도 없이 침실에 들어온 에바다가 그 순간 몸을 움직이다 멈춘 우리를 보고 "계속해" 하더니 담배를 피우기 시작했다. 나는 '내 목숨도 드디어 오늘로 끝이구나' 생각하고 우주 어딘가에서 초신성이 폭발해도 이상하지 않을 정도의 애정과 정열을 담아 여자를 안았다.

나와 여자는 살이 녹지 않을까 싶을 만큼 땀투성이가 되고 나서야 몸을 뗐다. 나는 비틀비틀 옷을 입었고, 여자는 아무 말도 없었다. 에바다는 어느새 침실에서 나와 거실에서 텔레비전을 보고 있었다. 나는 에바다에게 말했다.

"저 여자를 사랑합니다." 그러자 에바다는 "사랑이고, 뭐고, 좋아. 사장한테 들키지나 마" 했다. 여자는 웃으며 샤워를 하러 갔다. 나와 에바다와 여자는 그 후 1년이 넘도록 똑같은 비밀을 품고서 맨션의 한 방에서 즐기게 되었다.

에바다는 가끔 나와 여자가 서로 사랑하는 장면을 구경했다. 여자가 싫어하지 않아서 나도 에바다를 신경 쓰지 않기로 했다.

에바다는 여자에게 부탁받은 쇼핑을 하러 나온 길에 학교까지 나를 데리러 왔다. 에바다가 일부러 '너무도 좋은' 차를 타고 데리러 와서 내 친구들과 지인들은 모두 갖가지 억측을 했다. 그들의 억측은 대부분

빗나가지 않았다.

개중에는 눈썹을 찡그리며 "너, 뭐하는 거냐. 괜찮아?" 하고 묻는 사람도 있었다. 나는 아무것도 숨기지 않고 "애인의 애인을 하고 있어"라고 대답했다. 당당하게 행동하는 것이 여자에 대한 사랑을 증명하는 것이라고 생각했다.

나는 클랙슨 소리를 높이 울리며 신호를 보내는 고급 외제차에 만인의 시선을 모으며 올라탄다. 차 안에는 대개 에스테틱 살롱에서 파는, 한 병에 몇 만 엔이나 하는 화장품 병과 브랜드 로고가 큼직하게 인쇄된 가방 등이 산더미처럼 실려 있다. 나는 그것들 틈새를 가르고서 자리에 앉는다. 운전석의 에바다는 그런 나를 보고 안쓰러워하면서도 재미있어하는 듯한 미소를 띠고 있었다.

에바다가 세심한 주의를 기울인 덕분일까. 사장과 마주치는 일도, 사장이 내 존재를 눈치 채는 일도 없었다.

나는 갈수록 '나 자신이 그림자가 아닐까' 하는 생각이 들었다. 여자가 원할 때 차에 실려 방까지 배달되는 환영. 여자가 욕망하는 대로 쾌락을 주고 사랑을 속삭이는, 갖고 놀기에 적당한 장난감.

그렇지 않다고 생각하고 싶었다. 나는 내 사랑을 증명하고 평생 충성을 맹세하기 위해 여자에게서 들은 문신 시술자를 찾아갔다. 여자의 허벅지에 있는 도마뱀과 같은 문양의 문신이 내 왼쪽 허리에도 생겼다. 그것을 알고 에바다는 언짢아했다. 나와 여자의 관계가 문신 시술자를 통해 말이 새어나가면 곤란하다고 생각한 것이다.

그러나 여자는 내가 자신과 같은 무늬의 문신을 가졌다는 것에 만족했다. 그래서 나는 여자에게 말했다. "여길 나가서 함께 살아요." 여자의 대답은 이랬다.

"널 따라갈 순 없어. 넌 분명히 내가 남의 애인이었던 걸 몇 번이고 몇 번이고 떠올릴 거야. 그리곤 나와 함께 있는 걸 후회할 거야. 그래서 따라갈 수 없어."

나는 그런 일은 없을 것이라고 몇 번이고 애원했지만, 여자는 절대 수긍하지 않았다.

"슬슬 때가 온 것 같군."

에바다가 말했다. 에바다는 여자의 지루함을 달래준 답례로, '필요할 때 딱 한 번 힘이 되어주겠다, 여자와 손을 끊고 맨션에는 두 번 다시 접근하지 마라'

라고 약속하고는 나를 현실세계로 내던졌다.

　나는 여자의 본심이 어디에 있었는지 아직 모른다. 우아하고 나태한 생활을 버리고 싶지 않았을 뿐만 아니라 어쩌면 여자는 에바다를 좋아했을지도 모른다고 생각한다.

　허리의 도마뱀만 남았다. 여자와 보낸 날들이 꿈같다. 아니, 악몽 같다. 그리고 여자는 지금도 꿈속에서 나를 기다리고 있다.

　주말에 무라카와 아야코가 살던 아파트에 가보았다. 에바다가 준 자료로 주소를 확인하면서 주택가로 들어섰다. 자갈이 깔린 단지 안에 낡은 아파트 두 동이 쌍둥이처럼 나란히 서 있었다.

　요즘 세상에 이렇게 낡은 아파트에 선뜻 살고 싶어 할 학생은 없을 것이다. 창에 처진 커튼으로 판단하건대, 입주율은 80퍼센트 정도 되는 것 같다. 무라카와 아야코의 방이었던 1동 201호도, 그 맞은편인 2동 201호도 비어 있었다.

　무라카와 아야코가 죽었을 때 남긴 노트의 내용을 믿는다면 201호에는 '살인청부업자' 시부야 준스케가 잠복하여 아야코의 일상을 빠짐없이 관찰하고 있었다. 나는 2동의 녹슨 바깥 계단으로 올라가 통로에서 방 안을 들여다보았다. 부엌 바닥에 먼지가 뽀얗게 쌓여 있었다.

아파트 부지에서 나온 나는 옆집 인터폰을 눌렀다. 중년 여자의 목소리가 "예" 하고 대답했다.

"죄송합니다만, 이 근처에서 방을 구하고 있는데, 옆 아파트의 연락처를 아십니까?"

"아마 역 앞 다나베 부동산일 거예요. '빈 방 있음'이라는 간판이 걸려 있죠?"

계단 난간에 걸려 있는 간판은 조금 전에 나도 보았다. 나는 본론을 꺼내기 위해 흘끗 아파트를 돌아보았다.

"여기서 봐서 2층 제일 왼쪽 방. 저 방은 언제부터 비어 있나요?"

"1년 가까이 아무도 들어가지 않았을걸요. 어쨌든 오래됐어요. 아마 부동산에서 대환영할 거예요. 바로 입주할 수 있어요."

끊긴 인터폰에 대고 "감사합니다" 하고 말했다.

에바다는 살인청부업자라는 것은 황당하다고 말했

다. 주소는 수사 당시의 것으로, 시부야 준스케는 아마 무라카와 아야코가 죽고 나서 바로 이사를 간 것 같다. 죽은 사람이 살았던 방의 창을 바라보며 사는 것을 견딜 수 없었던 것일까.

물론 경찰은 시부야 준스케에 대해 무혐의라고 판단했다. 하지만 만약 그 판단이 잘못된 것이고, 시부야 준스케가 정말로 방에 동료를 끌어들여 무라카와 아야코를 관찰했다면? 노트가 정말로 시부야 준스케가 쓴 것이라면? 그런 식으로 생각하면 이 흔한 사고사도 드라마틱한 양상을 띠게 된다.

무라카와 아야코는 그냥 사라지는 것이 싫었던 것일지도 모른다. 남겨진 사람에게 '자신'이라고 하는 이야기를 새겨두고 싶었을지도 모른다. 나는 허리의 도마뱀을 만진다. 내가 평생 사라지지 않을 이 도마뱀에 의지하여 질리지도 않고 몇 번이나 꿈속으로 빠져들 때마다 무라카와 아야코의 죽음도 노트의 글씨들 사이에서 관계자의 마음속에 수수께끼가 되어 몇 번이고 되살아날 것이다.

왜 죽었을까. 본인도 예기치 못한 불행한 사고였을까, 스스로 선택한 죽음이었을까. 그렇잖으면 누군가에게 살해된 것일까. 남은 자는 언제까지고 대답이 돌아오지 않는 물음을 계속 던진다.

길을 걸어가면서 가방에서 꺼낸 관계자 명단을 살펴보았다. 노트에 등장하는 인물 중에서 가장 먼저 만나 이야기를 들어봐야 할 대상은 시부야 준스케이다. 이사를 했다고 해도, 같은 구내지역이니 번호는 바뀌지 않았을 것이다. 나는 역 앞 공중전화에서 살인청부업자 역할을 한 남자의 번호로 전화를 걸어보았다. 짧게 신호가 가더니 이내 자동응답으로 바뀌었다. 포기하고 수화기를 내려놓았다. 이번에는 무라카와 아야코의 친구인 사하라 나오에와 접촉을 시도했다. 한낮이 지났건만, 사하라 나오에는 자다 깬 목소리로 전화를 받았다.

"사하라 씨입니까? 저는 무라카와 아야코의 고등학교 시절 담임이었던 마루야마라고 합니다. 얼마 전, 무라카와 아야코가 세상을 떠났다는 이야기를 듣고 너무 놀라서…… 부모님을 찾아뵈었더니 대학에서 가장 절친한 친구는 사하라 씨라고 연락처를 가르쳐주셨습니다. 괜찮다면 이야기를 좀 들을 수 없을까요?"

사하라 나오에는 잠시 침묵한 뒤에 두 정거장 더 떨

어진 역 근처의 카페를 알려주었다.

이른 오후 시간이라 카페 안은 텅 비어 있었다. 나는 젊은 여자가 문을 열고 들어오는 것을 보고 자리에서 일어났다. "사하라 씨인가요?" 하고 말을 걸자 사하라 나오에는 다가오면서 고개를 끄덕이는 건지, 인사하는 건지 모호한 동작을 보였다. 나는 '에이와 고등학교 마루야마 아키라'라고 새겨진 명함을 건넸다. 교원 연수회에 갔다가 다른 교사들과 교환했던 명함들 중에서 적당히 골라잡은 것이다. 사하라 나오에는 어색하게 명함을 받아들었다. 우리는 테이블을 사이에 두고 자리에 앉았다.

사하라 나오에는 커피를 주문했다. 나는 그녀가 처음 만난 자리라서 나와 같은 커피로 주문했나 싶어서 "아직 식사를 안 하셨으면 뭘 좀 드시죠" 하고 말했다. 그녀는 고개를 가로젓고는 그대로 침묵했다. 커피가 나온 것을 기회로 나는 다시 입을 열었다.

"쉬고 계신데, 불러내서 죄송합니다. 저는 무라카와가 고등학교 1학년 때 담임을 했습니다. 사정이 있어서 에이와 여고에서 바로 전근을 갔습니다만, 무라카와는 신참이었던 제가 처음 맡은 반 학생이었습니다."

혹시 내가 한 말이 앞뒤가 맞지 않을까 싶어 확인하느라 나는 커피를 마시며 뜸을 들였다. 사하라 나오에는 묵묵히 다음 말을 기다렸다.

"얼마 전, 동료였던 교사를 오랜만에 만났다가 무라카와가 세상을 떠났다는 말을 들었습니다. 그리고 좀 마음에 걸리는 얘기도 들어서."

"마음에 걸리는 얘기라니요?"

"무라카와의 죽음이 사고가 아니었다는."

사하라 나오에는 웃는 것 같았다.

"마루야마 선생님은."

"저는 당신의 선생님이 아니니까 '선생님'이라는 호칭을 붙이지 않아도 괜찮습니다."

"마루야마 씨는."

사하라 나오에가 바로 말을 고쳤다. "정말로 선생님이세요?"

"왜요?"

"저 같은 학생한테 그렇게 정중한 말투를 쓰는 선생님은 처음이어서요."

"저는 항상 이렇습니다."

"자기 학생한테도요?"

"자기 학생한테도요."

그것은 사실이다. 사하라 나오에는 그제야 커피에 입을 대며 "특이하시군요" 했다.

"아야코는 사고로 죽었어요. 그 밖에 뭐가 있다는 거죠?"

"무라카와가 죽은 해변에서 대학노트가 발견됐다더군요. 동아리 회원 중 한 사람이 살인청부업자라는 내용이 담긴. 보셨습니까?"

"그런 걸 어떻게 아세요? 혹시 형사?"

"설마요. 꽤 여러 사람들이 아는 사실 아닌가요? 소문이 나서."

내 말의 진위를 판단하려는 듯 사하라 나오에는 커피 잔 손잡이를 잠시 만지작거렸다.

"경찰에서 이것저것 질문을 받을 때 노트도 일부 읽었어요. 어째서 그 노트 속에서 시부야 선배가 살인청부업자 되어 있는지 도저히 이해할 수 없었어요. 알게 된 거라면 아야코가 나를 싫어해서 나와 시부야 선배 사이가 엉망이 되길 원했다는 것뿐이에요."

사하라 나오에는 목소리가 떨리자 입술을 깨물고 고개를 숙였다. "그건 성공했죠. 그 일로 왠지 서먹해져서 선배와 헤어졌으니까."

"경찰은 무라카와의 죽음을 사고로 단정했습니다. 그 경위를 이야기해줄 수 있을까요?"

"그야 당연하잖아요? 시부야 선배는 평범한 대학생이니까. 선배는 참고인 조사로 몹시 지쳐 있었어요. 전혀 알지도 못하는 일이 노트에 적혀 있었거든요. 살인청부업자니 하는 건 말도 안 돼요. 노트 내용은 전부 아야코의 공상이에요."

"시부야 씨인지 누군지가 살인청부업자니 어쩌니 하는 건 그렇다 치고……."

"그러니까 그게 아니라고요."

사하라 나오에는 거칠게 항의했다.

"미안합니다. 제가 묻고 싶은 건 무라카와의 죽음은 자살이 아니었을까 하는 겁니다."

"그거야말로 영원히 알 수 없는 거잖아요."

비웃는 듯한 목소리로 말하고 나서 사하라 나오에는 차갑게 식은 시커먼 커피에 시선을 보냈다. "이상한 노트를 남겨놓고 아야코는 죽었다. 확실한 사실은 그뿐, 그 노트가 뭔지를 설명할 수 있는 사람은 이제 이 세상에 없어요. 언젠가 나한테 보여줄 생각으로 쓴 이야기였는지, 유서 대신 쓴 마지막 장난이었는지……. 자살이라고 단언할 수 없는 이상 사고로 처리할 수밖에 없겠죠."

"과연. 정말 감사합니다."

나는 계산서를 들고 자리에서 일어섰다. "당신은 분명 무라카와를 몇 번이고 떠올리겠지요."

"문득문득 생각은 나겠지요. 근데 그게 왜요?"

"무라카와는 당신이 기억해주길 바랐던 겁니다. 싫어하는 사람의 기억에 남고 싶어 하는 이는 없죠. 그렇게 생각하는 게 좋지 않을까요?"

사하라 나오에는 그제야 온화한 표정을 지으며 "그럴지도" 하고 말했지만, 나는 알고 있다. 내 말은 사하라 나오에를 위로하기 위한 것이 아니라 자기 자신에게 보내는 것임을.

언젠가 어딘가에서 우연히 그 여자를 만나는 일이 있다면 말하고 싶다. "나는 몇 번이고 몇 번이고 떠올렸어. 네가 애인이었다는 사실 말고, 너를"이라고. 이제 와서는 아무런 의미도 없지만.

저녁 무렵에 맨션으로 돌아와 보니 현관 앞에 허벅지까지 오는 높이의 네모난 상자가 놓여 있었다. 틀림없이 에바다이다. 방에 질질 끌고 들어가 상자를 열어 보니 내용물은 우산꽂이였다. 가는 금속이 담쟁이처럼 얽혀서 원기둥을 이루고, 표면에 은을 도드라지게 하여 만든 매끄러운 도마뱀 무늬가 그 사이에 숨은 그림처럼 끼어 있었다.

악취미는 아니지만, 내가 사는 방에는 어울리지 않는다.

나는 수화기를 들고 나와 흥신소의 번호를 눌렀다. 휴일에도 전화당번이 있어 요전보다도 빨리 에바다와 연결됐다.

"우산꽂이 감사합니다. 에바다 씨가 갖다놓으신 겁니까?"

에바다는 "그럴 리 있나. 애들이 했지. 나도 바쁜 사람이야" 하고 웃었다.

"괜찮지, 도마뱀? 너한테 딱 어울릴 거라고 생각해서 말이야. 결혼선물이다."

설마 정말로 축하선물을 보낼 줄은 몰랐다.

"심술이라고 생각했습니다."

"잘 써. 매일 아침저녁 현관을 지날 때마다 우산꽂이에 있는 도마뱀을 봐. 머잖아 익숙해져서 아픔도 느끼지 않게 될 거야."

"역시 심술이로군요. 도마뱀이라면 옷 갈아입을 때나 내 몸을 볼 때마다 너무 충분히 보고 있습니다."

내가 그렇게 말하자 에바다는 또 웃었다.

"이제 전화하지 말게, 리쓰."

마지막으로 그 여자가 어떻게 지내는지 묻고 싶은 마음도 들었지만, 에바다는 이미 "그럼, 이만" 하고 어느새 전화를 끊고 있었다.

물어봐야 소용없다. 그 여자는 나 같은 것은 이미 잊었다.

"건강하세요" 하고 서둘러 말한 내 목소리가 에바다에게 들렸을까.

월요일이 되어 또 언제나처럼 교단에 선다. 나는 앞으로 몇 십 년이나 더 플레밍의 왼손법칙이며 중화반응이며 화학식 계산법을 학생들에게 가르칠 것이다. 태어날 때부터 교사였던 것처럼. 여자에게 빠져든 적도, 허리의 도마뱀도, 그 모든 것이 없었던 것 같은 얼굴을 하고.

나는 실험실에서 염산에 탄산칼슘을 넣어 이산화

탄소를 발생시키는 순서에 대해 설명한다. 염산을 따르다가 조금 넘쳐서 손에 닿았다. 학생들은 "녹아요!" 하고 야단법석이지만, 그다지 농도가 진하지 않아서 찌릿찌릿할 뿐이다. "괜찮습니다" 하고 걸레로 가볍게 닦은 후 책상 옆에 딸린 싱크대에서 손을 헹군다.

"그렇다고 해서 여러분도 비커 속에 손을 넣으면 안 됩니다."

진지하게 주의를 준다고 한 말인데, 왠지 학생들이 웃는다. 이 나이의 여자아이들은 너무 잘 웃는다. 호타루도, 그 여자도, 그리고 무라카와 아야코도 이러지 않았을까 상상해본다.

학생들은 조별로 나뉘어서 책에 적힌 실험방법에 따라 실험을 시작했다. 염산이 격하게 끓어오르고, 이산화탄소는 보이지 않게 공중으로 흩어져간다. 이산화탄소가 얼마나 발생했는지는 반응 전후 비커의 질량 차이로 확인한다. 학생들은 실험결과가 아니라 염산의 위력에 흥분한 기색이다. 나는 그것으로 충분하다고 생각한다. 보이지 않는 것을 측정하는 것보다도 격렬한 반응에 마음 끌리는 것은 당연한 일이다.

게다가 측정을 하든 안 하든 간에 이산화탄소가 발

생한다는 사실에는 변함이 없다.

내버려둬도 물질은 정해진 경로를 더듬으며 반응을
한다. 결합하고, 흩어져가고, 모습을 바꾸어 영원히
유전한다. 인간의 의사와는 상관없이.

실험실의 약품 진열장에 열쇠를 채우고 교무실에서
다음 날 수업준비를 마칠 즈음, 바깥은 완전히 어두워
졌다.

복잡한 전철 속에 서서 나는 불이 켜진 집들이 비
치는 창을 바라본다.

맨션의 문을 열고 들어서자 "어서 와"하고 호타루
가 주방에서 얼굴을 내밀었다.

"돌아왔어?"

"저녁 무렵 나리타에 도착해서 좀 전에 왔어. 멋대
로 들어와서 미안."

"괜찮아."

나는 구두를 벗었다. 호타루는 그렇잖아도 좁은 현
관을 점령한 우산꽂이를 가리키며 "이거 웬 거야?"
하고 물었다.

"옛날에 알던 사람한테서 받았어."

"멋있네."

"결혼선물인가 봐."

세면실에서 손을 씻으면서 주방으로 돌아간 호타루의 반응을 엿본다. 주방에서는 "리쓰, 밥은 잘 챙겨 먹은 거야? 냉장고에 아무것도 안 들어 있던데?" 하고 결혼과는 아무 상관 없는 말이 돌아왔다.

나나 호타루나 장 보러 가기에는 너무 피곤해서 국수집에서 배달시켰다. 거실 테이블 앞에 앉은 호타루는 젓가락으로 냄비우동을 맛있게 먹었다. 그것을 보고 있으니 내 도마뱀에게도 따뜻한 피가 흐르기 시작한 듯한 기분이 든다. 착각일지도 모른다. 나는 호타루를 몹시 원하고 있지만, 그 기분은 모호하게 떠돌고 있어 말로 형언할 수가 없다.

"주말에 자기 여동생에 대해서 좀 더 조사해봤어."

호타루는 말없이 우동에 든 어묵을 젓가락으로 집어 간장에 찍었다.

"이제 듣고 싶지 않은 거야?"

내가 묻자 호타루는 "왜?" 하고 말했다.

"나만 너랑 결혼하고 싶어서 안달하는 것 같잖아."

"바보."

호타루는 젓가락을 놓고 테이블 위로 내 손가락 끝

을 살짝 건드렸다.

"얘기해."

"난 네 동생은 역시 자살한 거라고 생각해."

호타루는 "그래" 하고는 눈을 감았다.

"아버지와 살면서 동생은 행복을 느낀 적이 있었을까?"

그것은 아무도 모른다. 어떤 사람이 죽음을 선택할 때 그 이유가 주변 사람들과 전혀 무관치는 않겠지만, 누구 한 사람의 탓이라고 할 수도 없다.

내가 잠자코 있자 호타루는 이내 "그 일은 잊어버려" 하고 다시 우동을 먹기 시작한다.

우리는 나란히 침대에 누웠다. 호타루는 시차 탓에 잠이 오지 않는지 조금 전부터 조심스럽게 몸을 뒤척였다. 나만 잠에 빠져들어가면서 호타루의 말을 띄엄띄엄 듣고 있었다.

일에 대해서, 결혼식 준비에 대해서, 가족과 친구에 대해서. 호타루는 이따금 내가 잠들었는지 확인하면서 계속 작은 목소리로 이야기한다.

"자기는 냉정한 점이 아버지랑 닮았어. 하지만 로맨

티스트는 아니지? 그래서 자기가 좋아. 우린 분명 잘 살 수 있을 거야."

"맞아." 내가 대답한다.

호타루가 내 허리뼈를 만진다. 호타루는 가능한 한 행복한 일과 즐거운 일을 신중하게 선택하여 내 귓가에 속삭였다. 하지만 아무리 호타루가 가까이에 있어도, 오늘 밤의 나는 꿈속의 전철에 실려가버린다.

나는 호타루와 담담하게 생활할 수 있는 날들을 진심으로 바라고 있다. 그렇게 바라고는 있지만, 선로를 진동시키며 꿈의 전철이 다가온 순간 허리의 도마뱀이 소리친다.

누군가 나를 영원히 잠들게 해주지 않겠는가.

그러나 알고 있다. 나는 분명 내일도 시계가 울리기 전에 잠을 깨서 오늘과 다름없는 하루를 보내게 될 것이다.

그렇게 무서워하지 않아도 괜찮다. 허리의 도마뱀을 필사적으로 가리려고 하는 호타루의 손을 내 손으로 살짝 감싼다. 나는 제대로 돌아올 것이다.

격렬한 감정은 책과 같다. 아무리 두꺼워도, 언젠가 끝이 나온다. 나는 이미 격렬함을 다 써버렸기 때문에 앞으로는 그저 시작도, 끝도 없는 생활을 계속해나갈 뿐이다.

엄청나게 긴 시간에 걸쳐 살다가 죽어서 다시 별을 탄생시키는 은하(銀河)처럼.

귀가(歸嫁)

　신문의 부음란을 보고 선생님이 돌아가신 것을 알았다.

　선생님의 가족은 물론, 학회 동료에게서도 연락이 오지 않았다. 선생님과 헤어진 지 20년쯤 됐다. 학회에서 아주 가끔 얼굴을 부딪쳐도 대화를 나누는 일은 없었다. 그렇게 냉랭한 사이이다 보니 다들 부음 전하는 걸 조심스러워했을 것이다

　멍해진 나는 아침에 연구실에서 한참 동안 지면을 바라보고 있었다.

　나도 지난 20년 사이에 '선생님'이라 불리는 몸이 되었다. 독자적으로 연구를 해나가면서 근무지인 작은

여자대학을 찾아 역사 따위에 아무 흥미도 없는 젊은 사람들을 상대로 강의했다. 동료와 경쟁하듯이 논문을 발표했고, 연구회에서 후진을 육성했다.

그러나 그 모든 것이 갑자기 허무하게 느껴졌다. 허무하다고 느낄 필요가 있을까. 나는 누구의 도움도 빌리지 않고 내 실력으로 학문적 성과를 올렸다. 미미하지만, 학회에서 지위와 신뢰도 쌓았다. 그렇게 자신을 위로해도 달라붙은 허탈감이 쉬이 떨어지지 않았다.

두 번 다시 선생님을 만날 수 없다.

그 사실을 눈앞에서 보고 나서야 비로소 깨달았다. 나는 선생님에게 인정받고 싶었다. 선생님을 위해서 자료를 미리 읽고 선생님의 논문원고를 정서하던 시절과 다름없이 선생님에게 "잘했네" 하는 말을 듣고 싶었다. 그렇게 말을 걸어주기를 항상 기다리고 있었다.

나는 너무 한심해서 웃었다.

망설인 끝에 그 기사를 오려서 수첩 사이에 끼웠다. 영안실에서 밤을 새는 것은 무리이지만, 장례식은 강의가 없는 날이어서 참석할 수 있었다. 물론, 알고는 있다. 죽은 선생님은 말을 할 수 없으니 이제야 달려왔다고 야단도, 칭찬도 하지 않을 것이다. 그러니 전혀 소용없는 짓이라는 것은 알고 있다.

그래도 나는 참석하기로 마음먹고 점심시간에 교내 생활협동조합에서 후쿠오카행 항공권을 예매했다. 장례식을 핑계 삼아 조금이라도 집에서 떨어져 있고 싶다는 생각도 있었다.

이토는 아이를 간절히 원했지만, 우리 사이에는 끝내 아이가 생기지 않았다. 나 자신은 아이가 있든 없든, 아무래도 좋았다. 이토를 사랑하기 때문에 그녀의 소원을 이루어주기 위해 이런저런 방법을 시도하며 노력했을 뿐이다. 하지만 실패했다.

이토가 아이를 낳을 수 있는 물리적 한계에 가까워짐에 따라 우리는 새로운 뭔가를 찾지 않으면 안 됐다. 그때까지 우리 부부는 '아이를 만든다'는 과제에 크게 의지해 살아갔다. 긴박감도, 연대감도 모두 그것에서 비롯되었고 또, 그것으로 집약됐다.

단둘이서 서로 의지가 되어주고 서로 욕하며 살아가는 것은 매우 어려운 일이다. 나는 결혼을 하고 나서야 실감했다. 세상의 많은 부부가 왜 아이를 만들고 집을 갖고 싶어 하는지를. 아이의 교육, 주택 융자. 완충재와 자극물을 섞어 넣어야 부부는 부부로서의 제

기능을 하기 쉬워진다. 일대일의 인간관계는 힘들다. 대부분 계속되는 긴장에 지치든가, 타성에 젖게 된다.

이토와 나는 아이를 대신할 새로운 뭔가를 쉽게 찾을 수가 없었다. 이토는 초조해했고, 나도 덩달아 안달했다.

"당신은 좋겠네요. 앞으로 몇 십 년이나 아이를 가질 기회가 있으니."

젊은 여자에게 아이를 낳게 만든 연예인 이야기가 귀에 들어올 때마다 이토는 그렇게 말하며 울었다. 그럴 때마다 나는 "당신을 사랑해" 하고 진심으로 달래주었다.

"당신과 내 자식이니까 원하는 거야. 몇 십 년이 지나도 그건 변함없어."

그러나 위로하려고 한 말이 되레 상처를 입혔다.

"당신은 역시 나를 원망하고 있군요. 아이가 생기지 않는 건 내 탓이니까."

그렇지 않다. 당신만 있으면 아이 같은 건 아무래도 좋다. 그렇게 말하면 또 그렇게 말하는 대로 "당신은 사람이 진지하질 않아요. 내 마음을 조금도 이해하지 못해요" 하고 이토는 울부짖는다.

어떡하면 내 말이 제대로 전해질지 도무지 알 수가 없었다. 깊은 슬픔에 갇힌 우리는 규칙에 따라 몸을 맡기기만 하면 되는 일종의 '놀이'를 발견했다.

퇴근하고 돌아와 저녁 밥상에서 얼굴을 마주할 때 기분이 더 많이 가라앉아 있는 사람이 상대를 지배하는 것이다. 처음에는 별것 아니었다. 차를 끓이게 하거나, 욕실에서 몸을 씻기게 하거나, 침실에서 결정권을 갖거나 하는 정도였다. 우리는 식탁에서 눈싸움을 하면서 상대가 어떻게 나올지 지켜보며 미소 지었다. 둘 다 지배권을 양보하지 않으려고 기를 쓸 때도 있고, 둘 다 내키지 않아 평소처럼 온화하게 대화하다 그냥 잘 때도 있었다.

입장을 바꿔 생각하고 상대의 취향을 생각하면서 우리는 점점 이 '놀이'에 몰입하게 됐다. 접시를 바닥에 내려놓고 상대의 발이 머리를 쓰다듬는 가운데 엎드려서 먹는다. 무엇이든 시키는 대로 할 테니까, 이제 그만 무시해달라고 애원하면서 전라로 화장실을 청소한다. 굴욕감도, 상대에게 굴욕을 강요하는 지배감도 똑같이 쾌락을 주었다. 달력을 보고 배란기에 맞춰서 하는 것, 끝난 뒤에 수정이 되도록 꼼짝 않고 있는 것만이 섹스가 아니라는 것을 우리는 결혼 10년 만에 겨우 깨달은 것이다.

이토는 "누가 알면 어쩌죠?" 하며 웃었다. 나는 "그러게" 하고 대답하면서도 비밀로 하고 있을 뿐, '이런 것은 누구라도 하지 않을까' 하는 생각도 했다. 하고 싶은 대로 행동하는 것도, 상대가 시키는 대로 예속되는 것도 몹시 편하고 즐거웠다. 밤 동안에만 두 사람밖에 없는 공간에서 하는 가벼운 연기이다.

이토는 아이에 대한 이야기를 하지 않게 됐고, 점점 침착함을 되찾아갔다. 우리의 관계는 전보다 훨씬 더 안정됐다. '놀이'는 거기에 비례하듯 점점 뜸해졌다.

뭔가를 명령받는 일도, 뭔가를 명령하는 일도 없이 그저 조용히 서로를 원했다. 나는 이토의 교성이 침실의 어둠을 흔들 때 행복을 느꼈다.

주말에는 이토가 베란다에서 키우는 꽃들에게 줄 비료를 사러 함께 대형 마트에 간다. 가끔 여행도 간다. 여행지에서는 항상 손을 잡고 걷고, 주위의 관광객들에게 부탁하여 둘이 나란히 사진을 찍는다.

"사이가 좋으시네요. 우리 집하고 천지차일세."

단체여행 중인 중년 여성들은 곧잘 그렇게 놀렸다.

"그렇지 않아요, 만날 싸워요. 애들도, 애완동물도 없으니까 싸우면 끝장을 보는걸요."

이토가 웃으며 말했다.

결혼한 지 15년째이다. 그동안 나는 대체로 행복했고, 이토를 사랑했다. 이토도 그럴 것이라고 믿는다.

지금은 잘 모르겠다. 잘 모르게 됐다.

저녁 무렵에는 선생님이 죽었다는 사실보다도 만약 이토가 여행 삼아 장례식에 따라가겠다고 하면 어떻게 거절해야 하나 하는 생각으로 머릿속이 꽉 찼다.

집으로 가는 길에는 생각하지 않는다. 다리가 멋대로 움직인다. 아무리 멀리까지 가도, 취해서 시야가 몇 겹으로 보여도, 빨려들듯이 내 집 문 앞까지 돌아온다.

터미널 역에서는 많은 노선이 출발하고 도착하지만, 나는 매일 헤매는 법 없이 그중 한 전철을 타고 가장 가까운 역에서 내려 언덕을 넘어 내가 사는 단지에 이른다.

평소에는 아무 생각 없이 역에서 집까지 20분을 걸어가지만 가끔씩 나는 '대체 뭘 근거로 이다음에 집이 있다고 확신하고 계속 걷는 것일까' 하고 신기하게 생각할 때가 있다. 맑은 밤하늘에 별이 빛나고 사람도, 차도 지나지 않는 밤에는 특히.

나는 지도도, 표지도 없이 무의식중에 집으로 가는 길을 더듬는다. 월동지를 목적으로 바다를 건너는 새처럼. 숲에 버려져 주인을 찾는 개처럼.

내가 이런 생각을 하기 시작한 것은 아마도 오카무라의 영향일 터이다.

"오늘도 길을 잃은 노인 정보가 방송으로 나왔어요."

오카무라가 젓가락을 놀리던 손을 멈추고 천천히 말했다.

"많네."

나와 이토는 오카무라가 교복의 가슴 주머니에서 꺼낸 학생수첩을 본다. 수첩에는 집을 나간 후 행방을 알 수 없는 노인의 특징이 빼곡히 기록되어 있다. 모두 구청에서 설치한 홍보탑에서 시내 전역에 전달한 정보들을 주워 모은 것이다. 노인뿐만 아니라 가끔 길 잃은 어린이에 관한 정보도 들어오는 것 같다.

날짜를 보니 대체로 2주에 한 번은 반드시 시내 어딘가에서 누군가 자취를 감췄다는 계산이 나온다. 사흘 연속으로 방송이 나올 때도 있다. 실종신고를 하지 않은 경우도 있을 테니, 실제로 행방불명된 사람은 더 많을 것이다.

오카무라는 나중에라도 무사히 발견됐다고 방송된 것은 수첩에서 줄을 그어 지운다. 그것을 보니 아이들은 모두 부모의 품으로 돌아갔다. 유괴나 사고가 아니라 단순히 노는 데 열중하다 귀가가 늦어졌을 뿐일 것이다. 하지만 발견됐다는 소식이 나온 노인은 20퍼센트 정도밖에 안 된다.

모두 어디로 사라진 것일까? 집으로 가는 길을 잃고 어두운 길을 망막하게 헤매는 노인들을 상상한다. 나는 언제나 그들에게 가련함보다는 공포를 느꼈다.

집으로 가는 길. 그 말에 포함된 맹신과 위화감을 코앞에 들이대는 듯한 느낌이 들어서.

이토는 오카무라의 수첩을 보는 것을 좋아한다.

"찾지 못한 아이가 지금쯤은 없겠지?"

이토는 명단을 체크하고는 담담한 어조로 말했다. 표정은 목소리와 달리 몹시 유감스러워 보인다. 그것을 볼 때마다 소름이 끼친다.

덧칠한 외벽만 새하얀 단지. 우리 집은 4층짜리 낡은 건물이 20동 정도 늘어서 있는 단지 안에서 북쪽

끝의 동에 있었다.

습한 콘크리트 계단을 2층까지 올라가 연두색으로 칠한 철제문을 열쇠로 연다. 현관 앞에 뒤꿈치가 눌린 운동화가 있는 것을 확인한 후 안에다 대고 말했다.

"다녀왔어."

내일 날씨를 알리는 텔레비전 소리. 저녁식사 냄새와 희미한 김. 거실에서 의자를 끄는 기척이 나며 이토가 "어서 와요" 하고 얼굴을 내밀었다.

"오늘 저녁은 전골이에요."

그 말만 하고 그녀는 바로 물러났다.

"벌써 그런 계절이 됐나?" 하는 내 말은 현관 앞에서 잠시 떠돌다 벗어놓은 가죽구두 근처로 낙하했다. 나는 화장실에 들어가 손과 얼굴을 씻고 입을 헹군다. 그리고 세면대에 붙은 푸르스름한 형광등 빛에 너무 초라하고 지친 얼굴을 하고 있지는 않은지, 거울에 비친 자신을 잠시 점검한다.

화장실 맞은편에 있는 침실에다 양복과 넥타이를 던져놓았다. 침실은 방금 전까지 창문을 열어놓았는지, 감쪽같이 아무 일 없었던 듯 해놓았다. 나는 그대로 거실로 향했다.

이토와 오카무라는 거실의 4인용 식탁에 마주 보고 앉아 있었다. 식탁에는 휴대용 가스레인지에 전골냄비가 올려 있었다. 이토가 마침 새로 쑥갓을 넣던 참이었다.

"다녀오셨어요?" 하고 교복 차림의 오카무라가 예의 바르게 인사했다. 그는 익지 않은 쑥갓을 피해 두부나 닭고기나 연어를 국자로 떠서 자기 그릇에 덜었다.

"이야. 된장으로 간을 맞췄네."

입속으로 우물거리며 텔레비전 맞은편 자리에 앉았다.

"당신이 생각보다 늦게 와서 건더기는 거지반 오카무라가 먹었어요."

이토는 밝은 목소리로 "밥은요?" 하고 물어왔다. 나는 밥그릇을 받아 들고 식사를 시작했다.

식탁에서는 이토와 오카무라가 주로 대화를 나눈다. 나는 텔레비전만 멍하니 보거나 이따금 두 사람에게 맞장구를 치면서 음식을 씹었다.

내 왼쪽에 이토, 오른쪽에 오카무라. 이 거실의 정경을 누군가 본다면 우리는 가족으로 보일까?

"오늘은 길 잃은 노인이 나오지 않았니?"

나는 대화가 끊길 무렵, 오카무라에게 말을 걸었다.

오카무라가 "오늘은 없었던 것 같아요" 하고 대답했다. "그렇지만 요즘 같은 철에는 학교에서도, 집에서도 창문을 다 닫고 있으니까요. 어쩌면 못 들었을지도 몰라요."

오카무라와 이토는 순간 시선을 주고받으며 미소를 지었다.

이미 저녁식사를 마친 오카무라는 텔레비전 위에 놓인 시계를 보더니 일어났다.

"이제 그만 가보겠습니다."

"어머나, 시간이 벌써 이렇게 됐네."

이토도 의자에서 일어서서 걸어둔 오카무라의 얇은 코트를 정성스럽게 입혀준다. 오카무라는 성장 중인 소년답게 체형이 멀쑥하다. 그러나 그 팔다리에 매끄럽고 강인한 근육이 생기고 있는 것이 예리한 그의 동작 구석구석에서 보인다. 모두 나에게는 없는 것이다. 세월의 흐름에 따라 잃어가는 것이 아니라 처음부터 없었다.

검은색 학생가방을 든 오카무라는 "잘 먹었습니다" 하고 나와 이토에게 정중하게 인사했다.

"그래, 또 오너라."

나는 젓가락을 든 채 그를 올려다보았다. 앞머리 사이로 보이는 이마 언저리가 아름답다. 눈은 인공눈처럼 맑다. 오카무라의 그 눈이 내 머리 꼭대기에서 배까지 잽싸게 훑었다. 오카무라는 입술에 미소를 머금기 직전에 몸을 돌렸다. 길이 어둡다는 말을 몇 번이고 강조하며 주의시키는 이토의 뒤를 따라 거실에서 나갔다. 나는 냄비에서 색이 바뀐 쑥갓을 뜨면서 그걸 지켜보았다.

오카무라가 돌아가자 집 안 분위기가 급속히 싸늘해졌다. 침실 쪽에서 이토가 "양복은 옷걸이에 걸라고 했잖아요" 하면서 잔소리를 한다. 나는 그것을 흘려들으며 젖빛 유리문을 열고 베란다로 나왔다. 도로 쪽을 내다보았지만, 오카무라의 모습은 없었다.

거실 공기가 바뀌길 기다리며 베란다에서 담배를 한 개비 피웠다. 와이셔츠만으로는 역시 추웠다. 다 피운 담배꽁초는 베란다에 늘어놓은 화분에 묻는다. 여기 있는 꽃의 이름이라곤 팬지 정도밖에 모른다. 아무리 이토가 가르쳐줘도 좀처럼 외우지 못한다.

베란다에 뒹구는 꽃삽으로 화분의 흙에다 구멍을

팠다. 거기에 꽁초를 비틀어 꽂고 원래대로 흙을 덮는다. 이미 반년 정도 거의 매일 밤 계속되는 의식 같은 행위이다. 그러나 아직 한 번도 전에 묻은 꽁초를 만난 적이 없다. 이토가 말없이 따로 버리는 것일까. 아니면 전혀 눈치 채지 못하고 독소가 스며든 흙에다 물을 주는 것일까. 바꿔 심을 시기가 되어서야 그녀는 흙 속에서 대량의 꽁초를 발견하고 나를 나무랄지도 모르겠다.

베란다에서 거실로 돌아오자 식탁이 깨끗이 치워져 있었다. 이토는 주방에서 설거지를 하고 있다.

"저 애는 수험생이잖아. 너무 자주 부르는 건 안 좋아."

비난과 질투가 담기지 않도록 주의하면서 말했다.

"어머나, 수험생이니까 영양가 있는 걸 잘 먹여줘야죠."

이토는 설거지를 마치고, 전에 여행지에서 샀던 부부 찻잔에 차를 타서는 식탁 앞에 앉았다. 찻잔은 내 앞에도 놓였지만, 마실 마음이 들지 않았다.

"오카무라네 부모님은 맞벌이를 하느라 귀가가 늦대요. 올 때까지 기다리려면 얼마나 배가 고프겠어요.

불쌍하잖아요."

나는 명백하게 이상한 사태에 빠져 있다. 문득 정신을 차리고 보니 이렇게 되어 있었다. 이것은 새로운 '놀이'인가? 생판 남인 남자 고등학생이 매일 밤 집에 오고, 부부의 침실은 어느새 나에게조차 서먹한 장소가 됐다. 그런데도 나는 이토에게 아무것도 물을 수가 없다.

"내일 강의 마치면 바로 규슈로 가서 두 밤 자고 올 거야. 은사님의 장례식이 있어."

이토는 순순히 "그래요" 하고 말했다.

선생님의 장례식은 큰 도시의 중심지를 지나 강변에 세워진 절에서 치러졌다.

나는 전날 밤에 비행기로 후쿠오카에 도착하여 호텔에서 하룻밤을 잤다. 아침이 되어 이토가 준비해준 검은 양복으로 갈아입고서 한길에 나와 택시를 탔다. 절 이름을 말하자 운전사는 이내 매끄럽게 차를 몰기 시작했다. 그래서 '큰 절인가보다' 하고 짐작하기는 했지만, 실제로 가보니 상상 이상이었다.

문 앞에 계속해서 검은색 택시가 도착했고, 절의 담

벼락을 따라 화환이 줄줄이 늘어서 있었다. 택시에서 내린 나는 아직 시간이 조금 있어서 화환을 둘러보며 절 주위를 산책하기로 했다. 화환에는 학자에서부터 재벌 회사의 회장까지 다양한 계층의 사람들 이름이 적혀 있었다. 내가 평생 연구에 몸을 바친다 해도, 도저히 이만한 인맥을 구축하지는 못할 것이다. 나는 화환을 스무 개까지 세다가 그다음부터는 땅만 보고 걸었다. 절 주위는 천천히 돌면 10분 이상 걸릴 거리였다.

바깥문은 한길의 소음에 노출되어 있었지만, 뒤쪽은 나무도 많고 조용했다. 염주를 잊고 온 줄 알고 순간 당황했지만, 다시 뒤져보니 양복 주머니에 제대로 들어 있었다.

이토는 결혼한 후 나의 일상사를 꼼꼼히 챙겨주었다. 오카무라가 집에 오게 된 후로도 그것은 변함이 없다. 집을 떠나보니 '내 생각이 너무 지나친 것이 아닐까' 하는 생각이 들었다. 오카무라는 나이 차가 자식뻘되는 아이다. 이토가 이것저것 챙겨주고 싶어 하는 마음도 이해한다. 분명 내가 괜한 조바심으로 멋대로 상상했을 뿐이리라. 이토는 그런 나를 보고 "좀 자극적이죠?" 하고 싱글벙글하고 있을지도 모른다.

그렇게 생각하자 기분이 유쾌해졌다. 반면에 이제 와서 무슨 태평스럽고 물러터진 생각을 하고 있는지, 나 자신에게 화가 나기도 했다.

접수처에서 이름을 적고, 위로의 말과 함께 조의금 봉투를 건넸다. 문상객이 본당에 다 들어갈 수 없을 정도로 북적이는 듯 자갈이 깔린 경내에는 많은 사람들이 서 있었다.

나는 학회에서 만난 적 있는 사람들과 목례를 나눴다. 주위가 정적에 감싸이면서 이윽고 독경 소리가 들리기 시작했다. 일반 문상객용 분향소도 설치되어 있어 무리하여 건물 안으로 들어가지 않고 경내 한구석에서 차례를 기다리기로 했다.

염주를 굴리고 있자니 친척들의 분향이 끝났는지 본당 안에서 사람들이 움직이는 기척이 났다. 그와 동시에 장의사의 안내를 받으며 경내의 인파도 본당 입구의 일반 분향소 쪽으로 움직인다.

그때 오타 하루미의 모습을 발견했다.

오타 하루미는 본당의 문지방까지 무릎걸음으로 나와서 바깥에 있는 분향소에서 고인의 명복을 비는 한 사람, 한 사람에게 정중히 머리를 숙이기 시작했다.

그녀는 상주이니 보통 같으면 툇마루까지 나오지 않고 친척들이 많은 본당 안에서 조신하게 앉아 있어야 하는 것이 아닌가?

오타 하루미의 눈을 본 순간, 의문이 풀렸다.

오타 하루미는 선생님과 관계가 있었던 여자를 찾아내 어느 정도의 여자인지 자신과 우열을 확실히 따져보고 있다.

그 사실을 깨닫자 소름이 쫙 끼쳤다. 선생님은 이제 곧 태워져서 재가 될 마당인데, 오타 하루미의 투쟁은 아직 끝나지 않은 것이다. 나이를 먹기는 했지만, 여전히 망가진 화려함을 유지하고 있는 그녀는 여자 문상객들에게 끈적거림을 띤, 조심스런 시선을 던지고 있었다.

확실히 경내에는 대학교와 문화센터의 제자들이며 선생님 저서의 독자들, 그리고 간간이 어떤 관계인지 언뜻 봐서는 잘 알 수 없는 여성들도 있었다. 손수건으로 살짝 눈가를 닦는 사람, 남의 눈을 피하듯이 왔다가 재빨리 돌아가는 사람. 나도 그렇지만, 사연 있는 사람들이라면 다들 본당에는 들어가지 않고 몰래 선생님에게 이별을 고하고 싶을 것이다. 그것을 놓치지 않고 지켜보겠다는 오타 하루미의 집념이 무섭게 느껴졌다.

나는 사람들의 흐름을 따라 고개를 숙인 채 분향소에 가까이 갔다. 본당 안을 들여다보자 경을 읽는 스님 세 분과 가까운 자리에 허리를 곧게 펴고 정좌한 여성이 있었다. 오타 하루미의 딸인가? 전혀 무표정하여 내면을 엿볼 수가 없다. 가족이나 친척으로 보이는 사람은 그 외에는 무슨 까닭인지 보이지 않았다. 나란히 앉아 있는 학회 중진들의 표정을 보면 너나없이 장례식에는 이미 옛날에 불감증이 됐든가, 아니면 '다음번은 내 차례일까' 하고 겁을 집어먹었든가 둘 중 하나이다.

성대한 장례식의 내실이란 이런 것인가, 허무함을 느끼며 재빨리 분향을 마쳤다. 오타 하루미와 눈이 마주쳤지만, 그녀는 나를 알아보지 못한 것 같다. 무리도 아니다. 연구실에서 함께 일하고, 그 협박문을 들고 그녀를 찾아간 것은 한참 옛날의 일이니까.

선생님의 영정은 굳이 보지 않기로 했다. 환하게 웃는 얼굴로 찍었을 허울 좋은 사진 속에는 선생님의 진실이 담겨 있지 않다.

출관을 지켜봐야 할지 망설이며 본당 앞에서 머뭇거리고 있는데, 일반 분향소 주위에서 작은 소동이 일었다. 그리로 돌아보니 오타 하루미에게 뭐라고 따지는 여자가 있었다.

무라카와 호타루. 바로 알아보았다. 나와 별로 나이 차이가 나지 않을 텐데 그녀는 여전히 젊음을 유지하고 있었다. 선생님과 관련된 여자들은 시간을 멈추는 마법이라도 알고 있는 것일까.

무라카와 호타루는 막 미망인이 된 여자에게 무슨 말인가 하면서 강제로 종이쪽지를 떠맡겼다. 오타 하루미는 주위의 눈을 의식하여 얌전하게, 그러나 분한 듯이 쪽지를 상복 품속에 넣었다.

분향을 마친 무라카와 호타루는 출관을 기다릴 생각은 없는지 즉시 절을 나갔다. 나는 급히 뒤를 좇았다. 검은 원피스를 입은 그녀는 거래처로 서둘러 가는 회사원처럼 아무런 감정도 보이지 않고 재빨리 택시를 타려고 했다.

"호타루 씨!"

성이 바뀌었을 가능성이 있다. 무례한 것일까 생각했지만, 나는 이름을 불렀다. 이토 말고 다른 여자의 이름을 불러보기도 참 오랜만이란 것을 부른 뒤에야 깨달았다.

무라카와 호타루는 움직임을 멈추고 뒤를 돌아 나를 보았다. 나는 총총걸음으로 다가가서 말했다.

"갑작스레 가셔서 뭐라고 위로의…… 선생님께 신세를 많이 졌습니다. 전에 곧잘 댁에도 찾아뵙곤 했던 미사키입니다. 기억하시겠습니까?"

대체 무엇을 묻고 싶어서 그녀에게 말을 걸었는지 스스로도 알 수 없어 곤혹스러웠다.

그러나 무라카와 호타루는 희미하게 미소를 지으며 "아아" 하고 말했다.

"기억해요. 미사키 씨, 아버지 때문에 일부러 규슈까지?"

"부음란에서 보고……. 삼가 명복을 빕니다."

무라카와 호타루가 자기는 그런 인사를 들을 만한 상대가 아니라는 듯이 가볍게 고개를 저었다.

"저도 부음란에서 보고 알았어요. 이건 말도 안 된다고 생각해서 화가 나서 달려온 거예요."

나는 그녀와의 대화를 조금이라도 지연시키기 위해서 열심히 다음 화제를 찾았다.

"아까 오타 하루미 씨와 이야기를 하시던데요. 실례지만 무슨?"

"묘에 대해서요. 성묘 정도는 하고 싶으니 어디에 아버지를 이장하는지 가르쳐달라고. 연락처를 적은 메모를 억지로 떠맡기고 왔어요."

"저도 꼭 성묘를 가고 싶습니다. 괜찮으시다면 저한테도 연락을 주지 않겠습니까?"

"아버지 친가 쪽과 옥신각신하느라 납골까지는 조금 시간이 걸릴지도 모릅니다만."

무라카와 호타루는 내가 건넨 명함을 핸드백에 넣고 인사를 한 후 택시에 타려고 했다.

"어머님은 건강하십니까?"

그렇다, 나는 그것을 묻고 싶었다. 그 무더운 여름날 그 사람이 말했던, 마음속에 있는 아름다운 것. 그것을 나도 이토와 살며 발견하고 싶다고 생각했지만, 지금은 모두 안개에 덮여버렸다. 다시 안개가 걷힐 수도 있을까? 혹 그렇다 해도, 어떤 풍경이 나타날지 나는 무서워서 견딜 수가 없다.

잃을 리 없는 나만의 소중한 것을 손에 넣었다고 이야기한 그 사람과 가능하다면 한 번 더 만나서 이야기를 하고 싶었다.

그러나 이것은 내 멋대로의 생각이다. 무라카와 호타루는 형식적인 인사말로 받아들였을 것이다.

"덕분에요."

짧게 대답하고 머리를 숙였다. 문이 닫히고 달리기 시작한 택시는 바로 차들의 행렬에 섞여 역 쪽으로 사라져갔다.

출관시간이 가까워졌는지 문 앞에 상복을 입은 사람들이 나왔다. 다들 속삭이는 목소리로 선생님의 업적을 평가하며 문상 온 여자들의 성분에 대해서 수군거렸다. 나는 아는 사람이 말을 걸어오면 성가실 것 같아 그만 절을 떠나기로 했다.

사거리에서 지나가는 택시를 잡아탔을 때 출관을 알리는 클랙슨이 등 뒤에서 울렸다.

"어디로 모실까요?" 운전사가 물었다.

바로 대답할 수가 없었다. 그날 밤도 같은 호텔에 일박했다. 외출을 할 때면 나는 대부분 이토와 함께였다. 혼자서는 보고 싶은 곳이 없었다.

자기 전에 이를 닦다가 세면대 거울에 비친 내 모습을 보고 놀랐다. 내 눈은 오타 하루미와 똑같았다. 욕심 사납게 사랑의 경중을 재는 눈.

저마다 선생님에게 가장 사랑받은 것은 자신이라고 싸우고들 있었다. 그러나 그 대답은 결국 누구도 풀지 못한 채 선생님과 함께 재가 되어버렸다. 과연 선생님의 마음에 들었던 사람이 있기는 할까?

참으로 허무하다. 그리고 그 허무한 발버둥을 나도 똑같이 따라 하고 있다. 나는 이토를 사랑하고, 이토에게 사랑받고 싶었다. 하지만 사랑으로는 안 되는 것이다. 독을 품은 화분의 흙이 그래도 탐욕스럽게 물을 찾듯이. '놀이'로 끝이 아니라, 지배가 확립할 때까지 무한하게 룰을 변형시키듯이. 사랑의 역학은 바닥 모를 어둠으로 사람을 끌어들일 뿐이다.

나는 갑자기 그런 생각이 들었다.

역에서 주택가로 올라가는 언덕길에는 양복을 입고 걸어가는 사람이라곤 나밖에 없었다.

일요일 오후이니 당연하다. 나는 갈아입은 옷과 강의 자료가 든 가방과 검은 양복이 든 가방을 양손에 들고 익숙한 동네로 돌아왔다. 바람이 불어와 어느새 몸에 스며든 향 냄새가 조금씩 벗겨져서 허공에 떠돌았다.

"선생님."

누군가 불러서 고개를 돌리자 자전거를 탄 오카무라가 보였다. 교복 차림으로 어깨에 큰 가방을 매고 있다. 그는 나를 "선생님", 이토를 "미사키 씨"라고 부른다.

오카무라는 자전거에서 내려 나와 걸음을 맞추었다. 특이한 애라고 생각했다. 길에서 마주친 중년 남자와 굳이 같이 걸으려 하는 남자 고등학생이 있다니. 게다가 오카무라는 내 손에서 양복이 든 가방을 받아들어 핸들에 걸어주었다. "먼저 가도 돼"라고 말할 타이밍을 놓쳤다. 오카무라의 자전거는 스포츠형으로, 바구니가 달려 있지 않았다. 옛날에 나도 이런 자전거를 갖고 싶었던 기억이 떠올랐다.

"일요일인데 학교?"

"동아리요. 축구부 연습을 하고 돌아가는 길이에요."

그러고 보니 이토가 오카무라를 정형외과에서 만났다고 했다. 발목 염좌로 통원치료를 받고 있었다고. 이토는 이 동네의 정형외과에서 꽤 오래 파트타임으로 접수계에서 일하고 있다. 내가 이토와 만난 것도 그 병원에서였다. 여대에 취직이 막 결정된 나는 매일 밤늦게까지 논문에 몰두하다 그만 좌골신경통에 걸렸다. 이사한 지 얼마 안 된 동네라 전화번호부에서 제일 첫 번째에 실려 있던 정형외과로 뛰어갔다. 거기에 이토가 있었다.

좌골신경통과 축구하다 다친 발목. 나는 그 차이에 소리를 내지 않고 웃었던 모양이다. 오카무라의 의아해하는 시선을 느끼며 황급히 진지한 표정을 지었다.

"염좌는 이제 괜찮니?"

"네."

반년도 더 된 일이다. 벌써 다 나았을 것이 뻔하다. 바보 같은 질문을 했다. 달리 질문할 것이 많을 텐데, 나는 오카무라가 발산하는 교만하고 불손한 젊음에 압도되어 있었다. 공통된 화제가 있을 리도 없어 그다음은 그저 묵묵히 걷기만 했다.

슬슬 언덕을 다 올라갔을 즈음하여 홍보탑 스피커를 켜는 소리가 났다. 주의를 촉구하는 차임 소리 뒤에 집을 나간 채 행방을 알 수 없게 된 실종 노인의 정보가 흘러나온다. "발견하신 분은 가까운 파출소나 시청으로 연락해주십시오." 시청 직원의 목소리가 몇 개인가의 홍보탑에서 메아리처럼 포개져 시내 전역으로 퍼져간다.

"오늘도 역시 누군가가 집으로 돌아가는 길을 잃고 헤매고 있네요. 이렇게 날씨 좋은 날에."

오카무라가 말했다. 그리고 나에게 양해를 구하는 법도 없이 자전거를 세우고는 언덕 위에 자치회가 설치한 휴식용 벤치에 앉았다. 가슴 주머니에서 학생수첩을 꺼내 방금 흘러나온 새로운 정보를 메모한다. 나도 할 수 없이 오카무라 옆에 앉았다.

"홍보탑이 몇 갠가 세워졌다는 말은 전에 시청 정보지에서 읽었는데, 실제로 어디 있는지, 어떤 모양인지 잘 모르겠더라. 오카무라는 알고 있니?"

"글쎄요, 저도 본 적은 없습니다."

오카무라는 수첩에서 눈을 떼지 않고 대답했다.

갑자기 목소리만 하늘에서 내려온다. 마치 신의 계시 같다. 그것을 일일이 받아 적는 오카무라는 그렇다면, 예언자의 역할을 맡고 있는 것일까.

"사람들은 대부분 저런 안내방송 같은 건 흘려듣는데, 너는 왜 길을 잃은 노인한테 그렇게 흥미가 많은 거니?"

오카무라는 수첩을 덮어 가슴 주머니에 넣었다.

"네 살 때 미아가 됐던 적이 있어요."

오카무라가 등받이에 깊숙이 몸을 맡기자 벤치가 약간 삐걱거렸다. '무슨 얘기를 꺼낼까' 하고 나는 오카무라의 옆얼굴을 관찰했다. 오카무라는 언덕배기에 선 집들의 지붕을 바라보는 것 같았다.

"국도변에 있는 슈퍼마켓이었는데, 정신을 차리고 보니 엄마 손을 놓쳐버린 것 같았어요. 같았다고 말하는 건, 저 자신은 미아가 된 동안의 일이 잘 기억나지 않기 때문이에요. 이틀 후에 같은 슈퍼마켓 차고에서 울고 있는 걸 다른 사람이 발견했대요."

"이틀?"

나는 놀라서 이 이야기의 종착역이 어디인지 갑자기 불안해지기 시작했다.

"저런…… 부모님이 많이 걱정하셨겠구나. 물론 너도 몹시 불안했겠고."

"불안했다거나 힘들었다거나 그런 기억은 없어요. 다만 저는 차고에서 울고 있었고, 달려온 부모님도 저를 안고 울고, 그러니까 한 가족 세 명이 붙들고 통곡을 했죠. 그것만큼은 아주 또렷이 기억이 나요."

오카무라는 쿡쿡 웃었다.

"너는 이틀 동안 어디서 어떻게……?"

"발견됐을 때 저는 새 티셔츠와 바지를 입고 있었다고 해요."

"선생님"하고 오카무라는 몸을 일으키며 나를 보았다. "믿을 수 없으실지 모르겠지만, 실제로 저는 줄곧 엄마와 있다고 생각했어요. 슈퍼마켓에서 엄마를 잃어버리고 울상을 짓고 있었어요. 그때 엄마와 나이가 비슷하고 옷차림도 비슷한 여자가 나타나 내 이름을 불렀어요. 모르는 집으로 데려가서 처음에는 혼란스럽기도 했을 거라 생각해요. 그런데 밥을 해주고, 다정하게 대해줘서 저는 '아, 이 사람도 우리 엄마구나' 하고 자신을 이해시켰던 기분이 들어요."

"잘 기억하고 있네."

"처음으로 남한테 이야기하는 거랍니다."

"왜 나한테?"

"선생님이 물어보셨기 때문이죠."

오카무라는 넉살 좋은 미소를 지으며 다시 벤치에 칠칠맞게 등을 기댔다.

"그 이야기를 들으면 네 어머니께서 분명 슬퍼하실 거야. 이렇게 클 때까지 열심히 키웠는데 하고."

"아이한테 부모란 그 정도의 존재가 아닐까요? 그대로 집에 돌아가지 않았더라면 저는 그 여자를 친엄마라고 생각하며 자랐을 테지요."

나는 양손을 굳게 깍지 꼈다. 나뭇잎에 물이 들 시기인데, 어느새 촉촉하게 땀이 배어 있었다.

"얼굴을…… 너를 데려간 여자의 얼굴을 기억하니?"

"아뇨" 하고 오카무라는 말했다. "네 살 때였고, 더구나 겨우 이틀 동안 벌어진 일인데요. 벌써 잊어버렸어요."

오카무라는 벤치에서 벌떡 일어나 자전거를 끌고 다시 걷기 시작했다. 나도 옆에 나란히 섰다. 핸들에 걸린 내 상복이 그의 말의 진위를 판단하듯이 흔들리고 있었다.

"우리 부모님은 그 후 저한테 호신용 벨을 갖고 다니게 하고, 공수도 도장에 보냈어요. 엄마는 일을 그만두고 제가 초등학교에 올라가자 집 앞에서 하교하는 걸 기다리고 있을 정도였죠. 처음에는 교문 앞에서 기다리고 있었지만, 저는 그게 부끄러웠어요. 제가 고등학교에 들어간 후에야 엄마는 일을 다시 시작했어요. 대신 다짜고짜 휴대전화를 사주었죠. 그래서 저는 아르바이트도 한 적이 없어요. 축구는 체력 단련에 좋다고 환영받았습니다만."

"우리 집에서 거의 매일 밤 저녁밥을 먹고 가지 않니? 귀가가 늦어져도 뭐라고 하지 않니?"

"그건 괜찮아요. 저는 저녁을 두 번 정도 가볍게 먹을 수 있어요. 엄마는 전혀 눈치를 채지 못해요. 가끔 부모님 중 한 분이 일찍 돌아온다 해도, 축구하다 늦었다고 하면 그뿐이고요."

"그렇구나. 어른도 때려눕힐 정도로 성장한 너한테는 부모님의 걱정이 조금 답답하겠구나. 그래서 숨을 돌리기 위해 우리 집에 놀러오는 거니?"

오카무라는 아무 대답도 하지 않았다.

"부모님은 저를 사랑하세요. 그건 저도 마찬가지입니다. 그런데 저는 네 살 때 그 일 이후로 줄곧 집으로 돌아가는 법을 잘 모르고 있어요. 이 길이 맞을까? 이 사람들은 틀림없는 내 가족일까? 매일 자신한테 물으면서 걸어요."

우리는 언덕을 내려가기 시작했다. 내가 사는 단지에 거의 다 왔다. 오카무라의 집은 어느 쪽에 있는 걸까. 언덕배기의 주택가에 사는 아이인 줄 알았는데, 그렇지 않은 것일까.

"그래서 저는 저와 같은 사람들을 기록하게 됐답니다."

드디어 단지 앞까지 도착했다. 오카무라는 실어준 가방을 나에게 건네고 자전거에 탔다. 그는 그저 묻는 것에 대답만 했다는 식으로 태연한 얼굴이다. 오카무라의 진의를 읽지 못해 겁을 먹었다. 그에 대한 두려움이 '이토와 어떤 관계인가, 왜 우리 앞에 나타났는가' 하는 의심과 맞물려 분노를 닮은 덩어리가 호흡을 막았다.

답답함에서 벗어나기 위해 나는 큰마음 먹고 말했다.

"오카무라, 우리 집에는 이제 그만 오지 않겠니?"

오카무라는 한 다리를 페달에 올린 채 잠시 묵묵히 나를 쳐다보았다.

가로수가 바람에 흔들렸다. 오카무라는 스포츠 가방에서 머플러를 꺼내 목에 감았다. 선명한 에메랄드 그린색의 머플러. 소재는 캐시미어인 듯 매끄럽고 얇았지만, 아주 따뜻해 보였다.

누구에게 받은 선물일까. 오카무라의 어머니? 축구

를 하는 오카무라를 좋아하는 여자 후배? 어쩌면 이토가 오카무라를 위해 선물한 것일지도 모른다. 머플러는 검은 교복과 오카무라의 날카로운 턱선 사이에서 젊은 피부를 한층 돋보이게 했다.

나를 똑바로 응시하는 오카무라의 검은 눈동자 주위에 푸른 기가 가늘게 배어 있다. 그는 아름다웠다. 사실은 네 살 때 정말로 가미가쿠시(어린이가 갑자기 행방불명되는 것으로 옛날에는 마신의 소행으로 믿었음—옮긴이)를 당했다고 해도, 나는 그 자리에서 믿었을 것이다.

오카무라는 나에게서 시선을 돌리더니 등을 조금 구부리며 속삭이는 목소리로 물었다.

"선생님은 미사키 씨를 의심하고 계세요?"

"응. ……아니, 몰라."

우선은 오카무라와 이토의 현재 관계를 가리키는 말인지, 오카무라의 이틀간의 공백을 가리키는 말인지 알 수 없었다. 그리고 어느 쪽이라 해도 나는 분명한 대답을 할 수 없었다.

오카무라는 동정과 경멸이 섞인 눈으로 나를 보더니 자전거를 타고 언덕 쪽으로 돌아갔다.

오카무라를 데려간 것은 이토일까? 나는 몇 번이고 생각했다. 그가 네 살이라고 하면 지금부터 13, 4년 전의 일이다. 우리는 결혼했고, 이토가 아이를 갖고 싶다고 간절히 원하기 시작했던 때였다.

그러나 이토가 집 잃은 남자아이를 데려왔다면 내가 그것을 눈치 채지 못했을 리는 없다. 나는 10여 년 전에도 지금처럼 누군가의 장례식으로 집을 비운 적이 없었는지 기억을 더듬었지만, 특별한 일은 생각나지 않았다.

아니, 오카무라는 발견됐을 때 티셔츠를 입고 있었다고 했다. 그럼 계절은 여름이었나? 여름이라면 연구회 합숙 등으로 이틀 정도 나 혼자 집을 비운 적이 있었을지도 모른다.

이토일 리가 없다고 하는 생각과 이토가 아닐까 하는 생각이 번갈아가며 떠올랐다가는 사라지며 내 마음은 잠잠해질 줄을 몰랐다.

강의를 하고 있어도, 어린 오카무라 앞에 천천히 몸을 구부리는 이토의 환상이 보였다. 꿈을 꾸며 신음하다가 "어디 안 좋아요?" 하고 이토가 흔들어 깨울 때도 있었다.

꿈속에서 오카무라는 교복 차림으로 헤매고 있었다. 지평선 저 너머까지 금이 간 대지가 이어져 있는, 그저 하염없이 넓기만 한 곳이었다. 다 타버린 것인지 새까맣게 시든 나무가 곳곳에 남아 있지만, 비슷비슷해서 표지가 될 것 같지는 않다. 세찬 바람이 불어와 오카무라의 머플러가 날릴 정도인데, 아무 소리도 나지 않는 세계이다.

오카무라는 반쯤 포기했는지, 몸을 구부리고 마른 지면만 내려다보며 천천히 걷는다. 멀리서 보니 그 모습은 고개를 떨어뜨리고 있는 것 같기도 하고, 웃음을 삼키고 있는 것 같기도 했다.

나는 몇 날 밤이나 얕은 잠 속에서 헤맸다.

오카무라는 집으로 가는 길을 찾아 유랑한다. 그를 데려간 것이 누구의 짓이든 이제 돌이킬 수 없다.

오카무라의 부모는 또다시 아들이 없어지면 어떡하나 하고 겁먹고 있을 뿐, 오카무라가 어떤 생각을 하고 있는지 헤아리지 못했다. 그리고 나는…… 나는, 이토의 비통한 외침에 귀를 기울이지 않았다. 소리는 들려도 받아들이려고 하지 않았다. 이제 와서 "설마, 설마" 하고 당황하는 이 꼴불견은 뭔가?

나는 누군가를 사랑할 준비가 되어 있었을 뿐이다.

오카무라도, 이토도 건드려서는 안 되는 심연을 안은 사람이기라도 한 것처럼 두 사람 사이에서만 통하는 언어로 은밀히 속삭인다. 수첩에 기록된, 돌아가는 길을 잃은 사람들에 대해.

"요즘 오카무라가 안 오네요."

이토가 말했다.

"슬슬 수험 공부에 집중해야 할 테지."

내가 대답했다.

나와 이토는 다시 식탁에 마주 앉았다.

오카무라는 이제 오지 않을 것이라고도, 또 올 것이라고도 말하지 않았다. 내가 귀가하기 전을 노려서 여전히 우리 집을 방문하고 있을지도 모르고, 이토와 밖에서 만나고 있을지도 모른다. 아니, 애초에 그저 저녁밥이나 먹으러 온 것뿐인 싹싹한 고등학생에 지나지 않았는지도 모른다. 진실은 무엇 하나 분명치 않았다.

12월에 들어서자마자 무라카와 호타루에게서 팩스가 왔다. 오타 하루미가 보낸 것으로 보이는 선생님의 납골식 안내 엽서를 확대 복사하여 첨부했다. 납골식은 다음 주말로, 장소는 호쿠리쿠의 절이었다. '여기는 무라카와가 선조의 위패를 모신 절입니다. 49재는 규슈에서 하고, 그 후 호쿠리쿠 쪽의 묘에 납골하기로 정한 것 같습니다'라는 무라카와 호타루의 추신이 있었다. '선생님이 죽고 나서 벌써 이렇게 시간이 흘렀나' 하는 생각에 놀랐다. 그러고 보니 어느새 두꺼운 코트를 입는 계절이 되었다.

'어머니가 미사키 씨에게 꼭 안부 전해달라고 하셨습니다. 저는 49재에도, 납골식에도 가지 않습니다. 마음이 내킬 때 혼자 가볼 생각입니다. 그럼 안녕히.'

무라카와 호타루의 글씨는 이렇게 이어졌지만, 보낸 곳의 팩스 번호는 어디에도 없었다.

호쿠리쿠에 간다고 말을 하자 이토는 어이없어했다.

"장례식에 갔으면 된 거 아니에요? 그렇게 신세를 많이 진 선생님이 계셨다니 몰랐네요."

"여러 가지 일이 있었어."

아침 일찍 집을 나와 호쿠리쿠로 향하는 전철을 탔다. 이토에게는 1박이나 2박하고 오리라 말해 뒀지만, 나는 가능한 한 당일로 돌아올 생각이었다. 이토를 시험해보기로 생각한 것이다.

차창 밖 풍경은 눈에 덮인 산들과 터널의 반복이었다. 꾸벅꾸벅 졸다가 눈을 떴을 때에는 전철은 지평선까지 이어지는 논 가운데를 달리고 있었다.

구름이 아주 낮게 흘러간다. 공장의 굴뚝에서 토해내는 연기가 축 늘어진 두꺼운 구름에 이내 동화될 정도이다. 떨어진 벼이삭을 쪼려고 백로가 밭에 내려오는 것 외에 움직이는 것도 없고, 주변이 온통 재색과 갈색으로 뒤덮여 있다. 사람의 손으로 개간한 토지일 텐데, 이 세상이 시작될 때부터 아무도 발을 들이민 적이 없는 장소처럼 황량하여 가까이하기 힘든 풍경이다.

현청 소재지가 있는 역에 내려섰지만, 사람의 모습은 드문드문했다. 나는 전철 안과 확 다른 온도차에 몸을 부르르 떨었다. 선생님은 정말 추운 곳에서 태어나셨구나. 거치적거리는 짐은 물품 보관함에 맡겼다. 내가 숙박하고 올 거라는 말을 듣고 이토가 싸준 가방이다.

택시 운전사는 내가 말한 주소지를 지도에서 찾아보고 나서 차를 몰았다. 첫눈이 벌써 내렸는지 도로변 곳곳에 지저분한 덩어리가 쌓여 있었다.

큰 다리를 건너 조금 더 가자 저 앞으로 바다가 보이기 시작했다. 파도가 거칠다. 하늘도, 수면도, 모든 것이 잿빛이다.

차는 30분 정도 달리다가 작은 마을에서 약간 고지대에 위치한 절에 도착했다. 고별식이 있던 규슈의 절과 같은 종파이지만, 비교되지 않을 정도로 아담한 규모였다. 운전사는 돌아갈 때에도 필요하면 불러달라고 휴대전화번호를 가르쳐주었다.

절 뒤편의 완만한 경사면에 오래된 묘지가 있었다. 도로를 사이에 두고 바로 맞은편은 바다였다. 미미하지만 모래사장도 있고, 나름대로 해변공원으로 꾸며놓고 있었다. 여름에 수영을 할 수 있을지 모르겠다. 여기 말고는 놀 만한 데가 없는지, 고등학생 남녀 한 쌍이 바위 그늘에 나란히 붙어 앉아 있었다. 등 뒤가 묘지라는 것 따위에는 전혀 신경 쓰지 않는 모습이다. 나는 또다시 오카무라를 떠올렸다. 그가 또래 친구나 연인과 함께 있는 모습을 본다면 내 마음도 조금은 갤지 모르겠지만.

초대받지도 않은 납골식에 참석할 만큼 뻔뻔스럽지 않다. 처음부터 절에 얼굴을 비칠 생각은 없었다.

미로 같은 주택가를 헤매던 여름이 엊그제 같은데 어느덧 20여 년이 지났다. 나는 지켜보고 싶었다. 어떤 빛도 들어오지 않는 캄캄한 수수께끼 상자를 안은 선생님이 마지막으로 도착하는 장소를 지켜보고 싶었다.

어슬렁어슬렁 묘지를 돌며 선생님이 오늘 들어갈 묘를 찾았다. 무라카와라는 성이 새겨진 묘비가 많다. 특별히 깨끗하게 청소된 한 구역을 찾아 묘비들을 둘러보았다. 줄지어 서 있는 묘비 끝에 '무라카와 도오루'라고 새롭게 새겨져 있었다. '이곳은 벌써 꽉 찬 것 같은데, 그럼 오타 하루미는 어떻게 되지?' 하는 생각이 불현듯 들었다.

아직 선생님이 오지 않은 묘에 엉덩이를 돌리고 서서 담배를 피우며 바다를 바라보았다. 눈으로 확인할 수는 없지만, 이 묘는 중국 대륙을 향하고 있다. 만약 혼이라는 것이 있다면 선생님은 분명 이 입지에 만족할 텐데.

재떨이를 찾아서 묘지 경사를 내려가자 모래사장에 납골상자를 안은 오타 하루미가 서 있는 것이 보였다. 나는 걸음을 멈추고 음지에서 녹다 만 흙투성이 눈 위에 꽁초를 버렸다.

납골상자에 턱을 묻고 걷는 오타 하루미를 보자 고 등학생들이 데이트를 마치고 얼른 자리를 뜬다. 오타 하루미는 모래사장 끝에서 끝까지 혼자 해변을 걸을 생각인 것 같았다. 선생님과 마지막 인사를 나누려는 것이다.

냉기가 등골을 달린다. 보고 싶지 않은 것을 결국 보고 말았다.

나는 웃었다. 당신이 안고 있는 상자의 내용물은 칼 숨이 타고 남은 찌꺼기이다.

그리고 보라. 뒤에 많은 여자들이 따라오고 있는 것 을.

그 사람의 말이 시간을 초월하여 또다시 귓가에 울 린다.

"하지만 지금은 무라카와와 오타 하루미가 불쌍하 다고 생각해요. 아주 불쌍하다고요."

정말로 그대로이다. 선생님은 여자들에게 사랑을 원했고, 여자들은 선생님을 사랑했다. 하지만 선생님 을 이해한 것도 아니고, 선생님에게 이해받은 것도 아 니다. 누구 한 사람도. 걸신들린 듯 사랑을 갈구했을 오타 하루미는 이제 족적을 남기지 않는 환상의 장례

행렬을 이끌고 우울한 눈으로 걷고 있다.

깊은 산에 쌓인 눈처럼 맑고 고상하던 것이 어느새 굴복시키고 종속시키는 흉기와 사슬로 모습이 변해버린 것인가?

이제 됐다. 더 이상 이곳에는 볼일이 없다. 그 여름부터 이어져 온 길고 긴 나의 방랑은 겨우 끝났다.

나는 선생님이 다다르지 못한 곳을 목표로 삼자. 선생님이 욕심낸 것과는 다른 것을 욕심내기로 하자.

나는 집으로 돌아가기로 했다.

설령 내가 없는 사이에 이토가 오카무라를 불러들였든 아니든, 이제 상관없다. 아무렇지도 않은 얼굴로 식탁에 앉아 아버지 역이든, 아내를 뺏긴 남자 역이든, 뭐든 연기해 보이자.

나는 이토에게 말할 것이다. 사랑이 아니라 이해를 줘. 어둠 속에서 너에게 속삭이는 내 말을 부디 신중하게 들어줘.

그리고 또 이렇게도 말할 것이다.

당신과 이야기를 하고 싶어. 당신의 이야기를 들려줘.

무색무취의 '그'에 대한 이야기

어떤 대학교수가 바람을 피웠다. 끊임없이 사랑을 갈구하며 수많은 여자들과 염문을 뿌렸다. 그러나 끝도 없을 것 같은 그 바람은 아들딸과 조강지처를 과감히 버리고, 딸이 둘 있는 이혼녀와 재혼하면서 막을 내린다.

여섯 편의 연작단편으로 이루어진 『내가 이야기하기 시작한 그는』은 그런 '그'에 대해서 이야기를 시작한다. 각 편에 따라 화자가 바뀌는 여섯 편의 단편에서 정작 이 육살할 인간인 '그'는 한 번도 화자로 등장하지 않는다. 한 번쯤은 왜 그렇게 살았는지, 변명이라도 해주면 속이 시원할 텐데. 하다못해 그와 사랑을 나눈 여자들 중 한 명이라 화자가 되어 대체 그가 어떤 사람인지 이야기해주면 좋을 텐데, '그'에 대해서 이야기하기 시작하는 이들은 「결정」에 나오는 제자와 「예언」에 나오는 아들 외에는, '그'의 얼굴도 모르고 '그'를 만나본 적도 없는 사람들이다.

첫 번째 화자는 '그'의 연구실에서 일하는 제자이다. 두 번째 화자는 '그'와 바람피운 수많은 여자들 중 한 명의 남편이다. 세 번째 화자는 '그'가 버린 아들이다. 네 번째 화자는 '그'가 처자식 다 버리고 재혼한 여자의 딸을 관찰하는 흥신소 직원이다. 다섯 번째 화자는 '그'의 친딸의 약혼자이다. 여섯 번째 화자는 첫 번째 화자이다. 화자들의 공통점은 모두 남자라는 것, 그리고 흥신소 직원을 제외하고는 그로 인해 상처를 받은 사람들이라는 점이다.

그렇다 보니 여섯 명의 화자가 이야기하기 시작한 '그'는 이름이 무라카와 도오루이며, 동양사를 전공한 역사학과 교수라는 것. 고대 중국 역사에 관심이 많다는 것. 틈틈이 문화센터에서 주부 대상의 강좌를 한다는 것(그리고 그 주부들과 심심찮게 염문을 뿌린다는 것)

정도이다. 화자들의 이야기가 끝났는데도 "그래서 그
는 누구지?" 하고 묻고 싶어지는, 그야말로 답답한 그
림자 같은 '그'이다. '그'의 그림자는 많은 사람들의 삶
에 그늘을 드리우고 있다.

그렇게 많은 여자들을 만나고 사랑하다 끝내 가족
마저 버리고 자신이 사랑한 다른 여자의 품으로 갔음
에도 '그'의 인생은 지독히 비참하고, 처절하고, 고독
하다. 일그러진 사랑의 자연스러운 결말일까? 그토록
미친 듯이 사랑을 찾고 쾌락을 추구해도, 결국 남는
것은 추함과 허무함뿐이라니.

팔색조 미우라 시온답게 작가는 이 작품에서 지금
까지 보여준 것과는 전혀 다른 진지함으로 독자를 만
나고 있다. 그의 전작 『마호로 역 앞 심부름집』과 『격
투하는 자에게 동그라미를』을 떠올리며 당연히 긍정
적이고 낙천적인 스토리, 유머와 위트가 넘치는 문장
이리라 생각했다. 오산이었다. "우리 남자와 여자의 관
계에 대해서, 사랑과 고독에 대해서 진지하게 한번 생
각해볼까요?"라고 화두를 던지듯, 무채색의 화자들은
무표정한 얼굴로 무색무취의 한 남자에 대해서 무심

하게 이야기하고 있다.

　이 독특한 발상과 구성에 뒷골이 당겼다. 미우라 시온의 소설을 읽을 때마다 소설을 쓰고.싶은 충동을 느끼는 것은 역자뿐이려나. 정말 소설을 잘 쓰는 소설가이다. 진정 기립박수를 쳐주고 싶다.

　　　　　　　　　열여섯 살 정하에게 사랑을 보내며

　　　　　　　　　　　　　　　　　권남희